U0675275

ALINE SOULIERS

TELLEMENT
BELLES 如此美丽

（法）阿利娜·苏利埃 著　董智弘 陈雪丹 译

作家出版社

致
赋予我生命的母亲
让我爱上它的父亲
以及让我重新得到它的丈夫菲利普

代序　阿利娜，脚踩漆皮高跟鞋的吉普赛女子……

我知道你，充满天赋和激情，你的生活

从来就是一次巨大的冒险……

文学，冲浪，手风琴，商务，

纪实性歌曲，超级模特，艺术家……

然后开始……

如此出色地

写一部小说。

亲爱的，

你的"手稿"，如你所称，

从第一行起

就让我激动不已，

并一直感动着，直到读完最后一行。

我钦慕你所做的……

你所体现的宽容而慷慨、勇敢而喜悦的姿态。

我不禁要告诉你，于我而言，这是……

一个充满活力的年轻母亲的手稿……

因为我要对你说，

亲爱的，

你被……

你被优雅缠附在身……

也就是说，

那些充满才赋的气质。

你让我惊赏不已……

我爱你。

——蒂埃里·穆勒

他说，米诺斯当然可以使大地和海洋与我隔绝；但天空于我是开敞的。我将在那里给自己拓出一条路……如果说，米诺斯掌控了整个大地，至少空气并不属于他……

——奥维德，《伊卡尔的坠落》

1

1986 年 4 月 26 日上午，法国航空公司的波音飞机一大清早从巴黎起飞，玛丽·瓦诺神经紧绷地蜷缩在狭窄的座椅里。一阵莫名的焦躁渐渐占据了她的头脑，几乎让她不能再呼吸了。那一刻她真想死去，又快又好地死去。她同时也觉得冷，甚至打起了哆嗦，头也疼得跟针扎似的，她每挪动一下头，哪怕只一厘米，自己的脑子就会狠狠地栽落在脑壳里。这么说吧，她能感觉到自己的脑子在脑壳里颠晃不已。"壳"这个词就这么生生地跳入她的印象。一个壳。里头是她僵塞了的脑子。脑子在一个小囊里，小囊里充满了温热且有些黏糊糊的液体。她突然想吐，有些想吐而已。她真希望一切都能在这架把她和皮埃尔·弗吉拉一起带去汉堡的飞机里瞬间终止：皮埃尔·弗吉拉是巴黎一家模特经纪公司的老板，她已经为他工作了五年。

这一次，玛丽本是不想去汉堡的，是皮埃尔坚持要她去，他尤其说这次出差会让她改变想法。其实应该说，每当玛丽在场的时候，选模特试镜这类事总是进展得更顺利些，她以一种不同的方式来看她们，来告诉她们所要做的。她不像皮埃尔那样带着挑剔的眼神看人，那神情就好比一个下级军官在仔细检查自己打的背包，或者一个心满意足的老板查看自己的货物；也不像他那样毫无顾忌地说话，就为了立马让人明白，对他说话时可不能同样无礼。不，她自己的讲话方式是简单而使人安心的，只挑些意思明了的词，就像人们对着孩子说话并希望孩子能听进去那样。

还有就是，整个经纪公司里只有玛丽会讲德语，这也是让她去汉堡的极佳理由。可是就这点来说，玛丽她才不在乎呢，她对汉堡，对皮埃尔，对模特全不在乎。其实她对一切都不在乎。这对她而言都不是什么大不了的事，尤其是在今天看来，而且要说的还远远不止这些。

　　一阵恐惧与恶心深深地侵入她的大脑。这已经持续很长时间了。她缓慢地深吸一口气，然后闭上眼睛。兴许这也是因为流感？不，这比流感病毒更厉害，比一场疾病来得更猛烈，更让人不知所措，因为没有解药可以将其治愈。这是死神，她悄悄地坐到玛丽的那个位子上，就这么等着她，仅此而已。不是为了聊天而要相互认识，不是这样，因为开场白之类的早已做过了。也再没有必要去讲述那些让人昏昏欲睡的故事，"我还想努力一下，再给我些时间吧……"，诸如此类。已经不用再去讲那些了。这是因为玛丽与死神这么招呼来去的已有好一阵，她们几乎都成好姐妹了。玛丽倒是有太久没有自作主张地去见人，但死神就是这样自动找上门来，也不递张名片。死神一般是要去吓人的，对玛丽却一点都不这样。从未有过。事情可不会这么容易就过去。

　　那么现在是那个愚蠢的乘务员小姐开始在劣质麦克风里没完没了地嚷嚷，那尖厉的声音狠狠地钻进耳朵。快住口吧，这实在让人无法忍受，清早七点半就如此叫嚣，这个蠢女人，她什么时候才会明白她这样叫是毫无用处的？她说什么来着，"班机仅仅延误了一小时，我们请求您的耐心和理解"，她还在说。

　　显然这不是在向玛丽征询意见，玛丽现在对什么都没耐心，也不理解。此外，她还觉得这个空姐的模样实在是滑稽可笑。在六十年代，或者说在从前，空姐都是在家庭出身好的年轻女孩子中招募的，而且是那些比较漂亮的才会被选中。法国航空公司当初还为空姐竞选会设定了一个理想的身高体重标准比，需要严格遵照，不符合要求的求职者甚至都不会被列入考虑范围。那其实就是现在所说的模特。而跟前这个空姐肥肥地裹在她那磨得有些发亮的旧制服里，脸上因饮食过量而冒出的油疹被化妆品盖住，成就了另一张脸面，一个不伦不类的厚模子。玛丽悄无声息地哭起来。

"您不舒服吗，小姐?"空姐过来询问。"哎呀，你别又开始犯了!"皮埃尔警告说。"求你别叫，我的头疼着呢。"玛丽回答。"哦是么……你吓着我了。"皮埃尔说。比起玛丽的又一次生存危机，他更希望她是犯了头疼病。头疼么，吃药就能治好。绝望的话，就得看情况了。皮埃尔更希望玛丽犯头疼病，这是因为除此之外他什么都不想看到，尤其是他不情愿看到别的情况；要对付每个人的精神状态，这就够让人厌烦的了。

皮埃尔可以算得上是人家所说的那种蛮人。一个"处于其原始状态的东西"，一块打磨之前的原生态大石头……他的名字倒是挺适合他。[1] 他不粗暴，也不恶毒，但常常显得粗俗……这种男人常要把女人叫做"妞儿"，还要强调她们和男人相比是如此不同。这不过是一种勉强的心理暗示，在避免意外冲突的同时可以助他逃过任何形式的辩论，他并不在行的辩论。当他说到"如此不同"时，即便里面能觉出这种勉强简直到了荒谬的程度，也会被人理解成侮辱而不是愚笨的意思。这是招打。

其实，熟悉皮埃尔的人会知道，按他的理解，"如此地"就是"过于"的意思，要知道那其实并不是一回事。说得更明白些就是，他眼中的女人们倾向于把什么事都复杂化。此外，当她们不明白什么的时候，她们就会特别招人厌。她们本应该满足于上帝所给予她们的角色。夏娃是按照亚当的意愿诞生的，毕竟是

---

1 法语人名皮埃尔原义"石头"。

他给了她一根身上的肋骨。这些基本就是皮埃尔就女人这个话题所能进行的最大限度的思考。可怜的皮埃尔没有意识到，最初的"胚胎"可是个阴性词。Y染色体的基因要过六周以后才会出现，才会造出睾丸和睾丸素来形成一个男人。事实就是，亚当是夏娃所生，而这一点，皮埃尔永远也消化不了！

有一天，玛丽被弄得没话可说时便把她的电话朝他脸上扔过去（那是个笨重的旧机型，她知道那会让他很疼，她就是想让他疼），因为她正恼火的当儿，一个信差像对待贱女人那般对她毫不尊重，非要她收下一个本不是给她的大信封，而她把那个无礼之徒粗暴地推向门外时皮埃尔朝她说："没事儿吧……你又来月经了？"皮埃尔基本上是不懂得要适可而止的。他摆出一副欠抽的模样不算，还要说那些话来煽风点火，就是这样。

这会儿，他重新开始看起《他》，"现代男性的杂志"[1]，里头展示些思想开放的脱衣女。就像他自己说的，他顶喜欢去征服那些脱得一丝不挂的女人。你瞧见她们有多棒?!操……要是所有的模特都这么刺激就好了……

"棒"，也就是说身线完美，丰胸翘臀但不能太翘，而且当然是要翘对地方。一个很"棒"的姑娘是不会有扁屁股的。扁屁股是个可怕的东西，很简单，这会糟蹋了整个好身材。屁股的位置准确，这是要使人满意的关键所在。皮埃尔从不会说这其实是要使他自己满意的条件。他的主张就这么成了所有男类的观点，那些兴奋不已地看这些姑娘们的家伙。可是对于身体的其他部位，比如头、可以爱抚的手以及可以抓抱的、抬扶的、让人痴迷的手臂，男人们就完全用不上？也并非如此，但对于皮埃尔的那些朋友来说就是这样。皮埃尔的那些个朋友，他们征服，勃

---

1 "现代男性的杂志"为男性杂志《他》的创刊语。

起，胡乱插入，然后驾驭一切。"棒"，"刺激"，这些用来谈论女人的简短而贫乏的形容词是一整套象征符号的基本构成部分，而皮埃尔的用词就是从这套象征符号来的。而且，这也是由于他没能在他的词汇表中找到其他一些让人浮想联翩的例子。他决不会自然而然地想到，别的男人在谈及女人的身体时可能会使用些不那么蛮俗的字眼。即便他对这一点表示妥协，也并非他所甘愿。他接着会认定那样说话的男人们都是伪君子，是另一种类型的好色之徒，但终归还是好色之徒。他说其实这些人头脑里想的东西和他一样，他对此确信无疑。他就是这么说的。

要知道，这其实也是那些经常在模特圈打转的男人们所常用的基本词汇，这些黏糊糊的字眼让人心生排斥。但这正是因为肉体已经最终让他们感到厌恶，以至于他们要说出这些黏糊糊的词。这样的肉体有着一对让人狂热的胸部，一个可以使人发财的屁股，一张吮吸功夫一流的嘴……

玛丽本可以用一些身线远及不上完美的范例来反驳皮埃尔的论道——那些一直以来都让画家和诗人激动不已的胖女人和一些身材糟透了的女子，可就这么立马说出来根本改变不了什么。

她愈发想吐，于是只得看着自己交叉摆放在活动桌板上的双手。集中注意看着手，这是她此刻所能做的一切。她真想闭上眼睛，却担心会呕吐到皮埃尔和《他》上面。吐到他和《他》上面。这同音异义的小玩笑使一个忧伤的笑脸开始在玛丽那颤动不已的大脑中显露，她却无力开口说些什么。皮埃尔又开始继续，他说至少《他》里的那些姑娘，她们并不虚伪。此外，展示自己的屁股并没有什么过错，尤其要是这屁股还很漂亮，她们倒实在挺有胆量……不像某些装腔作势的女人。

玛丽没兴趣去驳斥这个尖锐而武断的新见解。她定定地看着她前座的椅背，忽然想到吉·勃多斯过去的一个搞笑类节目，里头讲到一个上等女人遮遮掩掩而笨拙不堪地向一个外国士兵表达爱意，在前一晚他们一起过了夜。男人根本不去理会那夹杂着笨拙告白的动情哭泣，他只一心想着上头指派他完成的苦差事。"唉，好啦……我呢，我要去收土豆了。"[1] 土豆是节目里关键的搞笑所在，没完没了的土豆。玛丽没觉得这些关于性和这些芝麻蒜皮的小事有多好笑，观众的取笑声倒让她当时几乎觉得反感。那女人的孤独震动了她。一厢情愿并在半途夭折的爱情。我想我爱上您了……哦是么……我很不好……他可没瞧见，没有……您帮帮我吧！他才不在乎……观众则鼓掌赞成两人最终断绝关系的结局。这是一种观众了解却跟他们无关的绝望感。那晚，他们就是付了钱去将这绝望作为娱乐。

今天，在往汉堡去的飞机里，皮埃尔也要去完成苦差事了。他对玛丽的痛楚完全视而不见，他并不懂她。他觉得这和他无关。他对她笑。一厢情愿。而他毕竟还是递给她三粒止痛片，一包止吐药片和他剩下的一些可乐。会好些的。不过她只能是希望如此，因为这当儿她的两片大脑叶已经移转到波音飞机的发动机里跟着嗡嗡作响，就要炸开了。玛丽仍旧坐在狭窄的座椅里，她的痛楚就定定地待在她大脑皮层的残余中，双手还是交叉地放在桌板上。她极其缓慢地动着双手。她还活着吗？她觉得自己就像让·罗斯丹[2]的青蛙一样被切除了大脑，在该死的活体解剖台上被疼痛撕扯。那个生物学家是有道理的，一只青蛙哪怕是没了脑袋，也还是会挥动四肢。毕竟，活着就是一种生理反应。离飞机着陆还有一个多小时，还得等下去。我会等下去的，我会再等一

1　此为双关，明义是说去收土豆，谋生活；暗义是说"我得想法摆脱你。""土豆"在俗语中作"白痴"义。

2　让·罗斯丹（1894 - 1977），作家，生物学家，法国科学史专家。1959 年成为法兰西学院院士。

6

等。玛丽并不责怪皮埃尔，他无法理解也不能分担她的不幸。想要理解，就必须得倾听，而这已经是一种天赋了。至于分担么……到了汉堡以后，她就只想拿上行李回巴黎去。现在么，就先看着办吧……既然他们都要去干苦差事……

她现在正和皮埃尔一起站在行李转动带旁，定定地看着那些由钢条转动的机械冲力而不时地扭到黑色厚胶传送带上的箱包扁平外壳。

"看，皮埃尔，行李……它们像是人们从广口瓶里取出来的脑子，一颠一颠的就好像离水的小鱼……我想把脑子给换了。因为我看到它但一点也不喜欢它，你明白吗？在我看来那就像是个'活'的东西，它看着我并且评价我……"

"哎呀，幸亏那是活的，你在讲些什么哪？"

"我想说，我看着我的脑子，它好像在我的外面……就像是跟我的身体分开了吧……我看着它……然后我意识到它没法再帮我了……现在，你瞧，我不知道……我什么也做不了了。"

"你做不了什么？玛丽，我不想让你难受，可是要知道你实在是离谱。别再想这些了。你怎么了？你刚才看上去倒是好些了啊……你把生活弄得太复杂了。今天我们有个模特大赛要操心，另外还要选秀。你得把个人的事给忘了。我们到汉堡是来找姑娘的。我呢，我去逮到她们，你呢，你去把她们弄成明星。这不就完了。"

他忽然朝她露出一个叫驴式的微笑。我要是顺便能搞上一两个的话……唉算了……皮埃尔的不良切口之一就这么被他脱口而出：搞。"搞"就这样成了他陈旧词库中的一部分。他还是犹豫了一下的，他的那些十分形象的粗话总在轻易而不自知的鲁莽和不尊重之间摇摆。他说，你要是想知道我的看法，我明白

7

的就是，你也该考虑一下去做些同样的事，这就是我所想的。你该不会失欲失到这个份上了……你知道，这对你会有好处的……

皮埃尔绝对是个头脑简单的人。在字典里，"简单"这个词就接在"西蒙风"后头。[1] 玛丽昨天在词典里查"西蒙风"的意思，那是一种猛烈的风，极其热而干燥，她真希望看到皮埃尔被这风卷走到阿拉伯、波斯或者撒哈拉的边远地带。而从"西蒙风"到"简单"，玛丽在心里回顾着词典里"简单"这个词条里所有用来指称人的定义，然后选择了第一个释义："根据自己的情感来行事的人，并带着一种自然的尊严感和自发的正义感。"她又加上第五个释义："不顾忌礼节和规矩的人。"因为她若是选择第二条"缺少文化、灵敏度以及智慧的人"，以及下面这条用作修饰语的释义，"无法对之进行分析的"或"由极少元素组成的"，她就会有极好的借口来搧皮埃尔一巴掌。要铆足了劲搧过去，就在那儿，汉堡，行李提取区，8 号传送带。

她甚至想朝他嘴上挥上一拳。她对暴力并没有特别的偏好，至少是这种心血来潮式的暴力。她很明白，朝人脸上挥过一拳后自己会有怎样的感觉。而她不能那么做，因为她想到了那些定义，她由衷地相信皮埃尔仅仅是头脑简单而已；她也不能搂一个心智有问题的人，况且他也不总是那么蠢；她也已经精疲力竭，去回应他又一个无耻的攻击，那就像在一次强暴结束五秒钟后赶到，完全无济于事。五秒钟之隔，这本算不上什么，可这毕竟是事发之后了，为时过晚，且无法补救。

此外，一切都已经太晚了。玛丽这么对皮埃尔说，他显然不明白，紧抓着两只行李箱的他回答说一点也不，现在才九点半，

---

1 "简单"的法文为 simple，"西蒙风"的法文为 simoun，在法语字典里 simple 紧接于 simoun。

租来的汽车肯定在外面等着他们，要是玛丽老不肯动身，那些最漂亮的女人就得回家去了，而他们只会见到些没人要的女人，这就得全怪她了，因为组织一场模特大赛毕竟需要一沓子钞票，他要是早知道她这么不专业又这么烦人，说实在的，他本就该自己一个人过来。

　　玛丽又一次感到心痛，为这些没人要的姑娘，为这轻蔑，为这趟她本不该来的出差，为这不值一提的模特大赛，也为再也无力承受任何东西的她自己。这正是她所说的，一切为时已晚而她把一切弄糟。可她这当儿是对着 8 号行李传送带旁光亮的信息告示牌在讲话。皮埃尔早已拿着返程机票和他们的行李出了机场，由于玛丽的大脑又开始在脑壳里晃荡，她便决定跟着她的刽子手直到多林特老墙边酒店[1]。他就是在那儿预定了他们的房间。她必须要待在第二层，如果可能的话就在第三层，那些苦差事……什么乱七八糟的……总还得等着瞧。

　　无论如何，玛丽也不是第一次不得不面对皮埃尔的鼠目寸光和他对凡事的尖刻态度了，她只是不习惯和他一起出差，如此近距离的相处简直让她感到厌恶。他是那么容易被读透，她甚至能猜出他将要做出的动作。这样的接近让她觉得难堪并妨碍着她，比如他小心地脱去鞋子并穿上机舱里拿的廉价内袜，并在三十秒计时内把自己安放到五十五平方厘米的座椅里酣然睡去。可他怎么就做得到这点，而她则不得不接受这种旅行惯例，好似他们之间有多么的默契。看一个人睡觉并不是毫无意义的。这就像一个被人乱翻的抽屉，或者一封不该被读的信一样——某种被侵犯的隐私。玛丽总是好奇皮埃尔如何能这样随意地就让自己进入沉沉

1　原文为德文，后为作者的法文翻译。

睡梦而雷打不动。

她此刻正集中精神让自己尽可能慢的走出机场，近三年来，这已不是她第一次遭罪于偏头痛了，这要命的偏头痛每每将她的思考和精力任意摆布。这也不是她第一次冒出轻生的念头，想就此消失，像一幅拙劣的画、一个并非故意犯下的错误那样被抹去。她并不曾想到会在她女儿的祭日时出差，那么小的一个女孩……这并不是因为那样可怕的事就发生在昨天，而是玛丽还无法习惯于此事。小姑娘就这么蜷伏在玛丽头脑里的某处，正如一只小兽以兽类特有的方式睡着，只闭一只眼，并会随时伺机醒来，不遵从任何允诺或日程安排，也不需要某个确切的日期；这是一种纯粹的痛，像不让人察觉的毒物一般日复一日地发散出来。换换念头……就像皮埃尔为了说服玛丽陪他同行而说的那样，这非但毫不可能，而且无任何意义。当那些念头找到了合适的隐蔽所在，它们才不会轻易挪位。

2

他们终于来到多林特老墙边酒店，阿尔布雷希特·里赫特街，1875 房间。在这栋装饰很艺术化的楼房的十八层，玛丽感觉到了晕眩。

她本可以下定决心从窗口跳出去，可窗上有个卡栓[1]在那卡着，连窗都开不了。这个技术名词真是奇妙，它可以促成一种暴

---

1 该词也意指"刺刀"。

力的死法，猛地一下穿透身子，肉体被撕扯，血喷涌而出，然后很快就完事儿了。可是不，这卡栓或"刺刀"，是救了她的。这只是一个词而已，一个救了她的词。在十八层，这卡栓打消了她想要来一次特技飞行的念头。对于玛丽这样的战俘之女来说，被一支德国刺刀救下性命，这或许是过分了点……窗是开不了，但可以从那儿欣赏到老城区的古堡，古堡笼罩在一片玫红和蓝色的暗淡光线里，那光线就好似变化无常的条状卷云一般随时会从天空中消散。玛丽定定地望着阿尔斯特湖。她就要瞎了，她肯定地以为，要是再没人来挑去那根三小时以来一直拨弄着她神经的小刺，她就要瞎了。

不快的事会使胰腺的胰岛血糖素分泌增多。真糟糕。还有这些让人神经紧张的压力。神经紧张并不好。它会在人体中产生肾上腺皮质激素，而这种激素会使免疫力下降。这些可全是她的朋友弗莱德告诉她的。这了不得的弗莱德医生。从这方面讲，倘若她不多加注意的话，她的生活将会是凶多吉少。可是有了皮埃尔给她的三粒米格拉基止痛片，弗莱德给她的两颗新式阿德威尔胶囊，以及她刚刚吞下的赞安诺安眠剂和一剂莱西奥米尔镇静药以后，事情就肯定会有所好转。能活多久，有没有好命这样的话题就可以等到以后去慢慢考虑。

太阳已经彻底消失，并把天空弃逐在一片凝重且脏兮兮的阴灰色调中。还没有皮埃尔的消息。玛丽知道他才不会把护照还给她——那是他使计从前台窃走的——还有机票，也不会还她。她要是一直这么不合作就没法拿到它们。玛丽从那著名的博林汉姆全景中回过神来，慢慢地挪向浴室。滚热的水灼着她的身子。她洗浴后简直感觉像和人打过场架一样疲惫不堪。接下来，她从干热式毛巾架上取下白色浴袍，把自己裹在里面，享受着柔软温热的厚棉布料带给她的片刻安宁，好比期待中的爱抚。她此刻斜靠在浴缸上，让冰冷的水慢慢淌到头上。脑中针刺般细密的疼痛或许会这样歇止，她也等着药物渐渐在体内生效。

玛丽已经有很久没有陷落到这样让人绝望的情绪瓶颈。她不断想着她现在本应该好好地待在家里，这是毫无疑问的。可她却僵在此地，在敌人的地盘，就好像父亲在她每次去德国时对她说的那样。毫无疑问，到汉堡来寻死……出于对父亲的尊重，她本该选一个其他的目的地。保罗·瓦诺总是和德国人有所怨结，可他毕竟是作了努力。三十年过去了，憎恶和恐惧已经逐渐远离，但仇恨仍潜伏在某处，并不离开他的内心。这情感比他本人还要强大。"你非要去找德国女人来培养出名模吗？就没有足够美的法国女人可以为那些洗发水商标摆造型？"他明白在这行当里，人们习惯说"培养 stars"？但只要可能，他就拒绝在讲法语时加入任何英文词汇。他真正犯难是在表达"parking"这个词的时候，他实在不知道用什么词可以来代替它，更不要说她女儿的"时装造型师"行业了……对于他来说，时装造型师，那是英国的时装模型制作传统，不是让年轻女孩们为那些杂志或者矿泉水广告摆造型。他不明白为什么玛丽非要觉得不得不在话里插入英文单词?！

"我原来以为像法语这样有近十万个词汇的语言，是世界上最有表达力的语种之一……这样的话我们战败也就不奇怪了……我们显然是把一切都输了……从前是德语，现在是英语……但要是再来说那些德国鬼子的话……可不能让他们觉得他们有多了不起，我们是知道他们做过些什么的……"

"爸爸，战争早已经结束了，我们又没有战败，你在胡说些什么啊……那些女孩，是我们要去找她们，在德国或者其他地方，她们想成为模特，就这么简单……在这行里更多的是美国或加拿大女孩，你知道。我们说英文是很正常的。然后，你刚才是不是说了'洗头皂'而不是洗发水？"

"我知道我在说些什么……我们没有打赢战争，是别人来拯救我们的，这是不一样的。然后，你的那些女孩么……她们可能在开始时不会觉得自己了不起，但到出了名的时候，她们就得染上这想法了……就像病毒传染一样……不管怎么说，我还是不明白你为什么要到德国去找人……"

玛丽去坐到那张铺着羽绒被的白色大床上，那羽绒被胀鼓鼓的像一个气球，一个硕大的被羽绒填塞的轻飘飘的脑袋。服务周到，并让人觉得舒服。像家的感觉[1]。羽绒被在战争时被广泛使用，随之普及的还有德国人观念里的舒适感，以及德式生活的根基。就是在战争时期，德国人也从未抛弃他们的羽绒被，其中所含的家居温暖让他们心觉安稳，至少也是他们可以抓住的一个可靠的价值理念。

这种执拗于舒适生活以及确信自己对一样东西有所感情的信念，玛丽也真想拥有。她躺倒在那羽绒床上，闭着双眼，双手缓缓地在那床单上摩挲并感觉到它的轻微阻力。就让你自己这么着吧，她此刻开始抚摸白色浴袍的厚棉布料。还有些温热的料子让人感到隐约的温存和亲近感，还有平静感。平静。玛丽的头疼终于好些了。那支把她脑袋俘虏的突击队当真是放过她了。这一切在之后都可能重新来过，即使她目前和脑袋分开着的身体已经筋疲力尽，像挨过一顿打一样。

玛丽慢慢地让自己躺好在床垫上，闭起眼睛，而她的双腿落在床外面，她悬着的双脚轻蹭着厚厚的织毯。谁知道呢，她可

1　原文为德文。

能决定立即坐起身，她不想让自己停留在关于简妮的恐惧感的记忆中。她不应该这样，不该这样。这不，她哪儿都不再觉得疼了。

3

国际模特之星经纪公司组织的模特大赛被推迟了。入选的姑娘们在奢华的更衣室里焦躁不已，那更衣室是为这次大赛在汉堡市政府的节庆宴会厅里专设的。1923 年，就是在那个厅的阳台高处，可以看到成千个饥肠辘辘的德国共产党 KPD 的工人们来这儿声讨每天的面包钱。如今这是个过于热闹的聒噪之地，轻佻的姑娘们在那儿叽叽喳喳个不停，她们没有特别的文凭，也没什么必要的才能，而不久以后她们可能就能每天赚上一万美元。

她们在那些挂满衣服和各种饰物的支撑架后头讲话的声音已经过于响亮了。那些饰物是大赛规则里要求戴的，而那些参赛规则弄得就好像是为了选应召女郎一样：

❖ 一套贴身的女式套装或一条日装连衣裙礼服，裙边应止于膝盖以上。

❖ 一件紧身晚礼服，必须要露出脖子（要是脖子比较长，那当然更好。谁会要一个缩到壳里去的乌龟脖子？）以及肩部（肩部必须得直且宽，并形成如大写字母 T 一样的，在两边有九十度直角的横切线。这条 T 字的横切线越长，那女孩的成功几率也就越大，一个模特首先是衣架子，这点常要被人忘记）。

❖ 不得佩戴首饰。

❖ 一套比基尼式泳衣，上衣部分不能带钢圈以及任何填充物（说明白了，就是不能穿有内垫或者钢圈的胸罩，必须能让人看出胸部的自然状态，并在第一眼时就看出是不是有胸部下垂）。泳衣下身部分应该露出肚脐眼（伤疤和文身都会不太合时宜，甚至会被立即淘汰出局），并应该是比较露的款式（但也不用穿像细带泳裤一样的露臀款式，还得让家人放心）。

❖ 透明网眼连裤袜，要能显出腿部线条。

❖ 跟高至少为八厘米的高跟鞋（这是让人产生幻想的工作道具，极佳的诱惑力所在，必须要看参赛选手是不是能灵活地使用它。穿着球鞋勾引人或者穿着便鞋来引诱人还是挺难的）。

比赛时所有的服饰都必须用高跟鞋来搭配，包括比基尼泳衣。比基尼泳衣的比赛单元是最让人期待也是最具决定性的时刻，男人们在一个穿比基尼泳衣以及细高跟鞋的女孩面前都会亢奋不已。但这并不能代替能让人激动到极致的内衣。内衣就像性前幻想一样，但对于那些还是在他们父母面前的十七八岁的女孩，是不能这样的。泳衣就好多了，是一记假拳出击但好得多，它能挽救些表象。

全身式的泳衣，那是在世界小姐、环球小姐以及星系小姐选拔大赛里要求穿的。那些被选拔的女孩是永远都不会去为任何杂志或时装产品目录去拍全裸照或小内裤式裸照的。只是为超市开业之类的事去拍些老套而可笑的照片。那些时装经纪人才没有时间可以浪费，他们需要在尽可能短的时间内看到尽可能多的肉体。而那些姑娘也接受这点，她们充满信任感，尤其是在开始时。人们会奇怪她们为什么最初那么温顺，因为在之后，她们恰恰不愿再那样穿，比基尼泳衣或全身式泳衣，此外还有内衣也不行。偶尔拍些裸照还成，的确有人是自己想拍的，裸体是有艺术性的，别人就是这么对她们说，以让她们脱得一丝不挂，那些摄影师喜欢让人兴奋的景致，大家都喜欢让人兴奋的景致，艺术照片不过是个托辞，而当人们看到一个极美姑娘的裸体时，她原本的光环立即就会消失，几乎造成一种失势，但她同时又会变成容易被亲近的普通人。所有最初拍过裸照的明星在之后都很少再拍，她们很快意识到裸体并不会让她们身价倍增。或者就得施点伎俩，用另一种方式跟她们说事，告诉她们说可以穿着两块价值不菲的品牌货布料来露一下屁股和乳房，然后摆些引人联想的姿势来在那些发热的头脑里催生些情色的欲念，巧妙的伪饰，这个，她们是接受的，因为人们跟她们讲性感，讲身体的升华感，她们女人的一面，享乐，被摄影师外化体现的情色的一面，人们把真实的话意藏着不说，他们不会说你要去披着二十五平方厘米的迪奥品牌雪纺巾来露一下你的屁股，而是说要拍你的摄影师是史蒂文·梅塞或者帕特里克·德马舍利耶，你明白吗，这完全不一样，这是给《Vogue》杂志的意大利、美国和英国版，这些都不重要，《Vogue》杂志集团是从来都不庸俗的，可是对于那些真正的经典好内衣，令人胃口大开的浅口胸罩，荷叶边雪纺小内裤和让人蠢蠢欲动的女式丁字裤，不，很少有姑娘想拍那个，而且，已经拍了那些的在圈内并不多受重视，人们希望看到很好展现的肉体来让人产生欲望，她们就展示了，然后人们又为此怪罪她们，人们说她们就像产品目录女郎，"目录女郎"，说她们像烂货，或者婊子……

看一个女孩穿两件套比基尼泳衣时的状态，可以将那个肉体的质量看得很细致，立即就能看出那些过于分散的脉络、妊娠纹、肤下橘皮、种种不合适的缺陷。还得好好选择他们要买的商品，修整底片可是很花钱的。

❖ 长发的参赛选手应该让头发自然垂下（禁止故作玄虚地把细碎卷发临时拉成直发，以及用发髻加上些假发来掩盖自己稀疏发质）。

❖ 妆面应该尽量淡化，甚至看上去像没化过妆一样（这样可以检视出皮肤方面的问题）。

经纪公司检查这些身体就像鉴定一辆汽车、一栋待买下的房子那样，必须要检查机械结构以及其实际的运行状态，小心谨慎以知道他们接下来要做的是什么生意。用目光翻来覆去地检验和任人这么看都没什么可耻的，在双方一致同意的情况下并不构成强奸。

那些没来得及报名参加竞赛的姑娘就不用这么被当众剖析了，可她们还是会希望在玛丽和皮埃尔在决赛后短短几分钟的选角时间里试试她们的运气。要是那些候选姑娘的照片被选中了，她们就有可能在晚上到酒店重新见到玛丽和皮埃尔。

甚至可能是在不理智的时候来选角，怎样在五分钟内通过一些度假的照片来判断一个年轻女孩漂亮与否，她们的贫困境遇还会在玛丽心里引起不适感，但比起那些在她看来更让人丢脸的选美竞赛选拔来说，她更偏爱这些笨拙的面谈。而谈话内容却是些微不足道的事。并且开始谈话的方式总是一样的：

"你为什么想成为模特？"

"为了赚很多钱（这是最常见的回答）。"

"做这行，你就没想要些别的什么？"

"想要出名（这个是在"想赚钱"这个答案之外最常见的回答）。"

“为什么呢？”

“因为人出了名就会受到尊重。”

“你在家就不觉得自己受尊重了？或者说，总的来说，你不觉得自己受尊重？”

“这可不一样。人出名了以后，所有人都怕你，并且我们能做任何我们想做的事。”

和这类女孩一起，玛丽一般就到此为止，不再继续提那些介绍性的问答题了。“我们能做任何我们想做的事”这话的意义和后果都过于沉重，她从来就没有足够的时间来更深入地谈这个问题。并不是非要成名才能把别人变成自己想要的样子，美本身就是一种权力。一个漂亮姑娘可以要求任何东西，别人总是会给她。但需要对她们说的并不是这些。在当时，那些女孩还不知道她们是充满力量的莎乐美，而玛丽则直接问她们一些关于家庭状况的问题，有多少兄弟姐妹，父母的职业……这些问题没有任何意义，只是为了要讲话而已。她有时会问一些关键问题，比如你是否有足够能干，是否足以面对这份职业以及其中所有的圈套，但她用了另一种方式表达，别人让她明白了让那些姑娘感到害怕是毫无用处的，于是她说，你知道，得小心行事。小心什么呢？小心酒精会鼓动你登上 T 台，登上 T 台来受人爱戴，这并不是像跳进一个狮子坑那样可怕，可这毕竟还是让人感到害怕，并且和狮子一起喝香槟或许还更好些。小心那些能消除疲劳的毒品，首先就是可卡因，来尝些可卡因吧，来吧来吧，就一点而已，这没什么的，原来的白粉成了现在打到脚踝里的海洛因针剂，脚踝上可是看不出什么的，至少目前还看不出什么，因为人一漂亮起来，就经常在晚上出去娱乐，娱乐越多，人睡得就越晚，也因为梦想的钱能很快挣到，但还是得要去挣的。小心过于频繁的性事，因为摄影师们总是说做爱能让人放松，而一个放松的姑娘会给她的美丽加分，这在照片上是看得出来的，还有那些接连不断的恭维话，暖心得简直能把人像蜜糖一样化掉，跟这些嘴甜的人在一起，姑娘们就变成能化掉的蜜糖了……

可是那些姑娘从来就什么都不问，于是玛丽也就再不想好好看着她们了。她试过，别人也说她总让人丧气，不能把蝴蝶的翅膀给折了，她们存活的时间本就不长。事实上，在这会儿见面的时间，对于这些煞有介事的女选手的参赛动机，她并不想知道得更多，因为她不想在她们那些千篇一律的回答里看到她们潜藏着的不安，或者那些被掩饰起来的贪得无厌以及过分膨胀的野心，因为不论人们对她们说什么，她们是什么都听不进去的，为了成功，她们就要这么付出代价。还有些姑娘会在这一行里干得不错，人们会格外追捧她们，为什么不是我自己呢？说到底，她既不是她们的母亲，也不是她们的灵魂导师，这样任人缠住不放的姑娘太多了。到底要提醒她们什么呢？准备好受罪并不意味着可以逃脱罪责。

玛丽从不加入评审团，她从和皮埃尔一起出行之初就拒绝了这种相当武断的行为。玛丽这种反对的姿态可能是一种不坚定感使然，但这是她所立下的不可动摇的条件，一道微不足道的壁垒，而皮埃尔是接受了它的。即便她那在他看来有些倨傲的姿态常把他惹恼，他却还是会喜欢她礼貌而让人心安的待人方式，以及她支配那些女孩的坚定态度。玛丽向来能平息他的不安情绪，并帮他隔开那些形迹可疑的男人。

现在，她差不多就能听到那些近乎歇斯底里的选手反复唠叨个没完，她们像笼里的困兽一样因为慌张而兴奋不已。她能看见那些选手的母亲淌着汗，她们讲话的声音因为同样的害怕而显得格外响亮，一边胡乱出着主意。她想象着那些局促不安的姐姐们，她们被拖过来目睹自己妹妹的勇气，或者那些已经心生妒意的闺蜜朋友。还是得把一切重新安排好。尽管已有些晚了，玛丽还有两小时的时间来做准备。她双肩不时地轻微哆嗦着。

床上有好几封传真以及两个厚厚的大信封。零乱的状态就好似一种威胁，但她并不去碰它们。还没到时候。她给自己留着时间。她并不知道传真上有些什么内容，但她知道，在信封里有十来张年轻姑娘的照片，她们来自汉堡以及周边地区，肯定也有来自其他德国城市或远郊的，甚至可能来自邻国，因为对美的迷恋能让人翻山越岭地孜孜以求。这些照片都是些老套路，不够专业而且愚蠢，上面常常是那些胖乎乎的青春期少女，一个个都面露微笑，假假地摆着性感的姿态，脑子却转得飞快。在照片上已经能看到她们被纠缠不休的那些东西，每张都显示说，在十三岁时的夏天，她们的母亲、叔伯或表兄弟给穿着过小而丑陋的泳衣的她们拍照，并像童话里的魔镜一样对她们反复说，她们是世界上最美丽的，并且有一日将成为皇后级别的人物。

1986 年 4 月 26 日这天，命运便决定了在汉堡。在亚历山大广场市政府大楼的节庆宴会厅里，将有一部分女孩被选中，而她们就当真会成为皇后级别的人物，这点可以肯定。

玛丽闭着双眼，并开始抚摸着柔软的羽绒被。可她在那儿干什么呢，天，她充满苦涩情绪的血液让一种她所厌恨的恼怒随着心跳而生成，并让她变得不像自己。

玛丽……她在空落的房间里大声念着自己的名字，一个音节一个音节地清晰念出。她抬高声音重复念着，在［a］音上加重发音，并把［i］音发得极有韵律。玛丽，这名字读来挺好听。

人们说名字包含有一定的命运感在其中。玛丽，这是个鼓舞人心的名字，是骁勇或令人销魂的皇后，是温存而绝望的女艺术家，是被人遗忘的岛屿，是会使用毒药的女杀手，是女仆或顺从的妓女，这个名字频繁在那些疯狂的故事或神迹里出现，比如基督的母亲，她在自己儿子跟前请求对所有男人的宽恕。于是乎呢？她的命运又是怎样？她所期待的又是什么？既然她想到那样做，灾难降临于她便也在意料中了。并非持续不断的灾难，其中也夹杂着幸福感，而是一阵阵的，那感觉就像很快地喝下烈酒一样，但不是喝下一整瓶，没时间让自己浸淫在醉意和极乐世界里，没时间让自己习惯于任何事，连那些虚幻的确定感也不行，一点都不行。

　　玛丽慢慢地起身，坐到床边。她现在觉得有点热。今天她还算是比较走运的。多亏了一整套药物以及她那几已丧失殆尽的勇气所施的小伎俩，她使一切无耻的念头悬止，她可以重新面对生活。这挺好，那些药片总会慢慢起反应，对她那不发作时的受伤的神经起到疗效。玛丽看着羽绒被上散落着的文件。她移开那些大信封，先去看那些信。惯常的一套。那是她在汉堡共事的一家叫做格列塔的模特经纪公司寄来的欢迎信，以及一张新到女孩的名单，这些准备好要去巴黎的女孩已经迫不及待地等着明天晚上在德国经纪公司里和皮埃尔和玛丽的私人会面，还有好几封来自两个美国星探[1]的毫无意义的传真，这样的英文词汇真是好笑，那些"探照明星的人"[2]，美国人坚持觉得好的模特应该是具有天资的，而星探就应该去发现她们，但美国人总是夸大事实，这也是国土面积决定的，为了一直待在那块大陆，他们有时在圈内

---

[1] 原文为英文，一般意为"童子军"。
[2] 原文为法文。

被叫做"苏人"[1]或者"童子军",但人们在谈及他们的时候,最常把他们叫做中介人。

每个经纪公司在谈论那些猎捕女孩的人时都有自己的一套术语。这些人并不受雇于经纪公司,可一旦他们给公司找到有发展潜力的模特,并且模特也合公司的意,则由经纪公司来给他们支付报酬。玛丽把他们叫做"流动贩",因为这个词在从前只用在女孩身上,那些挨家挨户兜售她们所偷之物的女贼,那些勾引顾客的妓女,她觉得这个词里没点男性指义是不恰当的,因为那些星探接近那些被他们看中的猎物时,所用的那些常常显得可疑的手法也高明不到哪里去,而他们也是同样干活拿钱的。揽客人,中介人,流动贩,这些称呼都挺适合他们的。

他们在海滩、机场、夜总会、商铺、酒店、咖啡厅和大型超市等地方到处搜寻,他们会追着女孩直追到厕所里,在厕所里,想想看……他们也会在高中生的校门口横行,在游泳池、运动场,对他们来说哪儿都成,他们的职业目标也越来越偏向于那些还在青春期的、瘦削而高挑的女孩。他们和其中的大多数女孩上床,而她们也心甘情愿,这是当然了,一个男人给你看些漂亮姑娘的照片并用荣耀来引诱你,这可不是每天都能碰上的好事,这值得付出,并且,她们之所以这样相信,是因为此前从来没有人这样承诺过她们,至少不是以这种方式。那些"第一次"的经历常常是合情合理的。揽客人也会去其他经纪公司挖些刚被雇佣的新人模特,他们像好色之徒一样在出口那等着,那些新人还没被洗过脑,并且也是被和他们一样的其他中介人挑得的,一个都不能放过。

让玛丽觉得看不惯的并不是搜寻模特这件事,而是那些缠人

1　特指在北美的印第安人。

不休的方式和言语。她有一天在香榭丽舍大街的 Monoprix 超市里听到这些贩卖希望者之一用一种淫荡而粗俗的语气说，别告诉我说你不想露胸，露胸是很正常的，不管怎么说我肯定你会全裸着晒太阳浴，并且在沙滩上裸着胸散步，但是现在我跟你谈的是艺术，你要是不能拍全裸照，你就成不了明星，为什么那女孩不立即打断他？可是不，她仔细地听他讲，甚至都不觉得尴尬，听这个肥男人答应她说当天就会把她介绍给一个所谓有名的服装设计师，他的亲密朋友之一。玛丽本该插上话去止住这骗人的把戏，那当儿这可笑的风流浪子正要把这呆头呆脑的姑娘带去试拍一组照片，然后再在他那三平米小的卧室里把她放倒。

今天这两个流动贩想要给玛丽介绍些对第一个人来说美得不可置信且见所未见、对第二个人来说极为高贵的姑娘，并且他把她们和一些有名的女演员作比来增加说服力——姑娘们总是美得不可置信并且高贵并且总是和一些女演员相似——话说到这儿，她总难以容忍这种过分夸大的讲话方式，这些愚蠢的比较和参照，以及对词汇的低级应用。

在床上，她也看到一家名叫橘子吧的夜总会发来的请柬，这是寄给所有参赛选手和组织者的，上面印有德、英、法三种语言[1]，说是要请大家去在一个疯狂的氛围里度过一个夜晚；德国邮政购物手册奥托凡尔桑（相当于法国的邮政购物手册拉勒杜特）来信建议说要在五位进入决赛的选手中选一个女孩来拍一套泳装广告，刚入行的女孩什么都会答应；最后是她的助理柯拉丽提醒她别忘了她的"糖"，这是用来指称玛丽的镇静剂的暗号。镇定，这种稳定且恒久的状态只能持续并缓慢地加以改变从

---

[1]　原文以三种语言重复了请柬的要意。

而达到。玛丽似乎并没有为此选择一个合适的职业，总是在飞机，酒店和火车里，时尚餐厅，和那些无论多累都得去坐着以看好自己商品的夜总会，更不用说成百个时装走秀会了，你展示的那些款式系列真是绝妙，高贵极了，简直不可置信，那么新，再没别的空话可说，巴黎，米兰，伦敦和纽约，就这几个城市说了算，要是一个经纪人懂得自重的话，这些盛大活动必须要受到邀请才能去参加，他必定是有不少圈内关系，然后会收到一张上面用墨水手写着他名字的邀请卡片，标着他的座位号，请，在前三排，然后在走秀结束时人们任他去后台和策划师本人谈话，总之是个有权力的经纪人。一个有恩惠的人。[1] 然后是无休止的谈话以说服对方，过分客套的话，这些用脑袋来跳的萨满舞[2]，极少的私人时间，全力以赴地投入到这种纷乱的节奏中，就像被其湮没一样。人们早已预先提醒过她，模特经纪人的生活并不总是美好的。

这些接连不断的忙乱生活却将她拯救，使她免遭那总是潜伏在她身上并随时会发作的怪兽的噬咬，也使她不至于总想着那要了结一切去死以和她的小简妮团聚的念头，如此而已。小简妮溺水而死的时候，玛丽觉得头脑里始终留有一个小水洼。那水洼常常下到她的喉咙里，并停留在那儿，很暖和的样子。玛丽曾说，那是简妮在那儿，在她的脖子里。于是她就把她留在那儿，以防万一……当玛丽实在受不住的时候，那一小包水就消失了。后来，就是呕吐和犯恶心。吐个精光。玛丽把水洼的事讲给弗莱德医生的时候，他笑了。他轻柔地抚着她的头，长久地，然后他

1　原文为意大利文。
2　一种巫术舞蹈。

说，你啊，你去穿上睡衣吧。我带你去。

医院是个不错的地方。那里有些极富资历的人，他们懂得耐心地进行一切，以使人忘记一些事。弗莱德轻轻摸着玛丽的喉咙并说，我知道那个小水洼一直都在那儿，可别对任何人说，要不你是摆脱不了这病的。假装。不管怎样，所有人都在假装。你看好了，有一天，你会让它消失的。

玛丽慢慢地打开行李，这显得很协调而且简单，她驱走了要跳窗的念头，放弃了这念头。电话铃响起来，她轻轻叫了一声，她那当儿还沉浸在关于死亡和病痛的逻辑里，然后是开箱理东西，把她的那些衣服放到床上。

这回是皮埃尔改了主意。她不用再去他房间了，她本来是得去他房间的吗？他要到她房间来，我们一起吃早饭吧，他用德语说，好不好？好吧好吧，一起早餐吧[1]，只要可能，他就喜欢在话里夹上几个德语词汇，他还说玛丽得动作快点，因为有成千上万的事等着要处理，此外人家还把一个妞儿的照片塞到他门缝里，那妞看上去超好，他想在比赛开始前抽五分钟时间和她先聊一下。

一顿早餐，一个看上去超好的妞儿，又是一个，还有要处理的事务，皮埃尔眼里的世界让玛丽得以重新找回脚踏实地的感觉。她有些想笑，这肯定是那些药物在逗弄她的脑子。皮埃尔永远也不会变。

1　原文为德文。

4

　　玛丽现在很想和她的朋友弗莱德说话。他说话的方式，他的声音和言辞，即便被她打乱，也都能让她感到心安。她也明白弗莱德对她说的话是什么意思，她能对他所说的话整理出一个相应的清晰想法，她能听到弗莱德的话，各种层面的话，因为他懂得说话。

　　一束小红光在电话上闪了一下。五条留言。她拿了一支铅笔决定把它们一条一条记下来，再留一小块地方写注释。玛丽挺喜欢列表单。她在旁边加注，看那些词汇，尤其是那些用粗体写的词汇，那些她的圆珠笔重重写下的、让人不安的字，她也随意涂鸦，画很多的方块并把它们连起来成为立方体，她在内心忧虑的时候很喜欢画立方体，有时会把整张纸都画满，也画花，但次数要少得多，花是她觉得平静时画的，也为了能让自己集中精力，然后还有横线划杠，她什么都要分析，她认为有时候能在最为凌乱的涂鸦里找到解决的办法，她就这么认为，也真是有这种情况。说到底，她认为这个小癖好能帮助她抵御一些最糟糕的事。她开始听第一条留言。丽莎·克伦威尔，一个年轻的美国姑娘，公司的一名模特，她要到汉堡来两天，是为德国的《明星》[1] 周刊拍一组照片，就如玛丽"应当已经知道的"一样。

　　玛丽这就已经不喜欢丽莎那种玩世不恭的语气了。接下来，就如玛丽"也应当已经知道的"，那组照片是为了要纪念玛琳·

1　德国周刊。

黛德丽和她的夜总会，是因为这个原因她才答应的，可是据她所知，玛琳·黛德丽那时可没穿细带式短裤，也没拍过穿着吊袜腰带的"露背照"。玛丽必须得打电话到公司，喏，这就是电话号码，现在是上午十点，要是玛丽不打电话给她是不会挪一英寸的。丽莎又说，事实上，我对你有信心了？还是我对你有信心？这个刺激让玛丽从萎靡不振的状态中醒转了一些。

她暂停电话答录机的播放，然后写，一，句号，Lisa。一个漂亮的大写字母，后头紧跟三个小写字母，圆珠笔很顺当地把这名字印到纸上。玛丽犹豫着是不是要在 Lisa 后面加上"蠢婆娘"[1]，她拿着笔两次在那名字边掠过，觉得问题大得简直像座房子，她最终用大写字母重重地写下那个单词。蠢婆娘。看到蠢婆娘几个字用加粗体写出来，浓重的，这让玛丽发泄了一小会儿。她又在这该死的小姑娘的名字后面留好一大片空白，好在之后加上那些注定冗长的注释。

第二条留言是一个摄影师，他同样正在为《明星》周刊工作，也正和同一个丽莎合作，他火气很大，那些摄影师也不是好惹的，他威胁说要辞退这个只为一双长筒袜就胡乱惹是生非的姑娘，他本以为这女孩很有职业精神并且好相处——目前看来，好相处的女孩就等于顺从的女孩，她会不吵不闹地把衣服给脱了，不动声色地让人拍她的臀部，等于温顺的女孩，那些摄影师可喜欢温顺的女孩了，她们懂得怎么让他们兴奋起来，她们随时准备逾越界限，她们总是在笑，这如此让人感到放松，因为笑是一种掩饰她们因为自己如此顺从而自责的方式，动一下，宝贝，动一下，对了对了，就是这样，就像这样，对，再来，她们笑是因为她们觉得自己在他们面前扭来扭去却无话可说显得毫无意义——

1　较粗俗的骂人话。

玛丽必须得打电话给这个摄影师。可不是，她可以肯定，烦人的事要开始了。这个数字2后面的小方块要变成立方体了。

第三条留言里，她的助理柯拉丽对她说，丽莎，她实在是在给每个人添乱……所有这些只是为了条内裤，就好像她从来不脱内裤一样，她的那条内裤……然后就为了这事那摄影师大发脾气，你必须想办法让他们平静下来。摄影师的助理已经被丽莎的威胁折磨够了。他已经打了三个电话过来。然后她说，我们怎么办？声音显得极其无助。这个数字3后面既不用方块，也不用花。玛丽开始思考。

第四条留言。公司的另一个模特桑娅，这个年轻的有些迷失的挪威姑娘，玛丽很喜欢她，她或许不久就能为自己赢得地位，目前，她并非真的把什么都不当一回事，她还只是显得冷淡而已，她并不肯定自己就想成为个贱女人，她说，玛丽，我得要和你谈谈，接着是，我或许该和你谈谈，她这么重复是因为皮埃尔的缘故，她不敢直接说出为什么会是这样。皮埃尔还会对她说了些什么呢？这年轻姑娘的声音充满犹疑，她在说话间不时停顿着，这表示犹豫还是谨慎呢？她也是这样吗？一个方块，又变成一个立方体。这是充满各种不确定因素的一天。玛丽几乎要放弃列表的念头了。烦死人了。也让人觉得有些腻味。

然后她听到弗莱德讲话。第五条留言。正是时候。接在模特的恐慌、摄影师的害怕和女助理的紧张之后。弗莱德想知道玛丽感觉怎么样，但他并没有真的把问题问出来。他总是一口气用同样的语调说，你怎么样了你还好吧，他问她旅行是否顺利，汉堡怎么样，然后，她是否能跟人讲起一个年轻的神经外科医生，他稍稍有些神经过敏但却无可救药地爱上一个可能在大赛上被淘汰的姑娘，当然了她不可能成为冠军，我也没疯到这程度，她只是个失去理智的、根据自己兴趣想要到巴黎发展的姑娘。玛丽得特别注意"兴趣"二字，弗莱德的声音有些迫切，不管怎样，所有婚姻有史以来其实都是这样促成的，爱常常要来得更迟些，但总是会来临的，只要相信是这回事就足够了，她只需要想想《乱世佳人》就可以了，斯嘉丽嫁给白瑞德的时候心里爱的是卫希礼，可是她最终还是爱上了白瑞德，不是吗……真糟糕，大概不应该用这部影片来作为参照……但简而言之，他对一个讨人喜欢的女孩是有信心的。

玛丽是那么了解她的朋友，富有勇气而极为温存，像稀缺的水一样珍贵，他自己对此事也吃惊不已，对人们的脑子实行外科切割实在是很糟糕的事，这是一种留存于指尖的痛楚，可他还是能把事做好。

玛丽很快地清点了一下当天要做的事。她这边另外列了一张表：

1. 丽莎。受够了这个自欺欺人和歇斯底里的美国佬姑娘。无事生非？

2. 《明星》周刊。

3. 柯拉丽。

4. 桑娅。

5. 模特大赛。

6. 弗莱德。

这对于开头就不顺的一天来说已经是很多了，但也不是不可能来完成，倒是有一种办法来解决这些事，就是把每个人都打发去找人麻烦。玛丽现在开始答复：

1. 这个贱女人对着每个人露屁股已经有六年了，今天她到底是吃错什么药了？她到底在打些什么馊主意呢，这个傻瓜？她偶尔没胆量了就打电话给她的使馆？

2. 这个吊袜腰带的事实在叫人心烦。从什么时候开始那些

29

摄影师不再懂得怎么做才能让姑娘们把衣服给脱了？这个摄影师正是皮埃尔的一个朋友，他们只需要一起把问题解决就是了。

3. 她得打电话给柯拉丽并让她平静下来。那些助理也让她头疼不已，我才是头儿，可只要有些稍微严重点的事儿，他们就要把事情搞糟，而这就叫他妈的。

4. 桑娅想跟她谈谈。谈什么呢？有些什么事让她感到忧心忡忡，她背后有皮埃尔。我得和皮埃尔去谈谈。

5. 模特大赛。这个可是重点，这大赛。她是不会去的。操它的大赛。但怎么让皮埃尔接受这点呢？她会想出办法的。说到底，她毕竟不是评审团成员。

6. 她沮丧的朋友实在是想随便找个人娶了的。难不成他也吃错什么药了？他不可能娶一个德国姑娘的。并且这也不是世界末日。这种狂热算什么呢？

可一些更为细致的东西让她觉得心神不宁，它们比这些提问回答的模式来得更为细致，就像一种身体的灼烧感一样恼人。她重新听了丽莎的留言。她的美国口音浓重，没法说清她是在用现在时还是未完成过去时在讲话。然而，一切都明摆着。丽莎说了"我对你有信心"是因为她相信玛丽所要给出的建议以及她的支持。"我对你有信心"立即让玛丽想要解决这个其实不过是误会的问题，"我对你有信心，玛丽……"听上去很动人，丽莎应该是误解了摄影师的意图了，再者，模特们总是让人请求她们才去做事，这是她们学得很快的一个潜规则，并且她们无一例外地将其实行，有了这个，她们就有了权力，求我啊，因为要是我说不的话，你们就得倒霉了。所以当丽莎说"我对你有信心"时，玛丽就觉得自己要穿上佐罗的制服去拯救她了，这是一个请求帮助的电话，她很能理解，一个要求解决问题的呼吁，玛丽已经解决了那么多的同类问题了，愚蠢而毫无意义的问题。

　　但要是丽莎说的是"我对你有信心了"，这就完全不再是同一码事了！……"我对你有信心了"的言下之意就是，"而你却把我给抛弃了……"，而这是不可能的。这个用错的时态暗里包含的意思是玛丽在关于那组照片的主题方面欺骗了丽莎，并且就目前的情况而言，她觉得自己被她原来出于好心而答应的某些东西给蒙了，而这些东西明摆着已经全变了模样，无论如何，这就是丽莎的想法，这完全就是这个过去时所暗示的意思，玛丽对此可以肯定，然后她忽然又觉得对此无法承受。

　　她忽然疯狂地想要马上打电话到工作室并告诉丽莎她对她的欺骗意图是怎么想的，她才没有上当受骗，并且，真的，在生活里重要的是守信用，而不是找些替罪羊和一些经不起推敲的借口来推掉自己的分内事，这一切只是因为自己害怕，自己美丽并且自以为可以肆无忌惮地行事。

　　玛丽打电话到医院找弗莱德，向他胡乱宣泄了一番她的不幸和恼怒，她原本完全不该接受这个工作的，完全不该！模特经纪人，这真是可笑，不是吗？有着历史学硕士文凭的她整天得和那些头脑简单的姑娘说话，只因为她们很漂亮，这让人难以忍受，实现对等也太困难了，还有她的言辞也得注意，得不停地保持尊称和体面！她想到这简直觉得像在梦里一样……保持尊称和体面！她们从哪儿得来的这些？拿自己的名誉作赌，只为了一些会耍小花招会骗人的小姑娘！然后呢，这些都过去以后还剩下什么？把命也搭上，为什么不呢?！在这行里说什么话都得要掂量掂量，分析分析，仔细剖析剖析，再争论争论……讨论是如此徒劳无益，以致于人们最终总是大放厥词，或者闪烁其词地搪塞一番，大多数情况下人们会尽量避免冲突，可是代价如何呢？她绝对是受够了那些不断退让的人，这经常被看作是一种懦弱的行为，源自那些不知是因为缺乏说服力还是因为智性太高而不去争辩的人，她也受够了要不断提醒自己说话注意以避免闹出风波，因为闹出风波的意思就是直接说出自己所想的，而在一个恭维话盛行的职业圈里，真相是看得见的风暴。得把欺诈行为保护起来。梦想。梦想，我才不信！什么梦想？又一次胡扯而已。就是这些让你发梦吗？那些脏兮兮的不洗脚的姑娘，头发都不洗就跑来参加选角或拍照，内衣就更不值一提。人们不会对一个模特说她胖了，可是还有两天就是高级时装秀了这个小傻瓜得要把自己塞进那些芭比娃娃式尺寸的连衣裙里而她是知道这点的，她得把自己塞得进芭比娃娃的长裙里才行！因为你会害怕那模特告诉你说你需要重新审视一下你说服人的能力，这是你的工作，而且，比方说艾利特模特公司，并不觉得她太胖而且会对那个荒唐的服装剪裁师说那些裙子裁得不好。你只要随便胡编些什么就是了。你才是经纪人，不是吗？还有，两公斤体重并不能改变世界的模样……另外我去年就做过这个该死的时装秀了，是不是？是，她已经做过了但是当时恰恰就是没有现在这该死的三公斤。公司才在一个欧洲地区推广项目中丢掉三十万美元，那是帮欧莱雅宣传一部电视及影厅电影而做的杂志广告，商铺，公车站和沿街张贴栏的海报。怪就怪在那个疯狂的模特。前天她还有一头长及腰际的长发。妙极了。就像安妮塔·艾克伯格在影片"甜蜜生活"里的头发。然后这个神经有毛病的姑娘做了什么呢？她跑去把头发剃了个精光，就因为她刚看了希妮德·奥康娜在伦敦的演唱会。这当然是个了不起的主意，不是吗？一个从来不迟到的姑娘，我向你发誓，你跟我说的是上午十点……不是七点……我怎么会把这个给忘了呢？那么当然了应该是我把时间给搞错了，或者我的助理，或者更糟，是客户搞错了，一切都取决于我当天的懒散程度。你是不是觉得自己代表了欺诈和利用他人的混杂典范并让人在其中不知所措?!然后,要是不看得紧些的话,那些女孩就会没有任何顾虑地逃离,并借口说她们被人憎恶,再去投奔另一家模特公司,而这家公司就会立即让她们陶醉在一种短时的幻觉里,让她们觉得来到了一个理想世界,在那里她们永远也不用做任何有失妥当的事。这样的意外收获太过美好,以致于那些经纪公司都不用再去暗里相互偷抢他们的商品了。不过话说到底,他们要偷也只偷那些能"盈利"的姑娘。没有人会对一天赚不到一千美元的姑娘的想法感兴趣。哎呀人家怎么会这样对你啊?要是在我们这儿你大概早就是个明星了,我们啊是尊重女模特的。于是那模特就这么被安置好,成为那个公司最优秀的模特之一。这不过是些用来拍照的漂亮姑娘,又不是用来研究量子物理的,至于么!!!为什么自己接受在这种经常性的讹诈中生活?她自己在这个无聊的行当里究竟找到了些什么好处?

……

在玛丽歇斯底里的倾诉中,她尤其对丽莎抱怨不已,这姑娘已然成了芝加哥的娼妇……并且连法语动词变位都用不好。一种恼人的疑虑感在玛丽身上悄然生成而挥之不去。

弗莱德说:

"噢!噢!你跟我唠叨这些烦心事儿已经唠叨了两个小时了……可以打住了吧!你却是跟我说过是多亏了这工作你才没变疯,呃……是没比原来的你更疯……我开玩笑呢……玛丽……消消气吧……她们那么年轻,是你一直这么对我说的。长得漂亮并且要加以利用有那么富于悲剧性吗?她们只是不知道怎么跟你相处,其实也不知道怎么跟别人处,这是些被送去满足那些无冕之王的可亲的小美人,人们常常期待她们是世界上完美女人的典范，而她们却往往被生吞活剥，这也是你对我说过的。我知道你挺喜欢这些小姑娘的要不然你也不会把自己弄成现在这样……"

"小姑娘？你做梦哪！这是些唯利是图而且冷酷无情的洛丽塔，她们……"

"玛丽，你现在对我说的这些，这都没什么大不了的……我想你的情况还没你说的那么糟，你就为了一个用错的动词变位而想把一切重新来过……另外，是不是用错了动词变位还不能肯定，你自己也这么说了，你不能肯定当时是不是听清楚了，你可能有点聋了……"

弗莱德叹着气，玛丽则陷入沉默。

"你很清楚，人们真的觉得腻烦的时候，从不会发无名之火……让人趋于绝望的是无力感，而不是愤怒。你知道，我也读过很久的书，整整十二年?! 而我现在整天和一些将"梗塞"说成"哽塞"并会犯其他各种语病的人讲话，我还没算上我的那些病人呢……然后你告诉我，这种知识性的衡量又说明什么？你常常说，当人们知道得太多的时候就会变得不那么真诚。得明白这点……你并不那么有包容心，你知道。你刚才还说到原子来着？我呢是觉得你要小心自己……就比方说爱因斯坦吧……能促进中子弹的研制并没有什么好骄傲的。他本该做得更好，来成为他女儿的好父亲，他却把女儿几乎完全抛给了祖父母！天赋……不……你啊，我的小老太，你是太累了，仅此而已。可我挺喜欢你的恼怒，只一个装模作样的密歇根小女人就把你弄成这样，这倒是真正的意外收获了。打电话给你的美国女吧，然后对她说她被选中是因为她长得像玛琳·黛德丽，不管她穿不穿网纹丝袜，她已经很走运了。我呢，我倒是挺想娶她的……但你可以帮我找另一个……当然了，要是这蓝天使[1]不乐意的话……

玛丽承认，在认为她们头脑简单这点上，她是有些夸张了，但剩下的那些可全是真的，她发誓，她是毫无办法了，她就是这么看待这些事的，你就觉得我有这么难相处？

"别过于保护你自己，玛丽，否则你会把自己封闭在一个盒子里并且再也出不来，到时连我都不知道怎么做才能帮上你了……然后你最终会恨我……我知道这于你来说是很困难的一天，但你还讲过其他的倒霉日不是？而你毕竟还是好好地在那儿，跟我讲些吊袜腰带的事，一切还不至于那么糟……说起来我还觉得你运气挺好的……我认识至少十个人，嗯……十个男人，好吧……他们是情愿花大钱来代替你的位置的……来选些漂亮妞儿！说真的，你的位置，就像你说的，她就在你现在所在的地方，每个人都是如此，每个人都有自己的命数……你父亲之前不是一直这么说吗？"

"恨你？你疯啦！你在说些什么哪？这词用得太狠了……恨你……

"你知道，不再想去爱，这也算是狠的了……好了，抱歉，我两小时之后还有个手术要做。一个小孩子，俊得跟作了孽一样。十八岁。差不多瞎了，生了个猕猴桃一样大的肿瘤。一定记得今晚打电话给我，我的女疯子，要不然我明天早上就搭飞机，自己过来找我的那个未婚妻！"

1　玛琳·黛德丽主演的一部影片名（摄于 1930 年），此处借指与女影星长相相似的美国模特丽莎。

5

玛丽并不总是因为这些内心痛苦和一般感情上的事而乱了方寸。一般说来，她是懂得控制住自己的，她学过这个。这可是家传的。这要感谢她那个坚强的父亲，每当她被绝望攫住时，他那笨重的形象总是能将她从胡思乱想中拉扯回来。他是个劳动典范，受人尊重，认真严谨且少言。如果说讲话并不是他的强项，给予热情的拥抱也不是。在瓦诺家，安慰和鼓励的话都是稀罕之物。家人们同样也避免相互亲吻以及所有稍显过分而不合时宜的温情表达。"我们都有自己的不幸"，"每个人都有自己的命数"，"要有点规矩"……这些还都只是一部分经常被父亲提起的训导，他当真觉得不管在谁面前放任自己或倾诉心事都是不合适的，几乎就是失态的。

也不能过于随意和任性。太过随便是低等人的习性，那些没念过书的，没听过教诲的，也就是什么也没学过的人。玛丽所深爱而又畏惧的父亲，他的寡言和那些训导，以及顽强的意志力，这些始终都提醒自己要调整状态，它们就像一根细小的棍子在背后嗖嗖作响……但它们现在使玛丽不至于陷入绝望的困境中，使她仍旧并且总是能撑住。应当说，家人们对于在保罗·瓦诺面前表现不佳这一点几乎会感到愧疚。他在经历了战犯强制劳动营后存活下来，在被强制经历了地狱般的生活后存活下来。不管怎样，一切都足以理解这个永远受其所害的男人，他在身体和情感表达上的慎重，以及他言辞里的蛮横。他想表现出使人安心的样子，但却做得不够好，他的建议听上去像一种判决。当一个人的青春岁月中有三年穿着制服然后又有四年在看守和狗的监视下度过，七年的囚犯生活，一刻不歇，也没有欢乐可言，原有的想法全部被摧毁，那是挺难感觉轻松的。

然后玛丽还记得自己曾偷偷看到父亲在以为没有旁人的时候，双臂搁在厨房的餐桌上，双手抱着脑袋并微微颤抖着。而这个小女孩希望进到这个脑袋里去停止他的苦难。没有这个在双手间悄悄为过去而流泪的父亲，就不会有这个成为了玛丽的女人，她每一天的存在都是因为这个男人难以置信的勇气，尽管痛苦在无休止地折磨他。可当初她在医院被简妮的死弄得几乎崩溃的时候，他却说些吓人的话。孩子么，你可以再生的，你还年轻，这很容易。在我这代人里，我有两个兄弟都死了。这不是只有我们才会碰到的事，都是这样。你觉得这很可怕而且不近人情，但从前我们可没觉得生活能继续下去。那又怎样呢，得要有个担保书才行吗？还要标上过期时间？还要什么呢？我们会在年轻的时候就死，很年轻的时候，这种事太多了。可我们也没有提过太多的问题。有什么用呢？有时我们看到那几个父母在纪念日的时候会哭，可我们不会装作忧伤。我们也会去墓地，但这并不妨碍我们继续工作。医院，这是给病人或者给那些觉得一切都完了的人设的。这对谁都不容易，我的女儿。生活，就是和死亡一起，而你永远也不知道它什么时候来。如果你接受了活，你也就接受了死，就是这样的。你可以就此谈上好几个小时，可这什么也改变不了……

玛丽有时会对这个父亲心存害怕。但这是她的父亲，就撞上这个了。她没办法不爱他，她爱他就像水之于沙子，像深渊之于回声。她会被这种爱弄得不知所措，这就像喜欢一种奇怪的动物，一头人们以为已被驯服却不会去回应爱抚的野兽。

应当说玛丽的父亲肯定是有感到过羞愧的，他那么冷酷，那么坚强，那么谨慎，那么克制，那么有自制力。他肯定会对她女儿因为抑郁而被关在疯人院羞愧不已。保罗·瓦诺当时并不认为因别人的死而痛苦是一种真正的疾病。可当时却是一个小女孩的死亡。在死亡里，有终止、完结，诸事运行的停止。死亡，那是极端状态的胜利。再也没什么要做的了。这个他是明白的。可是玛丽呢，她又没有死。她也没有得病。要是一个人既没有死也没有得病，待在医院就毫无意义，就是这样。或者不如说，这是保罗·瓦诺论如何生活。由此证明[1]。

门铃响了，玛丽走去开门。什么 CQFD？皮埃尔对玛丽说。你一个人在那儿讲话？这又是什么意思，CQFD？这不是一个化学符号吧……

皮埃尔径直闯进玛丽的房间并去看她的手表。都这时候了，我们直接过去跟评审团谈模特名单的事吧。他看到玛丽还穿着睡袍便顿感不快，他还说，这个么，玛丽，你这绝对是胡闹。但他没能有时间再找出另外一句他自认为有腔调的胡话，因为这层楼的服务生已经开始把早餐车推到房间里了。一股十足的松甜圆面包、咖啡和热牛奶的香气和他一起进来，那些实实在在的东西闻起来真香。皮埃尔立即到那些萨克森瓷器跟前开动起来，他想要忘记他那乏味的冲动。

玛丽趁机走进浴室并关上门。她开始化妆。总是这样才算得胜：当她隐约觉得皮埃尔在自言自语的时候并不用马上应他的话，他则已经讲到模特们的屁股了，因为他已经瞄上了两个模特并打算要向她们表现一番……这个工作日会很长。皮埃尔没敲门就进到浴室里并对玛丽说，事实上，那个发了疯的丽莎给他留了

---

1 原文为 CQFD，是数学论证中的缩写。

一条歇斯底里的留言。她说她要换经纪公司因为她希望自己被尊重，而在这家公司恰恰没人尊重她。所有关于这组原先说好要拍的照片都变卦了而玛丽什么也没对她说，另外，问题在于，别人从来就不告诉她任何事并且总是把她当白痴，从来都没人告诉她说固定长袜的带子就是英文里的"吊袜带"[1]，因为要是她早知道的话，她绝对不会答应为这类照片摆造型的。

他说他对于这个全裸的玛琳·黛德丽的事完全不知情。他还说他实在不明白玛丽怎么会去安排拍这组全裸的照片。《明星》周刊，这是个挺棒的杂志，可是毕竟……全裸……玛丽怒气冲天，她直直地瞪着皮埃尔的眼睛。按照顺序，她先感谢他点了这杯他没买单的咖啡，然后向他保证说，不，她可没聋，她可是听到三遍"全裸"，他明明很清楚《明星》周刊是个脱衣秀的杂志，就好像他不知道这个杂志的人经常会来预定公司的好几个模特，并且她想知道他到哪一天才会给予她尊重并且相信她玛丽，他这个经纪社的经理人，而不是这个发痴的骗子丽莎和全世界所有的丽莎姑娘。总是这样烦人地兜着圈子说话而从来没有坦率地解释，总是些让人厌倦和愚蠢的暗示。

这完全就是皮埃尔说的，他只是想要相信她，瞧瞧……或者更好……他相信她，可是到底为什么丽莎要编造这么些事端呢？

这就是整个事件的核心，龙卷风的风眼。一个漂亮姑娘是不会说谎的。她为什么需要这样做呢？美丽可是一道魔符。所有想要抵挡它魔力的企图都是可笑而无用的。美丽本身是不会惹出事端的。但这可并不妨碍拥有它的人变得恶声恶气或神经过敏。那

---

1 此处意为美国模特丽莎之前没有明白法文 porte – jarretelles 就是英文里的 garter belt，两者同指吊袜带。

些美人因而并不懂得知足，她们很清楚，只要用眼睛盯着一个傻瓜看，他就会马上粘上来并自动落入圈套，就像一只甲虫碰到粘蝇器一样，可是不，她们还需要另一种伎俩，说谎，这是又一种勾引人的方式，又是一种。永远都不知满足。更美的是，谎言只能把她们神化，人们会原谅神灵所犯下的一切。而当一个男人允许自己成为这类欺诈行为的帮凶时，他便不仅仅是失去了什么，他是在削弱自身。

当丽莎在皮埃尔那假装是被逼迫拍裸照的受害者时，她只是像皮埃尔所期待的那样行事而已。她扮演危难中的公主好让他来扮演充满魅力的王子。我漂亮这点也算是我的错吗？别人责怪我，我可是什么坏事也没做，救救我吧。而皮埃尔也只能把已经演起来的童话故事继续演下去。你的美丽让人嫉妒，我知道你什么坏事也没做，我在这儿就是为了救你。

这是由于男人也会需要一个漂亮姑娘的谎言来装装假，他自以为很好地掌控着这微不足道的小发电机。可让人受不了的是，他自以为是主子而倍感荣耀，这美人却已经对他表现出不尊重，因为她已欺骗了他。而玛丽今天不想听童话故事。更别说谎话了。她对模特们和男人相互玩的心理迂回术清楚得很，于是便提议立即回工作室去看看究竟是怎么回事，并当着那个摄影师和丽莎的面把一切都解释清楚。

他们重新看了一个月以来在杂志编辑部、摄影师和玛丽之间来往的传真，尤其是那份丽莎在去汉堡以前一星期时在上面签了字的，在那封传真上明确写下了那一组八张照片里每一张的主题并附有草图，其中有两张是有那个吊袜腰带的。就是那个丽莎，已经二十五岁了，却还穿得像个小姑娘一样并且还扎着辫子，就是那个丽莎在男人面前装清纯并且拍床上用品的照片已经拍了六年了，六年！她却声称不知道"garter belt"就是吊袜腰带，就是那个丽莎在嘴唇上涂唇膏并在回发给《明星》周刊的传真上留下唇印，再用黑色水笔写上"一切都OK"以及"我爱你，迪克。你永远的丽莎。"

柯拉丽把传真的复件发给了玛丽，并感觉到灾难就要来临了。皮埃尔想看这份复件吗？可皮埃尔拒绝了，他想谈些其他事，就像每当他感到一堆证据向他涌来而他不知如何应付时一样。他知道玛丽很了解她的工作，他当然是相信她的，那些姑娘总是把事情夸大。他建议玛丽一个人去工作室，这样更好些，她可以在一会儿午餐的时间去，或者在走秀的时候，反正她不在评审团之列。

玛丽在说话的当儿已经穿好衣服，她准备马上就走。她穿了一套克洛德·蒙塔那品牌的暗蓝色扎别丁质套装。皮埃尔对她说，她穿这身衣服很美，而玛丽回了他一句，你让我恶心。

玛丽和皮埃尔进了升降梯，电梯里轻声放着皮尔金组曲[1]中的第一乐章。玛丽在心里默默和着葛利格的动人音乐。这电梯倒像是个颇有教养并懂得感恩的人。这是德国人对那个敏感的挪威音乐家、业余瓦尔纳批评家的致意。皮埃尔问玛丽她是不是要一辈子都这么怨他。好吧，的确，他已经相信了她犯了个错。犯个错，玛丽，这总是可能的吧，不是吗？从你的宝座上下来吧，真见鬼！你可能是搞错了，或者忘了什么，这毕竟是可以设想到的吧？

玛丽于是说，他或许是对的，她可能就是在一个宝座上，并且，她也可能对这些美丽年轻的姑娘期待过高了，这些素质低下却胆大包天的和那些理性的女人们一样行事的姑娘，可这全都要

1　挪威作曲家葛利格为易卜生诗剧《皮尔金》所作的两套交响乐曲，谱于1875年。

怪那些像他一样的家伙，他们鼓励这些女孩不用怀疑任何东西并蔑视一切，还要适时地撒谎，因为这能使得她们和他们上床，说到底，他们想和她们上床的企图并不会白白落空，而正是因为这样，他们才成了她们的牵线木偶。

可要是她的苛刻是有道理的呢？是不是总得以低层的水平作为参照标准呢？玛丽想起了弗莱德刚才对她说的话。

"我不怪你这么看我，皮埃尔，但我觉得我不在自己的位子上。在这行里干活要不带情绪，我想应该是连心都不能带。我之前是以为我能改的，也能让那些模特改，帮她们改。一件事本来说得好好的，第二天就矢口否认。我们在一种没有根据和不明不白的紧张状态中工作。这是身体和精神的混战。我需要些衡量的尺度。我想我要停下不干了。"

于是皮埃尔就说了这些难以置信的话：

"好的，你的'高处'，它恰恰就是太高了。如果大家都处得这么高，就得有人重新下来，不可能所有人都在那儿杵着……还有，你为什么希望那些模特变得跟知识分子一样？实际上，和你在一起，模特总是错的，只有你是对的。你真是呆头呆脑。就说那些教书的吧，你觉得他们就是完美的并且从来不在小孩的脑袋里搞些破坏？我就有过一个完全是法西斯分子的文学老师。这可好了，想想，就因为他，我当时没法喜欢上黑人！我错过了格蕾丝·琼斯[1]就是因为这个！得有各种不同的东西才能成一个世界，玛丽……让那些姑娘顺其自然吧，每个人都有自己的位置……你太把自己当回事儿了……就像我老爸会对我说的：'总得有一些人负责杀猪，另一些人负责腌猪肉。'"

玛丽开始向他解释说她谈的不是知识分子不知识分子，而是

---

[1]　格蕾丝·琼斯，出生于牙买加的黑人女模特、歌手、演员。

那些姑娘应该多动动脑子并且诚实些，动脑子和诚实，真要命，这有那么难吗?! 然后呢，自由意志，是有这么一说的，他有权利批评甚至去向他们校长揭发他的老师，他说的那些实在是可笑……再然后么，感谢你引用的关于猪的箴言，各就各的位，诸如此类的话，但这恰恰就是她刚才跟他说的，她刚对他说过在这行里，她找不到自己的位置。

玛丽还正在气头上，而就在她和皮埃尔走出电梯的时候，酒店的一个员工向她走过来。那人名叫吉雷尔德·基芬，名字用黑色印在他金色的胸牌上。他说有一位丽莎·克伦威尔打电话找玛丽·瓦诺，说她打电话过来的时候玛丽正好走到那儿，这还真巧。又问玛丽是不是想马上和这位丽莎讲电话? 这家伙真是个蠢货。她一把抓起听筒并准备来个第三次世界大战。但丽莎完全改变了策略，她觉得摄影师为准备这组照片而拍的那些快镜照片……妙极了……还有，这完全不是玛丽之前所设想的那样，还有，这次她就不换经纪公司了……然后是她的傻笑。她今晚要和整个工作团队一起去酒吧开心开心……玛丽和皮埃尔是不是也想来……

玛丽在说了几句不伤大雅的话后挂断电话——其实是丽莎一直在说。她用一种平静得不能再平静的语调对皮埃尔说：

"你满意了……我可什么也没说。"

"你还是这样好，要不对你有什么好处? 让她去拍好了，这些该死的照片，让她犯贱好了，我们才不在乎，不是吗?"

皮埃尔说，他不知道她会这样怪罪她们，那些女模特。玛丽回答说她自己也不知道她会恨她们到这种程度。弗莱德也对她说过同样的话，或者说，他试过对她这么说。她说其实她并不是真的恨她们。这一样吗? 我也不能让自己喜欢所有的人，你呢，你就喜欢所有人了？抱歉。我只是想到别处去，我甚至不知道去哪里……皮埃尔……我喉咙疼……

皮埃尔和玛丽在酒店的房檐下等他们的车。汉堡上空下着蒙蒙细雨，落下的水珠纷纷粘到大衣上。看到这情景，玛丽的眼泪忽然涌上来了。

"你看，皮埃尔……这雨下得……就像棉花糖一样……简妮那时可喜欢棉花糖了……"玛丽说。

接着，为了分散她的不安，或许也为了让皮埃尔忘记她刚刚说过的话，她很快又说：

"真是疯了，切尔诺贝利核能电厂两天前爆炸了。"

"你知道，你所做的那些真的是毫无用处……你真的要精神失常了……然后那个切尔诺贝利，据我所知，那好像不是在汉堡的郊区……"

"皮埃尔……啊！皮埃尔……"可玛丽知道这都会过去的，这愤怒会过去的，还有这痛苦和连带的喧嚣声。有时候，她能找到的所有能使她那焦虑的神经平静下来的东西，就是她安在自己脑袋里的那个泄气袋，她在那上面用意念狠狠宣泄着自己的怒火。至于棉花糖之说，他讲得有道理，应该马上驱散这念头。棉花糖这东西，想来其实还是比较令人倒胃口的。

6

玛丽和皮埃尔到了市政府大楼。大楼占据了市中心的整个哈迈斯塔德广场。它就像直插入到空中一样。从汽车里甚至看不到房顶。看那房子有多高……你瞧见了，要想使人印象深刻的话，总也得往高处去。你说的有道理。皮埃尔说。

大楼在 1842 年抵挡住了一场火灾，并在 1943 年时逃过了那些可怕的轰炸而得以留存下来。这是一种纵向的扩张，但并非仅此而已。在建筑胜利的背后，可以看到有其他一些东西在，房梁骨以及相应的保护措施，被雕琢过的岩石。为求优雅而对整个建筑物实施的控制。这就像在成衣剪裁时人们会设计一个细而紧的紧身胸衣，这了不得的东西就像石缀的流苏边饰。玛丽立即想到，这地方该会对那些贞洁而激昂的心灵产生重大影响。皮埃尔怎么就能争取到在一个历史建筑物里进行模特大赛的许可？这大概又是他的那些个花招骗术之一，皮埃尔懂得把任何人都哄得团团转。

活动有两个赞助商，"B."，一个欧洲省钱物品柜台的法国化妆品品牌，以及"橙子吧俱乐部"，当地一个坚持要登出他们商标的夜总会。这很容易理解，夜总会的老板赫尔曼·斯特罗是格列塔模特经纪公司老板格列塔·葛丽克的股东。

赫尔曼·斯特罗才不对大赛感兴趣，他感兴趣的是那些参赛的姑娘和公司的模特，对公司他可是给予了宝贵投资的。投资一个模特经纪公司，这可是不错的，能吸引客人。他知道本城以及周边地区的所有姑娘都会在当晚到他的夜总会来，在舞池里流汗宣泄一番，到时他就能勾引好几个女孩甚至放倒一到两个，他可是有过夜权的，只要他没有服用过量可卡因，这神奇药粉越发经常地让他变得疲软无力。他参加模特大赛这件事为他在那些无聊和可怜的女人中赢得些许威望，在这些女人眼里，一个夜总会老板，那就是上帝。

证据就是，他能使她们被格列塔公司雇佣。他无所不能。他就是这么对她们说的，而她们相信他。她们已经觉得，和他上床，以便到他的夜总会去娱乐和免费消费是值得的，而除此之外，要是他还能让自己成为明星……一种软性的拉皮条。对于他上过的那些女人，哪怕再丑，格列塔都会安排些大杂烩式的活动，在几周内慰藉一下那些女人对于身份的追求，而这些都是为了使赫尔曼不丢面子。格列塔跟他合股是因为他是个会讨好人并照顾好生意的管家式人物，并且多亏了他，格列塔能知道她的模特们夜里上哪儿去了。她更希望她们是到一个信得过的人那里去抽烟、酗酒和嗑药。妨碍她，以及妨碍一般模特经纪人的并非是这些模特们的放纵，而是别人趁机盗走他们的盈利额。那么，要是那些同类经纪公司想吸引模特们并带去他们那儿，在赫尔曼那儿，就会比较难得逞，他马上就会知情并通知她。赫尔曼是个了不起的合伙人。

第二个赞助商，B公司的代表人，像只眼神迷离的盲蛛一般，他手里拿了把伞，神情躲闪地看了看玛丽，然后绕过雅科仕车，选择给皮埃尔去开车门。棉花糖般的水雾成了细而连绵的、渗透到各处的水珠。玛丽看着这高大的俊男人，心里感到沮丧。今天肯定不是我的好日子……被药力作用弄得有些疲惫的她轻轻地对皮埃尔说道，而皮埃尔正从这四肢发达的家伙手里抢过雨伞，绕过车子一圈要来给她开车门。玛丽知道，在皮埃尔眼里，女人至多被看作是让人舒心的随行动物，但他也会凭本能知晓他到哪处应当适可而止。他采取的是一种灵巧的礼节，其中兼有礼遇和讨好的恭维，以此吸引他的猎物，这态度极容易被误解成为是一种敬意，也因而容易使猎物到手。

乔装打扮是一种面具，它并不能改换人的面貌，至多能成为一个过滤板，来规避不公正待遇和一些凌辱。皮埃尔也明白，在礼节之外，守规矩也常常是让自己受女人欢迎的至关重要的条件。有些女人会甘愿被愚弄，但这也需要有一定的方法。

史黛拉：布兰奇，这不是事实……

布兰奇：可是……史黛拉，我不要，不要事实……

我要的是魔力！是的！是的！魔力！

玛丽忽然就几乎想要拥抱皮埃尔了。他正为了不让她被雨淋而操心，他要给她遮雨，大概要搂着她，即便只是片刻，共撑一把伞，这也算。那当儿，玛丽甚至可能就对这假装的魅力敏感起来了，它与自己那么需要的尊重感如此相似。她边打着喷嚏边出了汽车。

"呃快……快叫医生……"[1] 皮埃尔说，重又开始炫耀他的德语。

"皮埃尔……我真的觉得我得了喉炎了……还发烧了……全有了……"

"不是吧，你像这样讨人厌的时候，就说明你是在害怕，仅此而已……"

皮埃尔是对的。尽管他时常激怒玛丽，她却羡慕他能简单直接地说出他所想的而从不考虑这样做的后果，她羡慕他如农民熟知天气那样的敏锐感官。他说话很坦诚，这点可以肯定。他知道她说喉咙疼不是在撒谎，但他就是不提这个。他怎么知道她是在害怕？

其实她真的总是会害怕去面对那些新人。她也真的更希望继续扮演她作为批评者的美差，我可不想要这么恐怖的人到我这儿来，对那个姑娘我是无能为力的，她太丑了，她这么告诉皮埃尔，告诉星探，告诉前来挑人的客户。然后，跟那些像狗仰望星星一样看着你的未成年少女说话也是件难事，她们还会把你的决

---

1 原文为德文。

47

定当作一种伦理宣判，就好像要判她们死刑一般，随后马上来一句，不当模特，不可能吧？更不要提某些个女儿没被公司选上的母亲，她们会把她看作是专横无情的刽子手。

这些母亲想做委托代理的美梦，这些母亲不可能错看了她们小孩，而她们本能确信无疑地借孩子的光在人前卖弄一番，这些母亲危险而又让人怜悯。玛丽已经听过上百遍来自这类母亲的尖刻批评，当人们对她女儿说"不"的时候她们就感到被剥夺了一切，并肯定地认为是评审团搞错了，她好漂亮，自她小时候起所有人就都这么说，然后是那些儿童选美比赛，那都不在话下，数都数不过来了，您知道，您还不了解所有这些得过的奖，而我，我知道，她赢过其他地方的许多奖杯，我们都不知道往哪儿放了，她父亲甚至在车库里专门修了一个搁奖杯的架子，这家经纪公司又不是本城的唯一一家……也不是地球上唯一一家，您知道……另外，您想我老实对您说吗？您可真没品位……

再要不她们就变得沉默和冷冰冰的，对她们那被大赛抛弃的女儿们漠不关心，就像是记恨于她们的过失一样，然后就苦着嘴，把那些她们视作侮辱、同时又显俗气的衣服收拾进旅行箱准备打道回府。那时候，她们想要朝玛丽脸上喷的唾沫星子就被愤怒的眼神所代替了，这肯定和武器一样具有杀伤力。而当她们重新懂得运用语言的时候，所谓风度和最起码的礼貌都会消失不见。这些母亲的爱，便是对权力的滥用。

玛丽害怕成为那种在几分钟内不可避免要粉碎别人梦想的锋利刺刀。上帝戴上蝴蝶的翅膀要来逗弄一个前来选模特的经纪人的心神，因为另一个总是会更美。要？不要？两者间只差一点点而已。头痛、疲劳、烦躁或者一时的走神、分心，真烦人，哪个好呢？这个？还是那个？这些美丽新星的命运毕竟还是要通过删选的。这选择的痛苦，这绑人的十字架。

无论如何，玛丽更喜欢到那些在世界各处向她推荐女孩的经纪社去选人，或者根据那些家里人一片诚意拍出的做作和挑逗的照片来选，再或者在路上偶然见到，不论在哪里。所有这些，都胜过可怜而让人丢脸的走台，这太让她联想到集市上一排排神情迟钝的牲畜，人们以为能走台就是有优先获得奖励的机会，但实际上，她们什么酬劳也不会得到。

另外，他们甚至不会去看那些女孩，他们没时间去看，她们都彼此相像。精力充沛的渗汗的肉体，就近在眼前，也是伸手就能碰到。要是离得过近去看，就显得粗俗。这样看去，几乎就都是丑的了。模特大赛就是长时间令人绝望的不安，以及可悲的评语、粗话，一个篡取来的名头。那姑娘没肩，又有个大屁股，好似一个汽水瓶，不行，你看这姑娘的手，长得就像脚一样，那姑娘本该刮一刮阴毛的，毛太多了，也很快会重新长出来，我这儿还是不行，上帝保佑，她也让你觉得刺激了？那一个，她倒是会不错，行了别说了，我承认她的乳房不怎么……那三个瑞士姑娘呢……

这远不是那些评测知识水平的竞赛。那些无情的裁决里充满暴力感，尽管里面从不带有侮辱性。而对于模特大赛而言呢？评审团只会去评判一个女孩的身体外观，将她的身体特征与罗列出的标准体型相互对照，这又是一种野蛮行为。还有在性事方面冷冷地评判两句。真有些肮脏。为什么要把这些叫做竞赛呢？经纪公司不要的那些姑娘将被淘汰。词语本身什么都说明不了。淘汰，抛弃，隔离，排斥，删除（删除的常是那些被视作让人不舒服的，没用的或者有害的东西），划掉，排挤，与安排的项目无关，有偏差，被拒绝。所有这些过于严酷的词汇成为大赛的可怕反响，而它们和"优雅"一词又是如此关联密切……要能承受这种折磨，最好还是把自己变成一个粗俗的姑娘并让自己具有杀手般的冷酷心态。这些参赛的女孩中却有极少数是有心理准备的，大都太过脆弱，太过愚笨，没人事先对她们说过，她们其实并没有任何损失。她们怎么能接受自己因为美丽而被认可并因而被评判这一点？……这又是经由哪个克里安国王[1]之手来定夺的呢？

玛丽对皮埃尔说：

"拜托，今天就别让我见那些刺眼的巾带和那些奇形怪状的国籍牌了，我感觉就像在一个农品展览会给牛评奖……"

"你就会给我们找麻烦，"皮埃尔说，"这不过是个模特大赛，最好是得奖。她们就是为了这个而来的……来争取得奖，争取拿到报酬。然后或许能为以后的发展铺路……只是戴条漂亮的长巾……一个徽章……还有一束花……她们今晚会上北方电视三台和 WDF 网上视频直播！家人，朋友……大家都会看到她们的！玛丽，没人强迫她们来报名。而且她们才不在乎你对女人成为摆设的担忧。你不能代替她们思考，你可要好好记住这点。就好像你不知道世界小姐选拔大赛一样，更别说环球小姐大赛了，那可是吸引了全地球最为众多的漂亮姑娘的比赛，也是来钱最多的。你知道那一场比赛滚出多少钱？上亿美元！电视转播时的广告费是二十秒广告十万美元。四十五秒广告四十万美元。九十秒广告一百万美元。看这个的可比看足球比赛的人多得多了。你知道为什么？因为全世界的青少年都对这些模特迷恋不已，他们的母亲

1　克里安国王，希腊神话中底比斯城的国王，在文学作品中常被描绘成一个厚颜无耻而专制的统治者。

也一样。相当一部分母亲都会一动不动地粘在那里看比赛进程。她们看着那些世界上最美的女孩并嫉妒不已，她们看的时候对自己充满自责，但还是接着看。有时候她们可能会发现一个潜在的迹象而使自己变得和她们一样美。然后男人们也会在电视机前兴奋不已，一个个漂亮的屁股蛋儿，一双双美腿、乳房，你以为是什么呢？这就是现实。更别说这里的德国赞助商了，他们发痴到愿意支付一分钟二十万马克的广告费，你看看好了，现在可不是把一切推翻重来的时候。还有，就是今天，你知道这对我们的赞助商来说意味着什么吗？对我们公司又意味着什么？所有我感兴趣的事，就是我们在电视上被人看到。办模特大赛就是为了这个。即便你把这叫做批量进货，或者随便什么，也不能改变得奖姑娘能给我们赚来很多现钱的事实，即使这姑娘不是其中最漂亮的……玛丽，我向你保证，现在不是乱使性子的时候，但是……既然你主张你那些拯救人类伦理和未来的伟大的人道主义精神，并且你的伟大发言从来不能被打断，你就去和那个盯着你看的花了大钱来安排这一切的水泡眼聊聊吧，或许你能跟他谈一下你那套关于现代社会中妇女地位的理论……我么，你让我觉得吃力。我得去看看大厅里的情况怎么样……还有，你动作快点，我需要你去一下后台那些姑娘那儿是不是一切顺利。

去看一下是不是一切顺利……有什么可以不顺利的呢？一群一丝不挂的女孩，或者不如说她们就像被乱玩的洋娃娃一样被剥了个精光，并因为寒冷和紧张、激动、成功的欲望、躁动等这些同时涌来的感觉而微微发抖。她们已经应有尽有了，就这样还需要去问她们是不是一切顺利？

玛丽想离皮埃尔所说的那些事实远一些。不跟粗俗的事过不去，"公务"，就如他所说的。这种集体脱衣服，免费看肉体，这也叫公务？总得到什么地方去找那些合适的女孩，她们又不会从天上掉下来，你没发觉么？会啊，她们就是应该忽的一下从天上掉下来！煮好的美味。还不知道她们是从哪儿来，怎么会掉到这儿的。这可不是我的问题。咱们看到她们这样一丝不挂的时候，甚至不会对她们的天真幼稚产生同情。

那些麻木不仁的言论无疑是把她的脑袋搅得嗡嗡发震了，并让她心里直冒怒气。玛丽仍旧保持着镇定，但也同时对她自己所面临的矛盾状态沮丧不已。她的大脑不断注视她并对她作出评断的画面，这个重复出现且具有精神分裂性征的画面频繁地扰乱着她的心绪，她以为自己在走出机场出租车时已经有所好转，可事实上这困扰似乎重又开始发作了。

皮埃尔是对的，这不是可以改变世界的一天，尽管有着环球小姐之类的选拔和切尔诺贝利事件。可是该思考什么，怎么做，往哪个方向奔忙呢？《银翼杀手》[1] 里的那位人形机器人杀手才不会去管皮埃尔，也不会对那个 B 公司的水泡眼下手。只能向前走，和别人一样行事，随大流，装模作样，说些套话。这次，她不能再像从前一样习惯性地对那些哭哭啼啼的落选者表现出漠不关心的冷酷样子（她倒是真的不怎么同情那些为了一个根本不值得去追求的事业而哭得稀里哗啦的女孩子，反而挺想抽她们几个耳光的），或者朝她们嚷上几句不中听的话，她这次得试着对这些名不符实的失败者表现出支持，并帮她们重新树立起那被粉碎的希望。

人们总是乐于在陌生人面前——尤其是那些这辈子大概不会再见到的人面前，摆出一副长辈式居高临下的姿态，并说一堆空洞的同情话。人们总会充满愉悦地滥用那些被华丽外表吓住的人

---

1 《银翼杀手》是 1982 年首次出品的一部黑色科幻电影，讲述人类与其复制机器人之间的争斗，并从中探讨生命的意义。

所表现出的不安，应该看看充满期待的表情是如何显露在女孩们紧绷的脸上的，那些天赐的漂亮脸蛋，还有玛丽以她那见机行事的脑袋向她们描绘的未来生活，她并不向她们说"不行"，但这终究还是"不行"，她的话终究还是扼杀希望的，可这一切也没什么大不了的，好啦，这不是一个真正的竞赛，所以就没有什么大的损失，也没有真的嘉奖，不存在真正的评奖，没必要觉得因为不在目前的获奖者之列就是失去一切。受宠一时的女皇，胡扯吧，还有那两个陪衬，乱七八糟，她们赢的不过是一个劣质的冠冕，而这毕竟不是真正的生活啊……不至于吧……就是头上有一个塑料环状皇冠而已！一条绉纸做的长肩带和一束花，跟葬礼似的！这些实在不值得她们去自找罪受。

跟她们说这些话时却是要小心着别让她们母亲感觉到丢脸，这可一向要难得多，她们也一样怨恨这些糟糕的规矩。她们被剥夺的是获得幸福的可能性，是对她们所作出牺牲的尖刻否定。十分钟前还在 T 台上看得见的希望眼睁睁地成了她们幻灭了的梦想和她们所错过生活的一种报复。生活中的又一败笔。

7

那个高大笨拙的化妆品商在大楼的台阶上方忙碌不已，就像是一只才为自己解除了警报的胡蜂。他发现皮埃尔在出于礼貌跟他打了个招呼后就溜走而不再对他感兴趣，于是就把注意力转向了玛丽。

他似乎有些神色张皇。直到目前为止，做造型的事没有经费资助和他这类举止倨傲的细长杆帮忙，也进展得挺顺利。可这一行现在渐渐成了大热天的一块肥肉，它吸引的还不只是家养的苍蝇。野生的苍蝇也希望能分得一份现成的新鲜血液。人们不能再仅仅满足于靠运气去找到合适的女孩，或者到美洲那些贫穷地区的小规模模特公司，加拿大的牧场，以及北欧那些被过度耕种的乡下地里去挖人。就连模特星探都已经不够使。搜寻新鲜肉体的竞赛算是开始了。必须要越来越快地给自己供上人，而需求方给出的条件却总不尽如人意。美貌这东西是挺美的，但她也会使人厌烦。然后人们会发觉，她是可以替代的。

这一天的倨傲之人名叫让皮埃尔·弗里玛。他是一个廉价化妆品品牌的业务代表，他们品牌在欧洲的销量倒还不错。B公司通过一个做过手脚的广告而盈利，并属于一个拥有C公司的男人，一只穿金戴银的贪婪章鱼，那些销售商满以为B公司和C公司的产品都出自同一个实验室，就像一般的看法一样，他们任那些赝品流到市场上，而事实上，在B和C公司之间没有任何直接或间接的联系，除了两个公司的盈利都收到同一个男人的腰包之外。但事情都是这样的，大品牌的光环罩着小品牌。人们只会把资金借给富人。

赞助商对投资一个模特大赛所包含的利益清楚得很。他会保证给获奖的模特更优厚的待遇。相对一般给模特社按日支付高额报酬（一个模特在刚开始发展的时候每天大约能赚上二千五百美元，几个月内就能平均赚上八千到一万美元，还不算她因为肖像经营权而拿到的那笔酬劳），他们可以压低成本。企业的规模和资金实力无关紧要，大家都会廉价买卖。就连最小规模的公司也敢在小范围内尝试一下，但公司越是大，就越会要求点好处，优惠，特权，抬价。富人们总是到哪里都想着要"有价值"，他们越是有钱就越是想"获得价值"，富人是很强的，对自己的权力十分肯定，并给出要求。然后他就会得到。什么都不能损失。

损失一点，就是损失了全部。

B 公司是这些正在充分寻求商务发展的公司之一，它想以一个新面孔来做一轮欧洲广告宣传，可广告费太贵了，当然对它来说尤其贵，场地、工作室、海滩、一些可怕的广告词，这些都是需要支付费用的同义词。公司也是愿意支付这笔钱的，但它不愿付钱给一个过六个月就不再受消费者青睐的模特。这种规模的公司大概会为了这样一个广告计划来付给模特五十万美元左右的酬劳。但有了今天这样的模特大赛，他只要花上比支付第十名获奖者都要少的钱就能请到获头奖的模特出镜。人们会让新模特胡乱上些镜头，实际上她们几乎就是在赔本工作，并为杂志里、大街上、墙上到处都能看到的自我形象满足着。她们只会在过了很长一段时间之后才知道尊严也是可以用来讲价的。

用来放映 B 公司所选图片的幻灯机坏了。这个弗里玛先生可不知道该怎办，他焦躁得就好像他马上要去操作放射性镭一样。

"放映机么，这没那么复杂吧，"玛丽说，"我用过很多次，而且……"

"我知道怎么来用这样的机器，小姐，但这台机器可是你们的。"这个恶心的家伙一边打断她一边这么说道。

我不明白这之间有什么联系，玛丽心想。可是她却说，这会弄好的，您看着吧，我马上去往机身上砸一下，然后直直地注视这个蠢家伙。

当他们两个都走进为大赛而准备的大厅时，玛丽感觉仿佛走进了一个斗兽场，这就是她的想法，一个祭品们相互争斗的地方。首先，那股热气，室内的暖气被调高了，以免姑娘们着凉，她们可是已经在那些用灰色遮雨布临时系在金属撑杆上而搭成的简易更衣室后面抱怨了。然后一种混杂的气味，焦躁等待的女孩们的汗水味和所有其他气味相互搅和，在场的男人女人们，嘉宾、工作人员、工人、一些看热闹的，然后是花，到处都是花，那些花被散发出的味道混入到空气里，汗水、烟味、不干净的内衣的味道、发热的腋下的体味、廉价香水的味道。还有一些隐隐的传达害怕情绪的香味，它们把真正的芳香变成了让人不安而感到恶心的怪味，就像等待献祭的处女，被当作祭品的畜肉所渗出的气息。

最后还有噪音。那声音就像是给猎物分食的人所引起的嘈杂。技术人员在给话筒试音，嘉宾们在大声地讲话，工人们钉上最后一些要钉的钉子并相互大声说着话，开着一些自以为私密的玩笑——人们并不是每天都有机会来近距离地看到年轻漂亮的姑娘——离得过近的后台不时传来叫唤声，还有失去耐心的姑娘们的笑声，那笑声几乎会让人以为她们是在求救。一个兴奋起来的大厅，就像从前开摇滚演唱会一样。两者都是斗兽场。

让皮埃尔·弗里玛轻拂了一下玛丽的手臂，让她和他一起往这场灾难的源头走过去。在走向那张评审团要就席、后头安放着那台难对付的投影仪的桌子时，玛丽情不自禁地想起她等待那些可怕考试的日子，担心就要轮到她时的那种从腹部生出的恐惧，她每每看到整齐摆放的纸张，印有姓名头衔的小尺寸卡片，还有削好的即将写下那些判决的铅笔时都会想起这些。而这些参赛的女孩毕竟也是会觉得害怕的。是什么样的胆量促使她们甘愿成为他人的养食，这种不知名的想要被认可的愿望，而此时她们还不知道，她们那只是想稍加利用一下的美是一把刀，说到底，这正是玛丽最欣赏她们的时候，笨拙而有些脆弱，知恩图报，没法说不，和气并还比较容易受影响。装模作样的手段，需要一定时间，但这也是可以学的，她们早晚能学会，您教我的阴险和背信弃义的那套，我会去试着用的，而且我要是不能超过我的师傅我会难过的，玛丽是个好老师，一个优秀的威尼斯生意人。说不，永远说不，或者我再看看，说你得先跟我商量一下，你还不能马上决定，像这样，人们尤其喜欢他们无法得到的东西，只有傻瓜才立即答应别人，不行能给人施压，行就让你变得很容易得手，或是变得愚蠢，你明白吗？只有在她们想要摆脱她的管制时玛丽才会开始对她们有些怪罪，说到底，这就像一只不肯放松她已到手的骨头的母狗。

那投影仪在玛丽的摆弄之下，差不多在两分钟内就向她屈服了。她几乎要因为这机器的过于服帖乖巧而感到遗憾。她本来很愿意向那水泡眼展示一下她对科技的掌握能力，而已经惊呆了的水泡眼一定要送她一整箱 B 公司产的化妆品作为回报，当然了，那会以个人名义送到她的住处。您是否凑巧有朋友是药店里做的？我喉咙里疼得难受……玛丽用压抑的声音问道。

她现在笔直望向她的前方。领奖台，一个十五米长、一米五宽的硕大长方形，安放在离地八十厘米高的地方，盖着暗白色棱纹布料。整个台面让人联想到水平搁置的十字形绞架，模特们从横条方向的后台出来，然后走在那条竖干上。在十字架尽头，是一整排评审团成员。就像一个战争法庭似的。舞台上的布没有铺整齐，一些厚厚的褶皱在几处形成小波纹，而这对于走台的新手来说是十分危险的。玛丽心想，她或许应该先培训一个技术员工出来，以免哪个姑娘整个儿跌趴到地上，把 T 台变成拳击台。

评审团成员坐的那张桌子正对着 T 台最窄的那边。评审团绝不能错过模特们出场的时刻——她们此刻正藏在那横条后面——也不能错过她们走向他们的那刻，还有她们转身走向 T 台的那刻。走过来再走回去。二十秒内评定其发展潜力，并识别出能被选中的女孩。走过来再走回去。评价一下步伐的技巧，感觉一下她的镇定程度，诱惑力的好坏，诱惑力都已经在那儿了。大概估计一下成功的可能性，她们的运气。走过来再走回去，以此来掌控那些女孩，并去除那些最蹩脚的。绝不留情面。

8

所有的模特大赛都存在弄虚作假的现象。那三个获奖者都已经在走台前被选定。汉堡选手的命运是在巴黎被安排好的。如果说也选些身形尺寸在时装界并不算突出的"一般"女孩，这实则为了让人们以为每个人都有着他的运气。

大赛评审团成员和时装业并无多大的干系，人们只是假装征求他们的看法。十个人里大概有两个做的是和这行有关的职业，一个摄影师和一个时尚编辑，来作为业内的利益交换。但他们很少真的会来，他们怕别人强迫他们去做些事，怕别人强迫他们去预约获奖的模特。较少受到胁迫的是摄影总监或那些被广告公司雇去做单个项目的职员，他们可没什么好怕的，要是他们同意来，就是因为他们目前还没有正式的女朋友。其他人大多是抱着一饱眼福以及玩玩挑逗游戏的目的而来的。此外，评审团滑稽的不协调感——店铺经理，夜总会老板，流行歌手，二流作家，名品汽车销售商，大家都是单身，朋友的朋友或者是助理的朋友，主要是男性——或许会产生灾难性后果。成了明星的模特都是些高大消瘦的长发姑娘。模特公司的所有人都懂得这点。在模特圈里不存在丰臀巨乳的维纳斯。在一个模特和一个维纳斯之间，评

58

审员们几乎总是选那些合乎胃口但却没法为之裁衣服的维纳斯。就是因为这样，他们的看法才不会被接受。他们也可能会选些真正的女人，多荣幸啊，那些胸围98、臀围91的玛丽莲·梦露或者是好不到哪里去的索非亚·罗兰，那些没法将一件高级连衣裙套上身的可怜女人，这可是只有那些长得神怪般的女人才能穿上的衣服，一种不完全是女人的女人形象。相比盛开的花朵而言，时装更偏爱花茎。

那些"一般"的选手就会被印到内衣采购目录上，只有内衣才会容忍那些长得有些丰满的姑娘。说到底，这还是一种切口。应该明白"丰满"和"瘦弱"是对等关系，但它们是否完全对立？只是臀围和胸罩罩杯号的不同而已。一个模特应该遵从这个行业最基本的规则，除了瘦还是瘦。重量会将她联结在地而把一切都固定住。我们会不会觉得要找的是一头牛？正相反，要找的是一只鸟……因此，一个模特或许能侥幸逃过苛刻的175 – 85 – 60 – 85的筛选标准，但她永远也成不了名模。她们能和一些名人相互调调情，但只能是离得远远的，她们也无法达到行内的珠峰，要知道，达到了那种高度的模特总是再也不愿从那上面下来。所有这些一点也不能改变那些参赛模特所感到的真实的恐惧感，她们今天要在那充满各种潜在危险的秀台上往前走，对她们早已被安排好的命运一无所知。

促使模特公司举办模特大赛的最主要原因，就是梦想能在其中发现稀世珍宝，在这点上，国际模特之星经纪公司和其他公司一样。那个从未见识过的、比某某更漂亮的，反正是更好的。因为在大赛之前，经纪公司只能通过照片对参赛者有所了解。而玛丽仔仔细细地看过全部照片，这种能通过光在一个敏感表层上的反应来获取人或物的持久图像的一种技术。她分析了发型，肤质，剖析了她们的笑容，试图在她们的眼神里看出些什么，并试着想象一下这些尚未破蛹而出，前途未卜的女孩变成蝴蝶后该会是什么样子。而她没有发觉一个让她眼前一亮的姑娘。一个都没有。完全没有。

但对一个年轻女孩来说，漂亮并不足以让她被选中。她也应该懂得在秀台上自如地行走，在展现她身体的同时也展现她的脸蛋。人们要看到长相，高雅感，仪表，魅力以及很大程度的性感。一个不灵活的姑娘就算再漂亮，在模特圈里也成不了气候。这就是为什么必须亲眼看一下她们才能决定。就像多疑的圣·多玛[1]一样。鼻子太长，脖子太短，耷拉的眼皮，胸部离肩线太远，这些可怕的缺陷却是能被遗忘掉的，如果那模特够机灵的话。一个美丽的女孩并不是一定能成为模特。得要非常强硬的做派和杀手般的心态。当美丽成为一种职业的时候，它同时也是一种骗人的伎俩。

那个瘦弱而脸上长痘的柯达男，因为在最后一刻被邀请来参加这个被他认作是一生之难得经历的活动而激动不已，并觉得无论如何所有这些女孩都是可以来搞一下的，他是不是懂得去看表象之外的东西呢？他并不是唯一一个讨人厌的人。

赫尔曼·斯特罗，这个有些秃顶的四十多岁男人从他的橙子吧俱乐部老板摇身一变成了选美比赛的评委，他代替格列塔过来，因为她的两个职员生病了而她正被手头的一个活儿逼得焦头烂额，他同样也认为所有这些女孩可以任人使唤，他的口吻就像一个老手似的。此外，他还在玛丽把照片递给他时盯住其中的三张说，操，这几个好，因为他觉得她们不是粗俗而是可以搞定。好就是对他有好处，好就是别人要她们做什么她们就做什么。好就是要懂得报恩。好就是即将成为奴隶。

1　圣·多玛，耶稣的十二门徒之一，象征质疑精神。

还有格列塔今年雇来的那个星探，他又会说什么呢，公司跟他的合作已经出现好几个问题了，他极自然地滥用他接近女孩的特权来和她们套近乎，为自己编造了一个梦想中的经理职位并让姑娘们相信他有权力来使她们成为明星，而实际上他更经常把她们带去他的床上而不是签约桌旁。

另外还有菲奥娜·古米兹的母亲，这个德俄混血并长着双超长美腿的模特在 70 年代有过很成功的发展阶段，之后她在过度吸食鸦片和患上精神抑郁症后渐渐地退出了模特圈。她现在在离汉堡几公里远的地方生产二十马克一个的旅游纪念品烟灰缸来治疗她失去的梦想。她的母亲一直痛惜她女儿被糟蹋了的生活，并且只觉得和她女儿长得像的模特才算漂亮，这也就是说，没有一个模特是漂亮的。

还有那个 B 公司的代表选择模特的标准又是什么呢？这个生意不顺并有些歇斯底里的技术推销商被他的会计报表粘得脱不开身，他被总部派到汉堡办事处来审核投资情况，一心念着那些糟糕的口红和化妆粉幻灯片。

幸亏玛丽只需要远远地看那些女孩，然后将自己的看法告诉皮埃尔就行了，因为这个胡乱拼凑起的评审团，噢不，它是不可能起到作用的。

玛丽决定去找皮埃尔谈。他这会儿正好朝她走过来，挽着一个棕色头发、大约十八岁左右的女孩。她长得活像简·拉塞尔，神情放荡，棕色的头发挑染了一些已经有点褪色但还算漂亮的红宝石色，所以或许还有得救。

玛丽不自主地开始以职业的眼光来审视这个年轻女孩。她觉得她有些圆鼓鼓的，相对于皮埃尔来说矮了些，他有 1 米 80，而这女孩就这么看上去有……1 米 68 或 1 米 69。她穿了件蹩脚的蓝色低腰迷你裙，裙摆的褶绉突出了她有些笨重的身躯。她的胸很大，胸围95甚至100，C罩杯，双乳艰难地塞在一个尼龙花边的黑色镣铐里，被吊起的样子就好像她已经欲火烧身了一般，炫耀着她的青春之美并对她所能拥有的权力充满自信。

她穿了双坡跟鞋，因为它们正流行，而这也愈发突出了她的那双短腿。那双鞋太高了，以至于这姑娘走起路来就像个机器人娃娃。她的样子很滑稽。对皮埃尔来说，她肯定不能算在已经得手的模特之列，但绝对属于他想与之上床的那类姑娘之列。她尴尬地傻笑着，而且尽管她装出一副刚出道的引诱者所特有的自负表情，但她的态度就好像一个被人把着手强迫偷蜜的人一样。

她和玛丽的眼神交错而过，玛丽凭着直觉立马用德语向她问道：

"你叫什么名字？为什么你的脸这么红？"

那姑娘边报了名字一边低下头。

"比尔基特·林伯格。"

然后：

"*Das ist dieser Typ*……是这个男人……"

她指着皮埃尔的脑袋。玛丽心想，皮埃尔的确就是有办法和技巧来在街头各个角落找到娼妇。

"……他对我讲了些有意思的事……他真的是管所有这些的老板么，要是他帮我的话我真的可以成明星吗？"

玛丽用一种催眠的眼神看着那女孩，一心想着怎样和这个难对付的女孩有个了断。

"你指的是……今天？"

女孩愣愣地看着她。玛丽便用法语说："我也正在想这个问题。"

皮埃尔用一种觉得不自在时存心想感动人的无赖口吻说：

"希望你不会砸了我的好事。她还不错不是吗？……当然了，不是说当模特。我在楼梯那碰到她的，她在行政部门工作。我对她说……"

玛丽拽着皮埃尔往领奖台那里走去，突兀地把比尔基特抛在那儿不管了。

"你可别多事……我完全知道你对她说了些什么。她要是能当模特那我就能去跳芭蕾了……"

"那你要我对她说些什么？说她不体面？可这会显得很卑鄙的……玛丽……我只想要她，我又不能对她说她很丑，对吧……而且她也没丑到那个地步……"

"你也不用非得跟她说她能成为模特。你有没有考虑过我之后和这些姑娘说这不可能时她们心里会有的失落感？"

"正相反，我倒是觉得这会让她们产生希望……而且，她们也可能相信是你搞错了……"

"啊你真是疯了！让她们心存希望是最最糟糕的事……"

"可每个人都是活在希望里的，玛丽……"

"噢是吗？反正对我来说不是这样，我不相信这世上有圣诞老人，我也实在受够了你对她们胡说八道……这就像那个柯达公司的家伙一样……我听到他说，我呢，已经有了我的选择了，我瞄上了好几个，但我得试一下把那个小个子金发的杜塞尔多夫女孩搞到手，胸特别大的那个，我想我的行情不错。我向你发誓，皮埃尔！真正有赚头的是这个猥亵的星探，他不过是个少女强奸犯……"

"强奸犯，强奸犯……这又是你夸大事实了……或者你胡思乱想了……还有，这儿没人说法语。我肯定他的话并没有被听到，卖底片的生意人，你为什么要对星探有这样的成见？我们才不在乎评审团，你很清楚。那些姑娘们想要的就是成为经纪公司的一员。说起来，我也认同选金发姑娘，这会儿所有杂志封面上都是金发的姑娘呢。而这就是她们想要的。评审团里或许会有保罗·纽曼，但这什么也不会改变。要是我们不要她们，她们可就要闹了。"

"可是皮埃尔，这是尊不尊重人的问题，甚至是伦理问题！"

"你这么说就是胡搅蛮缠了……说大话是很好，但就像你常说的，要想暴露自己的屁股来拍照片，就不应该有所退缩。至于伦理，要教我学这个的话你可没选对行当。至于伦理，就像你说的，这世上还有神甫，但是……我并不肯定他们是不是也会有歪念……那么你看，你呢，是希望这世界尽善尽美，但这不是一天两天就能达到的。这个是没办法的，或者有办法也说不定……你应该去造个修道院……当然是记在你自己的账上……到时可要打电话给我。我倒很想知道这会像什么样子，一个完美的东西！"

9

所有这些，全都要怪弗莱德。当初他一再让玛丽撒谎，好让她找到理由离开医院，是他怂恿她这么做的。他觉得是时候让她面对这个世界了，我知道你可以的，你这么有想法，再就是我觉得执迷于自己的苦难是件很罪恶的事。拯救你自己吧，有很多事要做呢，要去做，妈的，你不能永远待在这儿而不去爱任何人。

如果我爱了然后我重新又失去一切的话，我该怎么做？可话不是这样说的，总得过很多时间才能把这话说出来，不可能只拥有对一个人的爱就足够，这是一种我们想永远保存下来的东西，是我们不想让它和剩余的一切一样就此消逝的东西。

没有他人的生活，这并没有什么意义。

一个美好的早晨，人们觉得作出了真正的决定时的早晨总是美好的，玛丽选择了生活，不管之后会怎样。瓦诺家的一个朋友提议要安排她和一个堂兄弟会面，此人是巴黎一个著名模特经纪公司的经理，公司在 1976 年推举的优秀模特名列行业之首。模特经纪公司，这有点像幼儿园……您知道，我们在那些姑娘很年轻的时候就雇她们来做这行……玛丽还是会觉得自己是在幼儿园……那热心帮忙的朋友并不觉得这么说很恰当。从那个像是隔离仓库的医院出来后，玛丽就直接进了另一个模特经纪公司的仓库。未明之地。因为别人向她保证说那里没人会问起她过去的事，她便保证说她会去那里工作。她第一天去篷休街二十七号上班时，天上的雪就跟童话里的景致一样。那雪稠密而苍白，就像假的一样，把一切都抑止住。玛丽冷冷地保持着沉默，而十三区孩子们打雪仗的情景就好似一个先兆。

在一扇大门的两块铭牌上，其中之一用大写字母标着经纪公司的名字，INTERNATIONAL PLANNING，然后是几个大字"勿按门铃！请进"以及这些字的英文翻译。标着各种登记信息的粉色和绿色光面纸按字母顺序贴在墙上。那上面的感叹号，尤其是其中特别用力画出的一竖，泄露出了玛丽当时还并不在意的愤懑情绪。她走了进去。她并不是唯一的来访者。两个邮差跟在她后面，一边推挤着她，也不道个歉，然后急匆匆地往一面贴有巨幅黑白照的墙后面赶去，那照片上是一些游在水里并嬉笑着的裸体年轻女孩，她们相互交错着，就像花边纹饰一样。

她们在来访者一进门时就正对着他们。宽敞而呈椭圆形的入口有两扇门，两边分别贴有这么些游泳的姑娘，就好像是让她们随时能自由逃离一样。一个约两米高、撑杆尤其长、四个底座为钢制的木架子上面放着一个透明玻璃板，这似乎就是他们接待客人的前台了，但目前好像并没有人需要接待。

一些人就像精灵一样出其不意地忽然冒出来，把一些厚厚的信封和全部用亮蓝色塑料包裹的文件放到这个惊人的桌子上。这地方让人联想到一个放了些橱柜的话剧舞台，人们等着看到些风流男子、戴绿帽子的丈夫，或者一些冒冒失失的侍女从中出来，一个入口设四道门，这个比较不同一般。在这些持续的来来往往中，可以听到一种低沉的说话声，就像被压抑住的人群只消找到一个借口就可以喊叫起来，一种持续的嗡嗡声，夹杂着偶尔响起的尖锐叫声，以及突然爆发出的大笑声。

没有人注意到玛丽，没有人接待她。玛丽又去看那些照片上扭缠在一起的姑娘，并想着要去泡个热水澡。她想离开了，但外头这令人丧气而把一切都放慢的雪……她最终是坐到一个绿色的苹果座椅上，面对着一张硕大的红嘴，里面就有一个大约十六岁的女孩和一个不时捋一下她头发的女人。小女孩显得十分紧张，双手紧紧扣在她那个装着个人资料的黑色纸板盒上。那女人看上去也不轻松。

成百张女孩的面部照片被镶上玻璃框后挂在墙上。有一些也展露她们的身体，大部分是穿着泳衣的。拍照时的取景尺寸基本都差不多。仔细看这些照片的时候，玛丽发觉这是些时尚杂志的封面照片，杂志和栏目名用好几种语言标出，就像用图片作了次环球旅行一样。一次有限而目标一定的旅行，因为只有法国美国，英国德国和意大利的时尚杂志才被认可，就好像其他国家不存在一样。但玛丽还是发现了一些瑞典语，或者是丹麦语的杂志封面，但那些字母很难辨认，在字母 a 上的小圈，还有中间有一杠穿过的 o，还有些西班牙语的杂志以及五六本日文或中文的杂志？又是些符号，难发音的图形文字……很显然，有些国家并不在行业的考虑范围内。

那些连环展示着的脸孔显然是在发出一种超越装饰物的旅行之召唤。其目的是要给人留下深刻印象，以一种沉默的方式来说，您进来这里，看看我们所能做的这些，和我们一起，小姐们，您就能实现您的梦想，以微笑来掌控全球。看看那个胜利的微笑吧。总是一成不变？这是可能的，那又如何？再看看，即使有点假，它也比真的更真，您将能被男人、女人和孩子爱慕、奉承、嫉妒、献殷勤。这些微笑能把最冷漠的人都吸引住。

在荣耀的光照里显露的身躯，没有皱纹的脸，亮丽的长发，微启的双唇和里面用极品牙膏修护过的牙齿，灿烂的有如口香糖广告里的笑脸，整组照片都在这种得意神情中透露出自信满满、对情绪表达的真正的掌控能力以及本就是要来遭人嫉妒的生活的惬意感。

从浪漫的摆姿到吉普赛女郎式的腔调，从乱七八糟地烫染一番后做成的疯狂发型到随意飘在风里的直发，从不加矫饰而有着婴儿般粉嫩光泽的脸蛋到如同一个迷失在华丽梦幻里的女歌星一样的浓厚妆容，从无拘无束而浮浅的富家女和被风吹红双颊、晒出小麦色肌肤的马球女将到焦躁不安的悲剧女演员的神情，从举止讲究并为童话而备感骄傲的公主风度到令人怜悯而茫然失措的纯情少女的消瘦身姿，一个女人所有可能的形象都在那儿了。在墙上挂着。永远美丽并远离时间的销蚀。

然后玛丽开始想，这模特公司是否也算是寄宿学校，或者是社团性的集体公寓，那些姑娘是否在那儿和他们的父母一起生活。她数了一下，墙上挂的封面照大概有一百五十张。这不可能。她再次开始浏览照片以打发时间，此时一个高约 1 米 60 的小妖精，顶着超级蓬松而遮住大半张脸的橙色鬈曲头发的脑袋，穿着迷你裙和滚轴溜冰鞋出现在入口处，并用一口带英国腔的法语向她发话：

"你叫什么名字？"

这样语气肯定而出乎意料的以"你"相称让玛丽吃了一惊。她心里却是对墙上那些玻璃框里的姑娘充满了信心，于是就试用了一下善意的微笑。

"我叫玛丽·瓦诺，您呢？"

"嗯对。你和老板约了见面。I know. 到预约间等着吧。等他空了我就来找你。

这个没教养的小怪人连名字都不告诉，这让玛丽觉得惊讶不已，随后，她好奇地被这个地方的怪诞气氛所牵动，便在两个游泳的姑娘背后任由小精灵引领。她原本想象着要跳入一个水清而蓝的温水泳池中，就像在梦里一样。她走进一个充满烟味和人的巨大房间。预约间。她从没想过一个预约间会是什么样的。她想到了赛马的赌注登记处。什么呀，她见到的那些不可思议的女孩怎么可能和赛马联系在一起?! 并且用美貌作为押注?! 如果是这样的话，那些围栏或许就是美人们赢得的奖章饰带？她心跳得更快了。她几乎感到害怕了。而就在这时，那个穿溜冰鞋的橙色脑袋第二次请她坐下。玛丽坐的椅子从刚才的青苹果变成了斑点豹，挤在一堆入口处已经看到过的、封面上写着 International Planning 登记表的亮蓝色塑料文件袋和一只毛被烫卷的白色小狗之间，那小狗看着人群，神情厌倦。

最先进入玛丽头脑里的是房间里的嘈杂声。她留意到那声音比发现房间之大、比注意到房间里的人都要早。先是音乐，莱德·泽普作背景乐，就像跳蚤市场里的皮革铺一样。同时人们也在用极大的声音说话。大概有三十来号人。坐的，站的，进出房间的，相互擦身而过却连看都不看对方一眼。两个抱在一起的女孩在绕着圈跳舞，一边喊着些亲切的话。或许是重逢？一个年轻且尤其衰的男人和另一个同样年轻且衰的男人亲了一下嘴然后就抱在一起没完没了了，这倒与一边蜗牛般打着旋的舞蹈相当贴合。

所有这些人能相互听到并明白对方在讲什么，这简直可算是神奇了。玛丽只能听到话的最初几个字眼，或者不如说是一些有上句没下句的话。大卫！你看到贝缇娜上了《ELLE》[1] 英文版的封面了吗？美极了不是？这种嬉皮风的扮相，说实在的，这真是超酷，她真是不可思议，我爱死了！不是吗？你不觉得吗？弗罗拉！你必——须——得为琳恩的事打电话给盖·伯丁！他最近为法文版《Vogue》拍的那组照片，逆反风格，实在是……在发痴！琳恩绝对属于盖喜欢的风格。如果他不要她，那就说明他真的没眼光！德尔菲娜！彼得回电了吗？德尔菲娜……别看着我翻白眼……当然是彼得·林德伯格了……这很重要，他妈的！他就没给我留言？你倒是说话呀，操！彼得有没有给我回电话？我提醒你啊，你要是忘了通知我，你就走人吧！

玛丽看着德尔菲娜。她朝质问她的那位背转身，左手拿着电话，右手推开那个讨厌的女人，一边愤怒地撅着嘴，眼睛看着天，双唇因为恼怒而紧抿着，问得真不是时候，不，绝对不是时候。就在离被招惹的姑娘不远的地方，那刚刚斥责过她的那个女人正恼火地向随便哪个乐意听她讲话的人嘟哝着，我是没精力再继续兜圈子了，真的，我再也受不了她了，我要杀了她，这个婊子……

玛丽记得她当时是被那抱怨里所包含的情绪之强烈给惊到了。什么，想杀人，就为了这点事，还要大声叫出来，这简直难以置信，"这个婊子"，为什么要侮辱她呢？"我是没精力再继续

1　即《世界时装之苑》杂志。

兜圈子了"，这是明明白白的，亲爱的，你还从来没见过什么是圈子……这到底是个什么地方呢？一个精神失常者的诊疗所？或者不如说是一个刚刚被人狠狠端上一脚的蚂蚁巢？这可能是一种团体疗法？玛丽于是想起在入口处见到的那个女孩，要是人们为了一个忘了的电话就要冒生命危险，那女孩看上去如此害怕也就没什么好奇怪的了……而恰恰就是那些电话在响个不停，都能让人以为是在一个医院的急诊室。每五分钟就有响铃，仿佛全世界的所有电话都决定要在这里齐鸣一样。一种剧烈的叮零声，直直穿入脑中。

这一切实在是迷人。并且，因为玛丽在没有人察觉的状态下看到和听到这些，她感觉到一种类似于眩晕的妨碍她理性思考的感觉，一种她原本觉得不能达成的兴奋感。她觉得所有这些人之间仿佛都是以一根线缠卷组成的，都被牢牢地圈起在一根磁波导线的线圈内。一艘装在瓶子里的电控船，世界的一个括弧而已。玛丽专注地看着他们所有人。他们的平均年龄并不超过三十岁。

经历一段时间后再回想起这场面时，玛丽意识到这就是激起她好奇并促使她决定进入这个瓶子的原因。青春是一扇向各种可能性敞开的门，什么都还没有试过，希望是根深蒂固的，也还没被人骗过，而那强烈的情绪让她稍稍想起了自己曾教过的那些异常无忧无虑的学生们，她是如此想念他们。

两个在她看来特别美丽但过于年轻和过于瘦弱的女孩一边抽着烟一边放声大笑，她们就这么躺在地上，邻着一张巨大的圆形黑色木漆桌，桌子在中间部分被弄穿，上面套着一个能旋转的鼓，里面放着一些垂直叠放的文件。这就是预约桌。每个文件里都竖直插着一张小卡片，上面记载着模特们的姓名。她们中的一个来到圆桌前安静地坐下，然后，面无表情地开始和德尔菲娜谈，而德尔菲娜已经从被侮辱的不快中回过神来，坐到那女孩旁边，也抽着烟，并且对她的工作台上有一个成衣模特代替了一堆文件这件事显得同样无动于衷。其他女孩叽叽喳喳地争辩着哪个比哪个更好，她们总是躺靠在那些穿着被烟灰弄脏或者因过度熨烫而变形的尼龙衣服的壮硕男人身上，而那些男人则横卧在旋转桌旁边。这种放纵让人隐隐想起费里尼。这当儿，那只白色小狗被人又抱又搂地传来递去，并任由一些女孩拍照，她们接连不断地把什么人、什么东西都拍了，似乎只是为了找点事做以打发时间。一排排杂志按国别平摊在架子上。其中可以读到法国、美国、德国、意大利、英国，[1] 它们占了一整面墙，然后是其他国家 [2]，这部分只占了三层架子。因此，那儿只有五个国家是算数的，这正是玛丽在进门时的印象。

在全世界的其他地方就没有女性杂志，女性的美就没有她们的地位，俄罗斯、日本、南美洲就很少有漂亮姑娘，那么多地方被视作"其他国家"。玛丽并不了解外国的时装杂志，但她觉得这种隔离是不公正的。另外几摞杂志和一些剪报堆放在大卫、弗罗拉、德尔菲娜以及其他五个围坐在桌边的年轻小伙子和姑娘旁边，模特们把这些人称作她们亲爱的经纪男或者她们深爱的经纪女。然后又有些女孩的照片被挂在墙上，但她们与入口处的几个毫无任何相似之处，她们的神情太过完美，或者太过天真无邪，这些姑娘的眼神有一种能量，它简直能深入到您的体内。

这是些真正的照片，尺寸各有不同，分别是些肖像照和裸照，一些是黑白的另一些是彩色的，其中可以感觉到有个人的风格在，间或充满了挑逗性，一些穿花边内裤的女孩，裸胸，脚上是黑色长筒袜以及一双鞋跟像针一样细的细高跟，她们就这样坐

1　原文为英文。
2　原文标注为法文以及其英文翻译。

在浴室的坐浴盆上，还有一些则悬在非洲树的树枝上，长发飘在空中，脸上少了一些能摧毁一切的笑容，更多的是忧伤的表情，双眼凝视着整个空间并让人产生关于灵魂的联想。那照片就像一件绝望的艺术品，沉重得就像逝去不再的幸福。

前台就好像代表着一个广口瓶的瓶盖，人们冒着遭受祸害的危险将其打开。宙斯回来把所有的疯狂因子都封闭在里面，并等着一个路过的疯子来扮演潘多拉的角色。玛丽觉得自己差不多是掩蔽在这种喧哗之内，在这些来来往往的人群之中，在这个攒动的、吵闹的、不知廉耻并随时会忽然蹦起来的世界里面。蹦到什么上面呢？第一印象总是好的，保罗·瓦诺大概要这么说。玛丽感觉到一种过于燥热的窒息感，就像人们走进一家报社的编辑室时所感觉到的一样，一些大嗓门说着话并四处跑动的人，一种并不被当回事的惊惶感，这只是为了平息一下紧张的情绪。她在1972年慕尼黑奥运会上的恐怖枪杀事件后到《巴黎竞赛报》的办公室去了好几次，想为一个关于这场悲剧的报告收集些新闻资料。当时几乎就是同样的一种亢奋，同样的带磁性的疯狂。

International Planning 的经纪人之间相互讲话使用法语，但和在场的模特之间讲话时大多用的是英语。玛丽听到他们在电话里也用德文，意大利文，还有一种可能是瑞典文，反正是斯堪的纳维亚派的北欧语种。巴黎市内的一座巴比伦塔，这种多种语言混杂的情状基本就是世界的未来发展模式了。她喜欢这群毫无拘束而令人张皇失措的乌合之众所表现出来的荒诞不经。这些人看上去很幸福，也经常大笑。人们只在感到自由并无所畏惧时才会大笑。玛丽曾耐心地听她的学生们讲话，聆听已经算是一种回应了。她也会很乐意说些玩笑话，但轻松的语气从来就不能抹掉她和他们之间的距离，她想忘掉这种距离，但她并不总是能做到这点。再就是这种不平等让她觉得是被庇护在种种烦恼之外。当人与人之间太过熟悉，人们就会很快抛开相互的尊重，而没有了尊重，人们就什么也学不到了。事实上，她当时很怕惹自己的学生不高兴，他们的洒脱不羁本身就让她觉得害怕。她本是很希望扫除这种提防感的，但怎么做才能让自己同时被爱戴和敬畏呢？敬畏本就已和放任自流以及爱戴的感情差之甚远的了。

玛丽此刻看到的情景和她所想起的那个环境完全相反。她对其中的默契感钦羡不已。她的心跳加快，呼吸不畅。她需要透透气，她再也不能继续待在那儿了。不可能待在那儿。她起身准备离开，而此时有个极瘦的金发男子，顶着一头浓密蓬松且像被漂白水洗褪过颜色一样的头发，在她面前站定并嚷叫道：

"你就是我的新助理？你得把我的那些综合档案寄到米兰去，OK？我们之后再谈……先搞定我的'文件'[1]，这可是很紧急的。"

玛丽看着他，完全惊呆了并说不出话来。你叫什么？你聋了还是怎么的？你如果是在这里工作，就得好好动弹动弹，我的姑奶奶……

那小精灵来拯救她了。

"行了理查德，这不是你的新助理。你说的那个，她五点才来。"

"哦是吗？"理查德说，"那你为什么像傻瓜一样杵在那儿？"

然后他就别转身子。迪丽亚低声向玛丽说：

"这是经纪人的头儿。他有点粗鲁可是没办法，你知道，这儿总是会像这样，你以为有颗炸弹会每五分钟爆炸一次，但别去在意……可你这是要上哪儿去？老板五分钟后在他办公室里等

1　原文为 doc，常用于口语中。

你，他让我叫你耐心等一下。他说抱歉，他正在和美国那边打一个 long distance call，和纽约那头的模特公司。我们有个模特一怒之下在摄影棚把一件五千美元的裙子给扯破了，于是他就得想办法让她平静下来。那个模特，我可是知道她的，人要是不按她说的办，她都能去纵火……那是公司的名模……"

"这家伙刚才说什么来着……"玛丽有些急了，"听着，我最好还是离开这儿吧，我没什么事可做……"

"平静点……这些都不算什么……去坐一下吧，我保证他再有五分钟就好了……你要是走了老板会朝我发怒的……"

"就请别太夸张了。"

"的确是这样的啊。他说了，有个很有意思的女孩要来。有意思，你看，他要是这么说就能有很多种涵义。你是他的一个女朋友？"

"他的一个女朋友？完全不是啊！我甚至都不认识他。"

玛丽讨厌这种对私人问题的直言不讳，她把这看作是弱点和一种确认无疑的粗俗。她因而不再对迪丽亚作任何补充，但是出于对经纪公司老板的礼貌，也出于对安排这次会面的苏菲·蓝妮隆格的尊重，她决定见一下这位认为她"很有意思"却使她有些困惑的老板。接着德尔菲娜忽然出现并对迪丽亚说：

"你有没有看到我那份纽约的文件？我忘了把我新找的两个人的综合材料放进去了……"

现在又是这些"文件"和"综合档案"……再明显不过的了，这地方就像个疯人院。玛丽一边坐回原处，一边在脑子里试想出一张地图，把几个城市和国家定位，并把它们连接起来，就像她童年时玩的逐宝游戏"大鼻子和他的狗"里做的那样。一旦逐宝结束，就能见分晓了……但她还没能有时间去想她为什么又坐回去，也没结束定位游戏，就有人过来找她了。她感到自己忽然被一阵不明所以的激动感攫住了，就像人们被一个对自身魅力确信不疑的情人迷住一样。她心想，她毕竟还是愿意把自己藏匿于这种生活之中的。这种在她看来像是庇护之物的激越感似乎是完美而值得去期许的。就像先知约拿逃离尼尼微大城一样，她活生生地走进巨鲸的腹中。

10

她走到老板的办公室里。事实上，她在不知情的情况下见到了她这辈子遇上的第一个花花公子。由于她对那些勾引者格调化了的法则一无所知，她把他金钱豹一样优雅的态度当作了对她的尊重。

让－查尔斯·巴拉是个四十来岁的美男子，绿色的英国眼睛和他衬衫的颜色显得十分协调。他有着那种对其权力确信不疑的男人所表现出的懒散态度，以及出道较晚的男人所惯有的略微的傲慢，这类人因为运气在他们已不再抱有期望的时刻降临而滥用它们。

他以一种恰到好处的客套接待玛丽，以让她感到自在。从他身上散发出一种谜一般的、能让女人们脸红的魅力，而玛丽在几次三番试图列出其成因却未果之后终于违心放弃了这一探索。和他在一起会觉得很舒服，就这么简单。他总是说些空话，并且很少提问。有时他在话末会爆出一声过于嘹亮的笑声，这稍稍降低了他的威望，但却使他显得很动人。

当他问玛丽是否想和他一起待一段时间时——他这么说，要是您愿意的话，可以在我这儿待上一段时间，您想待多久就待多久——她感到困惑不解并开始鄙视自己。他开始作解释。我这么说是因为——您看，我们在公司待的时间比在家待的时间要多多了，您看吧……您现在坐的可是张沙发床。有些时候，我要是和一个或几个人有事要谈，我就不幸得睡那个……和我们在美国工作的模特谈事，要不就是我得和一个美国客户签个合同……他说话时夹杂着很多英文单词：好极了，真酷，放轻松，乐趣，恐怖；[1] 但玛丽认为他这并不是附庸风雅，而是一种想要显出自己懂得不少东西，一种孩子似的想取悦人的需要。

她也是在很久以后才明白这沙发是做何用处的，不管它变不变成床。要是她那天能有办法对她即将陷入的这个环境作出理性判断的话，她或许就永远也不会为这份工作留下。谁会在头脑清醒的时候选择沉浸到一个充满不快的氛围里？可她把这当作了一次可以改变原有生活的旅行，一种人们在病后恢复期乐于去做的旅行，于是便答应下来。老板所说的"一段时间"对她来说并不显得不可逾越，这也稍稍平息了一下她的焦虑状态。她渴望沉潜。那为什么不在一个陌生的环境中去实现呢？

玛丽那时完全不了解这个没有章法可循的世界的运作模式。但她去那儿是为了等待，她也是这么做的。她敞开心扉地生活，同时受着药物的控制，这种状态下不适合对任何事物作出评判。因此，她在很久以后才去询问她所取代的那个女职员为什么得了神经性抑郁症。

她当时在 International Planning 已经工作了好几个星期了，就在那时她想到这个问题并向周围人提问。噢……你知道，阿瑞安娜是……怎么说呢……比较棘手，温柔过头了……但愿你明白我

1　原文为英文。

的意思……每当有个姑娘没能为某个广告签上约，她就认为自己一无是处，loser，你要是亲眼看到就好了！除了这个她还要哭，这个傻瓜！还是在那些模特面前！这种错误是绝对不能犯的。她是毫无希望了。那些客户不要人，不要这些娼妇，这仿佛是她的错似的。你又不能让每个人都高兴，就是因为这样才有这么多模特，简直像在窑子里一样！这是为了能让人选！但是这一点，她们是永远也不会明白的。她们都觉得自己是独一无二的。独一无二，胡扯吧！和这些婊子在一起，得懂得让她们尊重你，还要留个心眼，否则她们就要把你给生生地吞了……模特，其实就是迷惑人的美人鱼……一半是女人，一半是鱼，或者……不如说是鲨鱼属的，如果你能明白我在说什么的话……而鲨鱼，他就是吃不是？你以为呢？吃所有动的东西。你看过《大白鲨》[1] 那片子吧？那你就明白我在说什么了……

不，玛丽还是不明白。她一点都不觉得自认为独一无二有什么不好。这甚至是她父亲教过她的做人原则之一。你是你。并且什么人都不能成为你，明白吗？给建议的人并不是最后买单的人。别让任何人为你作决定，更别让人替你作决定，这是避免让人践踏的唯一办法。可是那些美人鱼，鱼，鲨鱼呢，玛丽并没有很好地领会这些话以及对海洋所作出的影射到底有什么涵义。它们当时还没能在她的头脑里敲响警钟，而时间已经开始和她开玩笑了。她也突然被那根圈住这些奇怪人士的缠卷的线圈给逮住。她在这种荒诞氛围中还没待多久，就已经足以被逮到并圈起来，这就好像她尝了那种相当于幸福的同义词的有毒糖浆一样。上了瘾。

---

1 《大白鲨》是美国导演斯蒂芬·斯皮尔伯格在 1975 年导演的惊悚电影，改编自彼得·本奇利的畅销小说。

让－查尔斯·巴拉在和玛丽见面的那天问她：

"您作过许多次旅行……您或许能处理机票的事务？这是个开始，但……"

"其实，我从没有……作过真正意义上的旅行，巴拉先生。怎么说呢，除了在我脑袋里和书里，我没有到别的地方旅行过。"

"您很清楚，这其实是一码事。有时候，只是有些想法会更好。人的所有不幸都是因为他不懂得单独一个人待在房间里。这是谁说的？帕斯卡？还是拉康？[1] 我从来就记不住……可能是拉康在引用帕斯卡的话时说的……总之是这样。"

"机票？去哪的机票？"

"您看吧……有时候，那些客户不乐意为机票那点破事劳神，请原谅我的粗俗，因为姑娘们总是在最后一刻改变时间安排，这太早了，这一天不合适，她们的男朋友正好就是这天要离开，她们恨死了这家广告公司，她们在周一或者其他哪一天是不旅行的，还有别的理由就不说了……这简直没完没了。什么都阻止不了她们继续这样下去！但是无论如何，我们还是必须要对她们很耐心，她们能让我们赚上很多钱……"

而玛丽就答应了。机票事务，在城市和国家之间玩转来去，对她来说，以玩乐的心态来做这事是可能的。无论如何，换换环境这个想法似乎还是过得去的。蓬休街，玛丽很难用 International Planning 来称呼，她更倾向于用街道名来指代公司，街道名指代不详的特点也能较好体现玛丽当时认为这份工作只是个过渡的想法，人们不会去特别关注一个人，那些经纪人忙着排除紧急故障都来不及。

蓬休街，在那儿玛丽就不必再向人交代她的生活了。她在这

1　帕斯卡和拉康分别为法国 17 世纪的思想家和 20 世纪的精神分析学家。

个事物间的相对性已完全逃逸的真空球里感到了一种奇怪的安稳感。就好比错过一班飞机的严重性可以抵上一场地震。同样，没能搭配对衣服以吸引住来选角试镜的广告女经理这种事也能被弄得像世界末日来临一样。可是你怎么能穿白色的胸罩来配白衬衫？你疯了还是怎么的？黑色啊小姐……我跟你说了穿黑色……然后它还不是浅口的……给我看看这个，都成童式连体衣了……再有，在这个白色里，你的巨胸还往下垂……你存心这么干的，这像话么！该说的都说了，现在，马上给我行动，我没法回答你了，你明白，因为理查德这个痴呆的发型师正给我把亚丽山娜那几束发绺的颜色给糟蹋了，他倒不如变成条三文鱼以便有力气在反潮流里逆着水游泳。

玛丽逐渐成形的生活鼓励着她。她抛掉了让自己远离他人的煞有介事和严肃的一面，并渐渐地不再表现得像一条因为过分挨打就远离爱抚的狗一样。

英语是进入公司的通行证。要不然的话就不可能和这么多不同国籍的姑娘们交流。但人们在讲一种外语的同时，却也很少能完全把握一些细节上的意思。在语法错误和用词上小心留意可以避免滔滔不绝且毫无用处的倾诉。玛丽因而成功地让自己规避了一些告白和忏悔，在她心如死灰并一心想在以陈词滥调搭建成的避风港内寻求庇护的日子里，她要是换用法语这么做的话可要容易得多。我真想讲讲那些恶心烦人的苦恼，讲述，就是些许的分担，但是不，它也可能只是停留在庸俗的层面上，而那些细节根本就无关紧要。

在那个年代，模特们傲慢无礼，但她们的放肆态度还不至于与一些她们没敢逾越的礼仪习俗相违背，就好像她们知道在什么时候应当适可而止一样。而对于玛丽这个丝毫不谈及自己私事的异类，姑娘们想更好地了解她的好奇心也从不会变成厚颜无耻，她们的问题会慢慢地随着玛丽的回答而有所转变。从平庸无奇的废话开始，她们渐渐说些让人舒心的交际性的话，再逐渐转向私密话题。小公主们就这样驯养着狐狸。玛丽也就把她那个囚笼的锁闩稍稍打开了一些。一种心照不宣的态度在逐步形成。

玛丽重又感到自己是有用的，也就更安心了些，为了一个笑脸而心跳加速，漫不经心地道谢，刻意地亲吻，让她留在脑中回味不已的孩子般的任性态度，减轻了痛楚的身体，所有这些兆头……她开始放轻松了。然后那不可思议的想要大笑的欲望又回来了，她曾以为她是就此失去了这欲望。在她生命的这段时间里，她觉得她再也不是自己了，觉得她在替另一个女人活着，确实，她再也没有一刻是属于自己的，她也不再是一个人在那絮叨着了。况且在这个以荒诞言行为家常便饭的气场里，一切都让她着迷不已，这种疯狂很快就能让人适应，它能让人忘却一些糟糕的事。或许也是因为她从没有如此肤浅过，玛丽想成为这个时间永远不够用的世界中的一分子。她又重新学了很多东西。就好比人们总能在有欲望去学的时候做到这点。

她尤其照样模仿了让－查尔斯·巴拉说话时的一种风格。说些空话。无论如何，不能牵连自身。"兜圈子"在这个说出的每个字眼都能让人在几秒钟内赢得恭维或让人变得滑稽可笑的行当里是至关紧要的，语言是工作工具。所以，玛丽就兜着圈子说话。

她也学着让自己的用词显得更跟紧时代一些，并用一些合适的切口和混杂着粗话的各种表达方式来作修饰，一个不会说粗话的经纪人可是对不住他的名声的：

1. 妞儿（这一行的唯一关键词）。

2. 感觉一下那妞儿（提前秀一下）。

3. 这是条金枪鱼（她条件一般）。

4. 这是头小牛犊（金枪鱼的另一种说法，但更差些。在模特圈里人们都喜欢食物：美人鱼啦，金枪鱼啦，鲨鱼啦，鲭鱼[1]啦，鲽鱼啦，取海洋类动物作比显然是个潮流）。

5. 这是个目录女（她只能拍些商品购买目录并且永远成不了名模）。

6. 这是头挤奶的母牛或者简单说就是头奶牛或者有时也是只牛奶壶，要看具体情况而定了（她的乳房太大了）。

7. 这是条鲽鱼（她的乳房太小了）。

8. 她挺好（我挺想搞搞她的，我挺想上她的）。

9. 这是把安全锁（她不容易被搞上手）。

10. 我想我们到手了一个（这会是个明星）。

11. 你要是想看看随便哪个该死的家伙合不合适都可以用穿3号的FBI－BR来作参照（这个姓名的首字母缩写是在美国联邦调查局那个叫法不限的FBI缩写变成Fucking Bitch Indeed以后诞生的[2]）。

12. 你给FBI－BR回电，跟她说我要再过一小时才回来，我倒要看看这期间她会编出些什么大话，这样咱还能省出点时间呢（另一种说法）。

13. 那个姑娘，她倒没去发明个能让香蕉弓起来的机器（她太蠢了）。

14. 她还不够蠢（第13点的另一种说法）。

即便她当时还没用上这张不完全列表里的任何一个不规范用

1　"鲭鱼"在法语中也指拉皮条的或者老鸨。

2　FBI－BR也可曲解为驻英美国联邦调查局。Fucking Bitch Indeed意即"真他妈贱"。

词，除了她比较欣赏但使用时会换上"姑娘"或者"小姑娘"一词的第 2 点，玛丽却是学会了让自己在听到这些话时不被吓到。在经历了几年的实践和一系列思想斗争之后，告诉这个蠢货，就去让自己任别人搞吧，或者我要掐死她这个贱人，最终成了一种拯救式的疗法而行之有效，甚或还能用以避免一些谋杀的倾向。她以"不过"代替了"虽然但是"，接着又用"尽管如此"代替了"不过"，并就这样变得越来越有人情味，至少是更好地适应了。就像她父亲一样，她也会遭遇表达障碍，她能比较有把握地说出"蠢女人"和"贱人"但她觉得"妞儿"这个词太过贫瘠。她喜欢"丫头"这个词远甚于"妞儿"，"丫头"能让她想到左拉，并让她的良知稍觉安宁。[1]

她新学到的会话技巧开始变得吸引人，让 – 查尔斯于是把越来越多和人联络的工作交付给她，比如去见些母经纪公司的人，必须不惜任何代价把这些年纪轻轻的嬷嬷兼投机采珠的渔妇哄住并说服她们交出她们未来的宝贝。一切输赢都取决于此，对经纪人和对姑娘们来说都是一回事，一切都取决于这个绝不能失约的约会，命运和前途也就被封存在这种假装的亲密感中并随之摇摆不定。

以招收新人为主的小型模特社就专等着这些巴黎的半吊子骗子上门，并通过那个理想模特的顺从和心甘情愿的自我献身来吮吸他们的血。这也是由于，在信誓旦旦作好承诺后被外派的年轻女孩就是会被某些经纪人不假思索地窃走（应该怎么来称呼那种过度的信任呢？），这些人得逞后就再不会掏一分钱来转入那本该给母经纪公司的 5％的回扣中，并会向这些和真正的母亲们同样轻信的嬷嬷经纪人宣讲一些可怕的市场经济法则，以为自己那

---

1 "丫头"的法语原文是 nana，也就是法国作家左拉的长篇小说《娜娜》的题目。

不知羞耻且不讲道德的行径辩护。这些嬷嬷可是依靠她们那些姑娘所得收入的提成费才能在她们那些冷漠无情的大城市以及催生美貌以供贩卖的小村庄里生活甚或是维持生计的。

11

这一行的职业道德逐渐恶劣化的趋势可以在这场设在汉堡的走秀中窥见一斑。这是一种新的流行趋势。为什么非要举办一场大赛来找到合适的姑娘？已经有那么多现成的了。为什么不去照管那些像桑娅一样被转手过来白白领取年金的模特呢？可是皮埃尔不喜欢那些领年金的，他觉得这会让人显得很穷，他更偏爱所有权这个概念，一切所有权都能化为一系列的愉悦感，归根到底，它能让占有财产的人获得对各种不同需求的满足感，对生活的基本需求，对奢侈品的需求，对自由或支配力的需求。这些道理和皮埃尔的想法完全贴合，而且假如桑娅真的是归他所有，他就会一丝不苟地将这一切付诸实践，因为要不是他想和她上床的话——而这个他过不久就能做到——他宁可仅仅享受心跳的感觉而不是让自己银行账户里进白账。

就在一天前，他告诉那小姑娘说，她得在她原先那个奥斯陆的模特社和国际模特之星经纪公司之间作出取舍才能被推荐出去。

你明白吧，道理很简单。要是我必须得给你的模特社结算回扣的话，我怎么会存心想要把你培养成名模呢？是我在负责一切的事务，玛丽暗示他说，可皮埃尔试图感觉一下某个女孩的时候从不会承认玛丽所做的工作，而玛丽对此已经习以为常。克里斯蒂娜是在街上挖到你的，那又怎样呢？我也能这么做的。找到块好用的石料是很容易的。但要把它打磨成钻石配饰，那可就难了！我更喜欢推荐一些我自己发掘到的女孩，因为这样呢，我就不用再付钱给任何人，就比如我不用再付钱给你那个什么都不管的模特社。我首先就得收回很多预付的开销——你的飞机票，你在巴黎的住处，你的服装，你吃的东西……在所有这些钱都偿清之前你就已经让我花了很多钱你知道么……我是在你身上投资，可这个就不提了……总得让我有得赚吧，你明白吧……

　　要收回的开销，要报销的钱，有得赚的投资，可这也得看情况……此外还有，给自己做做功课吧！真正的皮条客式话腔。分毫不差。以及洗脑者惯用的简单直截的词汇。总之得用头脑简单的人所通用的语言，一言即明，因为懂得怎么直奔目标而去，也就是懂得怎么让人觉得害怕。而桑娅并不答话。她是听到那些话的，可她并不听话。还没变得听话。首先，因为皮埃尔的话复杂得像乱码。其次因为她只有十八岁，对于一个并非她自己选择而是人家以能让她摆脱平庸生活为由引诱她加入的行当，还没有任何信息在助她了解其运作规律。

　　桑娅没见过她的生父，母亲则是她的出生地、小镇渥尔达里唯一一家牛排屋的服务员。她有两个哥哥，两个不太正常并时不时要欺侮她一下的彪汉。她的生活并不像挪威民间故事作家莫埃和阿斯伯约森[1]笔下所描绘的那样。克里斯蒂娜模特社的老板克里斯蒂娜·奥尔伯格某天晚上在奥斯陆郊区的一个破落酒吧里偶然碰到她时，她正和她两个哥哥以及一群无所事事的小混混一起喝着啤酒，脸上一副厌烦的神情。当那位眼神温柔而让人信服的女人对她说她觉得她很漂亮时，桑娅简直不敢相信自己的耳朵。

1　莫埃和阿斯伯约森，挪威文学中著名的民间故事作家。

她母亲总是说她长得像 hegre，一只苍鹭。或者像 kran，一只鹤[1]。她说 kran 的时候当然是在指那个关于鸟类的释义[2]，但这还是挺打击人的。她唯一的朋友就是她哥哥和他们那些粗俗的朋友，而他们中还没有一个对她说过她很美丽。不管怎么说不是像这样告诉她。这句话就这样入了她的印象并再也挥之不去。而这也就是她当前渴望知道的一切。觉得自己美丽这点对她而言已经足够。

尽管克里斯蒂娜告诉她说她很快就能在一天之内赚到相当于她母亲在牛排屋一个月工资的数目，她却也还未开始想着要去就着一堆复杂的账目费心算计。她看到的事实就是她能离开渥尔达以及她那些忧伤的啤酒了。她当然可以反驳皮埃尔说要是他不同意克里斯蒂娜的条件的话当初就不该答应下来，但她不知道，皮埃尔要是想把这个替一家不懂行的小模特社赚钱的姑娘白捞过来，可是什么都做得出来的。

桑娅并不知道皮埃尔到底是谁。他并非完全不道德。如果一个人拿别人钱的时候不是从钱包里掏的，那是不是也叫做偷呢？在从前，一个马贩子买马的时候，他会和卖马者握手成交。[3] 就是说，失信反悔还不如去死。如今呢，大家相互发些由秘书或助理代签了名的传真并根据需要来责备这些人无能，又或者是发些文件然后通过中介律师来指正其内容掺假。人们把这个叫做有权改变主意。人们再不会死于有伤风化罪或是愧疚感。这就叫做生意。皮埃尔就是在做生意。而在每笔成交中，应该是最狡猾和动作最快的得胜，而并不一定是那些最优秀的。皮埃尔说过，像桑娅这样的，克里斯蒂娜能再挖到好几个。也正像他说的，打磨前

1　作者在此处用了挪威文。
2　该词可以指鹤，也有"吊车"之义。
3　握手这个动作最初的含义是以摊开的手掌向对方证明自己没有暗藏凶器及使坏心。

的钻石料是很好找的。可一旦石料经过加工，所成就的珍宝可就是无价的了。或者也可说是有价的，那就是随之被煽起的旺盛激情。故而皮埃尔想要的，就是自己把这个宝给独吞了。

可是桑娅并没有做好打道回府的准备，并且她害怕皮埃尔不再爱她了。如果她让公司费钱了，那她就不去工作，她将不会出现在杂志封面上，也不会成明星，就像皮埃尔向她保证的。这当儿，让她操心的是这个。于是她向皮埃尔保证，会去跟克里斯蒂娜说。她明白。她会去看看她能做些什么。她当然也就想和玛丽谈谈这一切了。桑娅那孩子气的自告奋勇是毫无用处的，她是个讲道义有原则的人，而要是这样的话，将这一切统统付之一笑并非易事。

玛丽还是比较欣赏桑娅的，她不明白皮埃尔怎么能让一个十八岁的小姑娘去做他自己没胆去做的事，既然你欲火烧身而想要把这姑娘从她的经纪人那儿抢过来，那就抢好了，可别还试图让她背上罪啊，那像什么话！而桑娅这个傻瓜呢，是谁把她教成一个这么听话的奴隶的？是她那个把她丢在街上没依没靠、无人管教、大概还要朝她喊几句像我一样干吧你自己想办法吧的母亲，还是她那个阴魂不散到处尾随着她并占据着她脑海的父亲？

12

大赛结束了。北方电视三台在评审团退席商议期间准备去后台拍那些候选模特。那些容光焕发正在换衣服的候选模特，还都是些未成年的女孩，这是十足的窥视癖，可要是这种事在您所在的那个市区发生，那就是新闻了，于是那些电视频道就不加节制地把一切都拍下来，并在全球范围内播出这些在后台穿着内裤的模特画面。上电视在公司看来是做免费广告，在候选人看来则是一次推销自己的机会，一种新颖可靠的使自己被人知道或认可的方式，直到她们的画面被放滥为止。仿佛并没有人明白物以稀为贵的道理。

唯一的例外是，对皮埃尔来说，今天实在没什么可拍的。或者几乎没有。他很不高兴。场上只有些小牛犊……此外还没一个能和他上床的。他早就知道这个，可毕竟也是希望那些在最后一刻报名进来的姑娘能让他的肾上腺皮质兴奋一下，一次例外并不能作数。

行了，我们就屈就一下，也不多说了。我不想接受采访。叫弗里玛到那个位置去替我接受访谈吧。这肯定合他的意。我要去跟评审团说说我们该怎么处置这三个被挑选出来的丑八怪。我们会让她们和格列塔联系上。她肯定能让她们去拍些目录照，或者把她们送到米兰去。好吧，可能下次我们会走运些。我得去跟这些胖妞的家长们谈上五分钟。我知道你讨厌这个。我过一刻钟回来。我们得抓抓紧，半小时后我们在酒店还约了人呢。可能在那儿还能逮上个姑娘……我们也不总是会走霉运的……

玛丽在模特走秀时并未多加注意，她看过那些选手的照片。但就连以眼尖得出了名的她也没能看出其中有哪颗皮埃尔可能会喜欢的钻石。她看到些激动不已的姑娘，嘴上挂着极傻的微笑，但她在那台上既没有看到"摄政王钻"[1]，也没有看到"奥洛夫钻"[2] 的踪影。这倒也奇了，钻石通常都用阳性名字命名，除了

1　摄政王钻又称皮特钻石，为世界四大钻石之一，最初由一印度奴隶发现，几经周折后被摄政王即奥尔良公爵买下，现收于罗浮宫。
2　奥洛夫钻，世界名钻之一，1775 年由法国王子奥洛夫买下，后赠予俄女皇卡琳娜以表爱意，女皇则将其镶在权杖上。该钻石现收藏于莫斯科克里姆林宫珍宝馆。

"雅库特之星"和"大熊星座"钻石[1]。钻石是一种矿石，一种珍贵矿石，一种具有战略投资意义的材质。人们只以阳性的名字给钻石命名，这是另一种至高无上，是对放弃之物的怀念，是把这完美之物赠予妇人后的追悔。而对于台上这些不含任何宝石成分的矿物杂质，皮埃尔是对的，我们什么也出不了。言下之意是，出不了一个明星。

一个名模是怎么样的呢？所有时尚杂志的编辑都会这么说，她们都有些小毛病。对于这个小毛病可得好好领会。她们指的其实只是一颗美人痣或者一个90B杯的胸罩，而大家却要往缺胳膊少腿上联想。还是脚踏实地些好。一个名模，她当然首先应该是美丽的。但她就有这么一小点莫名的东西，使她从所有光彩照人的模特中脱颖而出。

国际模特之星公司目前有点对不住它的名声。公司四年以来都没能找到新星，它还都在吃老本。皮埃尔想利用桑娅来消费他的预付成本，因为他感觉到她或许能成功。当初她的签约簿里还只有几张试拍照，就被几个日本客户选中去拍一个开司米羊毛衫的广告。她在两天内赚了一万美元。她到巴黎才三个月。她十七岁。她的确是有潜力的。

两个月前，玛丽陪她到洋槐街的 Pin – up[2] 摄影棚去见一个著名的美国摄影师。玛丽纠缠了他几个星期，才让疲于口舌战的他答应见一下桑娅，摄影师们都在变得越来越容易厌烦。约见的前一天，玛丽勇气满怀地走进那个满屋子都是人的摄影棚，气氛尤其紧张，她感觉像到了一个原子弹发射现场。四叠三十来本的

---

1 "大熊星座"即北斗七星，托尔斯泰在一个民间故事中写了七颗钻石跃上天变成了北斗七星。
2 在英文中意为性感的半裸美女照。

预约相册堆放在摄影棚的灯箱旁，一个摄影助理在把它们填补进哈苏数码相机[1]。

"我没时间，谁都不见。我得为美国版《Vogue》拍一组梅丽尔·斯特里普的照片，你那个新人么……你看看所有这些预约簿……他用头往那些让玛丽泄气的相册堆那儿示意了一下。这些人，我今天一个都没法见。明天也不行。"

玛丽就说："不入虎穴焉得虎子嘛……"

"这女孩和其他人相比又多了些什么呢?"

"我来这儿就是要亲自告诉你，你如果不见她一下，你是永远也不会明白这个的。我知道你从来不去看那些预约册……她就是……怎么说呢……她和扬·凡艾克[2]画的圣母很像，《洛林大臣的圣母》里那个。"

摄影师眯起眼睛打量着她。玛丽刚才是用法语说"洛林大臣的圣母"的，她不知道"大臣"这个词用英文怎么说。

"她就是……像有超自然的魔力一样……纯真无邪……可能也会有些使人不安，就像一个过于英俊的小伙子那样……我不知道怎么跟你说……"

这个赫伯特是个同性恋，他对玛丽向他推销的这女孩有"小俊男"气质这点很敏感，一个中性化的模特是很少见的，这种风格的模特可不多。

"你们这些经纪人啊，你们全都一样。你们认为你们的姑娘都是极品珍珠，而事实上，他们全都平淡无奇，微不足道，她们不会给镜头增加任何东西，毫无主动性。"

"可梅丽尔·斯特里普也是有人拍她才能开始有所发展的

---

1 哈苏相机原是二战中的航用照相机，后转为民用，在阿波罗登月计划中曾用此种相机拍摄。
2 扬·凡艾克（1390－1441），文艺复兴时期弗兰德画派的著名画家，《洛林大臣的圣母》是他的代表作之一，现收藏于巴黎的罗浮宫。

呀……我以为你会喜欢新人的……我肯定你看到她时就明白了……"

几秒钟后他说：

"OK……明天早上和你那个'圣母'一起来吧。[1] 九点三十分。就五分钟。不能再多了。"

第二天是零下二度的天气，可桑娅既没戴帽子，也没戴围巾和手套。风把她的脸颊吹红了。一件彩色毛衣显出了她的单薄身材，也还能从中看见她紧致的皮肤，饱满得像个成熟的果实，她穿了条超短裙，露出她那双裹在天蓝色羊毛袜里的超长细腿。她交叉着双臂，在腋下攥紧双手并直直地看着赫伯特，但眼神里并无倨傲，她的表情很特别，就像个人们不忍责备的坏孩子，好啦，快点吧，现在把你要说的话都抛出来。他同样也看着她，却不说话，接着他问她：

"你冷吗？"

她便笑着回答说：

"不冷啊，怎么？要是我说冷，你就把你的大衣给我？"

玛丽感觉到这个男人是被桑娅蛮横无理的天真气质给迷住了。

"你知道珍·茜宝 [2] 吗？"

"不知道，那是谁啊？另一个模特？"

"也可以这么说……那是个女演员。你有点像她。"（他提到珍·茜宝的时候用的是现在时，而以"你"相称的用法也把桑娅给唬过去了）。

1　此处为双关，法文和英文中"处女"和"圣母"是同一个词，"V"字母大写时意为圣母，原文中用了小写。

2　珍·茜宝（Jean Seberg, 1938－1979），美国女演员，其演艺生涯的重要时期都在法国度过。主演过的影片有《圣女贞德》《你好，忧愁》等，她在新浪潮导演戈达尔导演的影片《精疲力竭》中的演出曾大获成功。

"那就别拿我去代替一个已经存在的人。您只管去用她好了。"

"她已经死了。"

"那，这样的话，就不一样了，我很愿意拍些照片。"

她怎么竟会觉得是由她说了算的？可这样还就是奏效。她那种新奇的胆量和真诚就是奏效。他笑了。而她赢了。她不知道，就在几小时前，这位摄影师还从没看过她的一张照片，甚至还不愿意见她。她不知道她是因为玛丽的固执才能被选中的，才能在另外九十个被抛弃在塑料信封里搁在摄影棚墙角的候选人中被选中。可事情就这么成了。她这就被约去拍一组照片，名字将叫做《精疲力竭》。在巴黎的街头拍摄。在大部分照片里她将是单独一人，有时会和让保罗·贝尔蒙多[1]一起，其实就是和一个长得像贝尔蒙多的男模一起。

在享有盛名的英文版《Vogue》杂志占上十页。这已经是很出色的了，一扇通往成功的门被开启。在刚开始发展时就能戴上这种冠冕是极少见的。那些月刊编辑并不喜欢新模特，而她们的女读者们也不喜欢。她们更偏爱那些能一眼认出来的脸孔，三十天可是很长一段时间，而总是看到同样几个模特能让她们感到心安，她们会觉得时间过得不那么快。而那些周刊呢，就不那么畏畏缩缩的，这也是理所当然，只有一周么……一周内，一张脸会很快被忘记。但桑娅不懂这些。她认为她碰到的所有这些事都是很正常的。人们答应她会让她来拍照。她就来拍照。这又如何了呢？只是，当别人问起她是代表哪家模特公司来的，这个诚实的小桑娅总是说，我的代理公司是国际之星模特公司，但我的母公司是克里斯蒂娜模特社。这让皮埃尔气得发疯。真话会让他

1　让保罗·贝尔蒙多，法国著名男演员，影片《精疲力竭》的男主演。

发疯。

既然不能成为养母，皮埃尔就琢磨着要当这些姑娘的爸。绝无仅有的一个。玛丽已经建议他去咨询心理医生了。她昨天向他发话，我们是不是模特的母公司对你到底有什么要紧？一个姑娘赚得收入的5%，这又不是个可怕的支付数目，还有，在这行里大家都知道，给模特找活儿干的都是在巴黎的模特社，而不是她们出生的那些小镇子。你出了什么问题啊？你是为了桑娅才变成这副模样的，你在打什么鬼主意？

而皮埃尔就回答她说，你什么都不懂，所有事都是我们在做，完全受益的应该是我们。就这么简单。还有，你稍加指点了一下的那些姑娘，她们跟其他模特社去外国的时候，被硬塞给这些瞎了眼的笨蛋，折腾到深更半夜也不看看时间，这能让你得到些什么，你把那些二十四小时全营的奶妈式服务也算进去了吗？没有，这对那些在我们本能得利时从我们嘴边把面包抢去的乡巴佬来说倒是净赚的。还有，管制，嗯？你又能怎么样，管？远离视线，远离内心世界。那些干模特儿的全是些骚货或者不择手段往上爬的女人，或者两者都是。我们就说说你的桑娅，你为她前前后后地跑断腿，然后她要去纽约，因为克里斯蒂娜·奥尔伯格女士会觉得这对她的事业发展更有帮助，而她其实只念着她亲爱的小桑娅能给她赚回来的美元，你就看她是不是还会这么再来一次并顾及我们这头好了。而只要小桑娅在美国佬那儿干得出色些，她在纽约的模特社又会得到同样的成就。你就看着好了。而我们呢，我们就再也管不了什么了。等她成了明星，克里斯蒂娜要是不给你的贞德姑娘[1]在巴黎换一家模特公司就是万幸了。我

1　此处用来指代桑娅。前文中提到和她长相相似的珍·茜宝曾主演过《圣女贞德》的影片。

们在秀台和高级成衣展上甚至会再也见不到她。对她来说我们将不够好了。那么，永别了小牛犊、母牛、猪、小雏鸡，都是白费心力。不……越不是疯子就越会大笑[1]，相信我。对那些小规模的外国模特社，就得去捞他们的姑娘，干净利落。不管怎样，他们培养不出人。伊夫·圣罗兰，卡尔·拉格菲，让保罗·高缇耶[2]，他们都住在瑞典吗？还是荷兰？还是温尼伯？还有那些杂志呢？他们又在哪儿？在"发卷夹在头发上"镇？不……大家都在巴黎……好了，那么，特别情况要特别对待。要把他们全都搞定！

正是为了这个原因，国际之星模特公司现在才办模特大赛。为了要成为这些忘恩负义的姑娘们的父亲、母亲，组成一个疯狂家庭并把她们统统都搞定。

13

昨天皮埃尔说的关于桑娅的那番话让玛丽有些坐立不安。她就是会想到这只小苍鹭，自从她刚才看见皮埃尔和那个实在极为普通的姑娘在一起之后甚至就被这种观念攫住了，而那个姑娘，她过分标榜的性器官，廉价而毫无用处的做爱，就像一台出了问题的机器，像绝望本身，比起他的挪威小姑娘呢……不，她不想任由皮埃尔毁了她，可这或许已成事实了，他肯定也已经上过她了，又或者还没有，她今天已经两次想到这问题了。他想要确定

1　此话影射一句法国俗语"越是疯子就越会大笑"。
2　伊夫·圣罗兰，卡尔·拉格菲，让保罗·高缇耶都是顶级时装设计师。

自己跟她上床是有所益处的，因为他担心如果不这么来一下，桑娅就不会对他有感恩之心，也就不会离开她那个无能的乡下公司。把她弄上床，这将是他取得酬劳的代价，这种父爱式的关怀可真是滑稽。

什么感恩之心呢？玛丽可是花了不少时间为桑娅的模特生涯作准备，教她一些简单到诸如怎样得体地坐在一把椅子或是一张扶手椅上的要领，她过去会习惯性地坐在地上，盘膝而坐，或者是双腿收拢并以双臂抱紧在胸前的坐法，就像个焦虑症患者。还有其他一些更微妙的细节，比如优雅地走在路上，她一开始并不明白为什么非得优雅地走，那和正常地走有什么区别？穿高跟鞋走路，这个还真是让桑娅大笑不已过，她过去从来就只穿破旧的跑鞋，化淡妆，她过去可能因为模仿艾利斯·库柏[1]而过量使用眼影液，做简单的发型，她从前也滥用定型喷发胶，并常常把头发烫成惊世骇俗的造型，又比如找回她头发的自然色，她原来似乎格外钟爱印度式玫红的发色。拔眉毛，除腋毛以及剩下所有地方的毛，不要总是穿那些裤腿像麻袋一样并且不能突出她双腿的水筒裤，她的腿细长而结实，堪称完美，因为她要是想当模特就得突出她的腿，她的腿将是她的优势，护理一下指甲，她有时要啃指甲，但在这行里是不允许这么干的。这些都费了不少时间。指甲护理成了桑娅在短时内迅速变身的重要环节。

剩下的事，就算她心里老大不愿意，也还是接受了自己的变形，因为这是必需的步骤。而玛丽则耐心地把一切都解释给她听。她帮助桑娅转变成了一个颇有气质的女孩，一个精致而有潜力的模特。桑娅现在也基本对一切都点头同意，因为她其实对一

1　艾利斯·库柏，美国著名重金属摇滚乐队。乐队名称同时也是乐队主唱歌手的艺名。他在演出时常以深度晕染的烟熏妆露面。

切能助她远离渥尔达，并接近皮埃尔向她允诺过的成功的事都持赞同的态度。她可是费了好些周折才适应的，玛丽也是克服了重重困难才把这只倔强的动物给驯服的，她也总还对玛丽抱着些许敌意。桑娅并不害怕男人，她甚至会想办法去惹他们高兴，这看得出来。而因为她那个从没给过她鼓励的母亲的缘故，她对女人们肯定是心存戒备的。她常对玛丽说，她觉得女人们愚蠢而弱小。她在谈到女人的时候总也是用复数来指称，就好像她害怕单数的用法会让她想起她母亲一样。

她说她很高兴离开了她那个烂透了的穷乡僻壤，她只是舍不得自己的几个兄弟。她一挣到钱就会让他们过来。她要给他们买他们想要的一切。她英文说得不错，并常常重复 stupid（愚蠢）这个词，还有 weak（软弱），用以形容女人，她似乎对这些严肃而毫无希望的词尤其偏爱。

当玛丽问她为什么是"愚蠢"的时候，她回答说，因为她们接受一切，她们总是让人占便宜，她们太顺从了。她用了 re-signed。这可是个比较严厉的词，一个大人物才用的词，从那么年轻的一个姑娘嘴里冒出来不免让人感觉意外。而对于为什么用"软弱"，她说因为她们没有睾丸（They have no balls）。能感觉得出来，她没少在马路边游荡，和她那几个兄弟一起，和一些男人们一起。那她母亲呢？玛丽重又想起她母亲，她很想明白桑娅的想法，或许是为了能帮上她。她对她母亲是怎么想的呢？她就不想帮她母亲吗？

她倒是签过一个家属义务解除证书，以准许桑娅来欧洲工作。这其实还不错不是吗？她是 OK 的，桑娅说。她不愿意谈她母亲。玛丽能了解的所有情况就是这样了。母亲是 OK 的。这说明她过得不错。这说明一切都还顺利。这却不能说明她爱她。这什么都说明不了。人们尽可以在话里隐藏起自己的真实想法。无论如何，桑娅是在这些话后头把自己藏得很好。这种简略的短句概括了她所不愿讲出的话。

玛丽重想起丽莎·克伦威尔和她的吊袜带那个插曲，然后再次回到桑娅的话题上。为什么她需要心怀感恩呢？玛丽只是在做她的本分工作，一个经纪人能同时照管十到十二个姑娘，而管理签约单，就是把她们全都控制住。但却不应该对她们有太多感情。不能这样。她们已经有一个爸爸或者一个妈妈，或两者都有。再就是一切都得迅速。一年时间为一个姑娘做发展的准备，因为超过这个时期以后，再多花时间就会变得很昂贵。一个模特必须是很快就能盈利的。玛丽担心桑娅并未意识到自己为她所做的工作，对她可比其他模特付出得更多。她感觉她在那种打肿脸充胖子的神情背后有的是迷惘。无论如何我不是她母亲。可这又是为什么呢？为什么这么担心失去桑娅？

克里斯蒂娜，另一个挪威妈妈，看准了这个朋克女邋遢的外表下所藏的是珍宝。而这姑娘也的确很有前途。但是把这个坏脾气没教养的孩子培养成一个新人模特的是玛丽。这么多日日夜夜，加上周末，有时还得深更半夜地到巴黎的那些夜总会里把她给找出来，她一度在那儿用一杯杯伏特加酒掩藏起自己对于无法达到别人对她所期许的那种生活的恐惧感。

此外，为什么人们任由这些未成年人进入夜总会呢？不过桑娅可会动脑筋了，她毕竟是迅速从啤酒转向了伏特加。要不就是她原本就养成了这个习惯。她并不是每天都喝酒，只在周末时喝，她说酒精让她不花钱买机票就能旅行。她这么说的，"I travel free，I don't need no ticket."[1] 就像是平克·弗洛伊德[2]式的

---

1 原文为英文，译作：我免费旅行，不需要买票。
2 平克·弗洛伊德，英国著名摇滚乐队，以迷幻和前卫摇滚知名。

摇滚歌手在讲话。这样的大俗话用英文讲更有意思些，它几乎就有了某种寓意在。我免费旅行，不需要买票。

　　玛丽尽量不让自己被这种经得起玩味的咬文嚼字所诱惑。还是得多加注意的，桑娅还太年轻，不能任她把自己给毁了。她甚至向她承认说她曾经在纸板箱堆下睡过觉。她觉得这很 fun[1]，有趣。

　　"那……你经常到纸板箱底下睡觉吗？"

　　"这要看你怎么理解'经常'这个词了。"

　　"你母亲知道吗？"

　　"……"

　　"桑娅，你为什么那么做呢？你可是有家的……"

　　"你为什么想知道呢？我不知道啊。还有你想想看，在奥斯陆我又不是唯一一个在纸板箱底下睡觉的人。我不想谈这个。这让你觉得很不合情理吗？你这个中规中矩的法国小资？"

　　"呵，好啊，我承认。我觉得你如果不是不得已才这样做的话，这不过是一种廉价的挑衅。这甚至也算是'小资'的，如果你真想弄明白的话。这也就是说，很遗憾……你又想证明什么呢？另外你提到'小资'的时候甚至不知道你在说的是什么。最好每个人都到纸板箱里去过日子，就是这样吗？"

　　"我可没这么说。我也没想证明什么。我有很多朋友都这么熬日子过……然后么，这会让看我们的人觉得难堪，这也挺好……"

　　"你错了，就像你说的，那些看你们的人感觉难堪的时间不会超过五分钟，然后就了结了。之后呢，他们心平气和地回他们家里。你以为呢？三个纸板箱就能缔造一场革命？你对自己可得

————————————

1　原文为英文。

注意些，桑娅。"

"为什么你跟我说这些？为什么你要对我好？"

这下轮到玛丽答不出话来了。桑娅对她说这些的时候，玛丽有了一种疯狂的念头，想把她抱在怀里，爱抚她，并试着把所有让她害怕的东西都抹除。驱走她的不幸。对她来说可能构成她不幸的，就是她母亲可能并不以她想要的方式来爱她这点。玛丽希望能接近桑娅，近距离地相处，为了理解她，可怎么理解呢？怎样才能消除这种距离呢？这距离将她维持在离这个不羁的小姑娘那么近的地方，几乎就能触碰到她了，又是那么远，以至于让她觉得丧气。胆大妄为倒像是种下流的行径了。

玛丽想要使她远离害怕的情感。她想尝试一下。然后呢，不行，去爱她就是太艰难的事了。爱同样也是一种痛苦，这种痛苦能使人感到心满意足。而玛丽并不想让自己感到心满意足。她还不想这样。就好像她父亲吧，他可以谈论感情的事，但却不会动感情，他不懂得去经历一种感情，因为他对此极为害怕。不应该用言语把一些事给复杂化了。应该要在生活中经历它们，而生活却是极简单的事，就如皮埃尔说的，"把一只脚挪到另一脚前面"，也如保罗·瓦诺所说的，"不让自己被任何事困扰"。

14

比尔基特·林伯格，这个皮埃尔新发现的丰满圆润的棕发姑娘，迈着大步向玛丽走来。恢复了神气的她看上去就像只钟摆。玛丽继续收拢那些四处分散在那张已空无一人的评审桌上的文件，但却预感到不祥的时刻来临了。她继续收拾，女孩则在她身旁两厘米的地方停下。她细声细气地说：

"您在收拾东西啊？"

"……你觉得呢？"

"那家个伙在哪儿？"

"哪个家伙？"

玛丽在重复"家伙"这个词之前故意顿了一下。她想示意这个姑娘说，她不喜欢她说话的方式。

"经纪公司的老板。"

"他回酒店去了。我们还有事要做。半小时后要选角。"

玛丽简直不相信自己的耳朵了。她现在正跟这个小荡妇拉家常了？她刚才为什么告诉这个完全不认识的人说他们要在酒店选角？这关她什么事？她本不该这么做的，因为现在可好了，毫无疑问，她要粘在他们后头跑了……

"我知道，我来是想问您一下酒店的地址……"

"你怎么会知道的？那要是你知道的话，为什么你又没有地址呢？"

"因为那家伙说让我来问你……"

玛丽不由得轻蔑地打量起这个厚脸皮的姑娘。

"听着，小姑娘，那家伙叫皮埃尔，其一。其二，我还没允许你跟我以'你'相称。我仿佛不是很喜欢你这种态度。你要是想当模特，就或许应该学着注意点规矩。"

什么?! 她这不又开始胡言乱语了！你要是想当模特?! 可她在做梦啊!! 她怎么会对这个发了疯的姑娘说，你要是想当模特……是室内的温度让她发痴了还是怎么的？她觉得热。还有喉咙疼也起作用了？她告诉她说她不喜欢她这种态度。这点是不错的。可，可她以为自己是谁啊，这个……这个……女唐璜[1]？这个造出来的阴性名词，它就像暴风雨来临前的平静，以一个漂亮的词来省却说出另一个词的麻烦，一个意思更明确，却或许能让她感到快慰的词。目前，这是一种让自己相信一切顺利，一切都在控制中的方式。她不会让自己继续疲于被这个……

"那么，酒店的地址？"

"为了要做什么呢？我猜想你并没有在包里塞些你的照片……那么你就不能来参加选角。"

她居然还来劲！就好像这个没教养的乡下姑娘来参加选角是再正常不过的事！那要是这姑娘拿出些度假照片甚或是身份证照片在她眼前挥一下，好啦，她就入行啦！

那些没能及时把照片寄给格列塔模特公司的姑娘可以带着她们的度假照片或者一次性成像照的底片过来，模特社几周前在德国杂志×××里刊登的启事上清清楚楚地这么写过。那段文字是玛丽编写并翻译的：

你已年满十八岁。你的身高至少有 1 米 75，你的胸围是 85 厘米，腰围 55 厘米，臀围 85 厘米。你喜欢旅行。你或许能成为模特。你不需要提供职业照片，度假照甚至身份证照片就足够了！不要犹豫了，试试你的运气，赶快拨打汉堡格列塔模特公司（联系方式在公司的标志下方）或巴黎国际模特之星经纪公司的电话（同样，联系方式在公司的标志下方）。

这个，就是第一轮选拔，也就是会大把删人的那轮。年满十八岁，这就是说十九或二十岁，这是最大限度。模特公司总是不

1　法文是 godelurotte。原词的意思是：想让别人为他着迷的唐璜式年轻男子，这里在原阳性单词的词尾加上了阴性后缀 – rotte。

愿招那些超过二十一岁的新人，她们在思想上不会那么顺从，而且肤质也有所不同，不可避免的衰老已经开始产生作用。这是较难察觉的，但毕竟还是看得出来。

还有就是，照片删选的方法也过时了。要投身这极考验人的时尚模特业还得趁早。在杂志刊登的启事上说明最低年龄界限是十八岁，这也是为了成全一种名存实亡的道德理念，并避免产生一些与更为淡化的审核制度相关的问题，因为事实上，如果一个女孩很漂亮并且是未成年人，模特公司还是会推举她，那些杂志也会毫无顾虑地预订她拍照。那些长相娇小的模特，可以用到什么程度，从几岁起可以给她们化妆，让她们脱衣服并不让人看出自己还是有和她们上床的企图，十三岁的，可能十一岁的也有，每个人都虚伪地将自己对超越禁忌的喜好藏起而闭口不提，经纪人，摄影师，编辑，策划人员，广告商，所有这些人都想要青春期的姑娘，他们也是这么表现的。

如果要推荐一个未成年姑娘，只需用花言巧语哄骗一下她们的父母。这总是奏效的。啊，您就觉得您女儿完成学业会是个问题吗？家长们或者回答说他们女儿在学校毫无前途，并且他们觉得她若能早些为自己谋生没有任何的不合适，或者就说她肯定能用远程教学的方式上完学校的课。

真是虔诚的祈愿。95%的姑娘从不能完成她们的学业，而那些完成学业的，哪怕是没能拿到文凭，也不会再继续读下去。在报纸上，玛丽总是吃惊地读到消息说某些模特是哈佛[1]或某些名气响当当的大学毕业的。模特们要不是从十五岁开始入行就是从十七或十八岁开始工作，那么她们什么时候在学校和大学里呢？她们又在那儿干过什么呢，打扫卫生吗？更不要说文凭了……她

1　哈佛大学，美国名校之一。

101

们几点拿到它们的？在去夜总会之前还是之后？又或许是坐飞机在天上飘的时候？她们在机舱里只会翻翻杂志并在时尚版面稍作停留，这个贱女人怎么能顶替我的位子而被约去拍这个照片？拿不到文凭并没什么可耻的，那为什么要胡编乱造呢？除去学业上的事，大部分家长都会立即瞥见可能得来的钱。在成功来临之前，他们女儿能赚到的那些钱，这是真正的动力所在，毫无疑问。学校么，我们总是可以再考虑的，人们认为社会大学，这也是一所很好的大学，不是吗？

"他跟我说我可以去酒店。"

皮埃尔成了"他"。这女孩挺狡猾。不论如何，她并非听不懂话。她的固执现在已经让人绝望并显得粗俗了。皮埃尔也太夸张了些，他本不该这么瞎起劲，以至让她紧紧纠缠到这个地步。

"你确定他就没给你过他的房间号？"

"有啊，房间号1871。但他没给我酒店的地址。"

她又绕到酒店地址上去了。噢，1871，这可是德意志帝国建立的年份。俾斯麦是这一政治胜利的主要缔造者。玛丽倒是可以给她，这个比尔基特，稍许讲讲她们国家的历史零碎。这或许能让她放松些。可她却开始焦躁起来。比尔基特让她感到焦躁，这感觉甚至愈发强烈起来。

这实在叫人可怜。这个头顶红发、已经湿了内裤的小姑娘就没感觉到狼外婆的生殖器已经在他的围裙后头绷起来了？真要命，她是存心这么拧着干。不过选角也的确将在皮埃尔的房间里举行，那是个套房，有得是地方用来接待人。一个有着鲜花和瑞特巧克力[1]的客厅。那是个不错的巧克力品牌。装巧克力的盒盖

---

[1] 瑞特巧克力，是一个德国的巧克力品牌。该巧克力以便于装入口袋的四块正方形巧克力包装而闻名。

四周，一些胖乎乎的天使呈现在一片没有云彩、过于湛蓝且过于美丽的天空中，一片不可能长久存在的天空。还有一旁的卧房。毕竟是卧房啊。人们都知道在一间卧房里会发生什么，不是吗？她肯定是知道的，一间卧房里会发生什么，这个小贱人，好了，这"另一个词"就冒出来了，而她就是为了这个才想去酒店。为了成为模特而去上一下皮埃尔的床并不会让她觉得太过难堪，她定是这么想的。她习惯如此，这点可以肯定。

实际上，玛丽尤其不欣赏的就是她眼中流露出的放荡神情以及某种危险，她的放荡神情所包含的那种危险再明显不过。平静一下，玛丽，平静一下。她或许不知道在她身上将会发生什么事，这个愣头愣脑的小姑娘，她只是太单纯而已。可玛丽毕竟还是记得一小时前她那粗俗的笑声，滑稽的表情以及矫揉造作的样子。才没那么单纯。她也记得那句话，要是他帮我的话我真的可以成为明星吗？不，一点也不单纯。甚至都有些自大了。这个把自己打扮得乱七八糟的小骚货还只是在起跑线上呢，就以为自己有多了不得了。

"你听着，比尔基特。你可能无法立即意识到这点，但今天我要来帮你一个大忙。忘了选角的事吧，你当不了模特。我觉得你不合适，就这么简单。是由我来决定一个女孩能否来工作的，明白吗？皮埃尔可能有些得意过头了，但相信我，对你来说，当模特是不可能的。"

哎哟！都说出来了！玛丽把她想说的都一股脑儿说了。可能说的时候也太兴奋了些，OK，但反正她就是把话说出来了。她希望比尔基特现在可以离开因为她还有很多事要做，感谢评审团成员以及赞助商并约他们晚上一起吃饭，去和两班电视台的工作组打个招呼，打电话给格列塔并把她也请来吃饭，和公司的模特一起安排一下第二天的约见。

103

那女孩仍杵在她旁边，这会儿的神情有些怪怪的。为什么对我就不可能呢？我在杂志里面看到很多难看的姑娘，但她们就是在那里面，在杂志里面。我看过那些杂志了……好吧，两次说到"杂志"，这词肯定是让她心神不安了。玛丽喜欢列表，但却不喜欢重复。不喜欢那些在句子里被重复使用的词。这是一种语言上的匮乏，就像抽搐一样。人们完全可以简简单单地说话而不去重复。重复是精神分裂的一种表现，这是一种某些事进展不顺的迹象，线圈短路，脑管进水。无法从事实推及理论，从个别推及一般，而是徒劳无益地拘泥于一些不着边际的论调中的智力活动。

玛丽不让自己冲动起来。说到底，她又不是精神病医师，她这是怎么了呢？美貌的确是个涉及审美与认可的问题。这姑娘觉得模特难看，并自认为漂亮，这是她的权利，但要向她解释模特圈的"为什么且怎么会这样"，这个就……那些大厨是不是也会把他们烹饪的秘密给透露出来呢？不会对不对？那就对了……对对，他们是写些食谱的书，但人们跟着他们的建议操作的时候，事情的进展从来就不会像他们说得那样。总是有那么丁点东西不对味。不对，她要去跟她讲讲有关评判标准的事，这或许能让她平静下来。可还是不行，她什么也不要去跟她说。这个小笨蛋是不会明白的，而她也还是会被弄得心烦意乱。不行，不说。什么都不说。

"这是个审美标准的问题，你明白吗？但也是身体尺寸的问题。你的尺寸不够格。"

"那尺寸是什么？"

"至少要 1 米 60。听着，我这会儿没时间……"

"我可以穿高跟鞋。我肯定所有的模特都是穿高跟鞋的。我在杂志里面可见多了那些穿高跟鞋的姑娘。有些照片上看不出来，但我肯定她们是穿的。"

"模特并不总是拍些穿高跟鞋的照片。她们也穿泳衣拍照，她们也为设计师做时装走秀。那时候她们倒是要穿高跟鞋的，的确，可是……"

玛丽越讲越糊涂，甚至要自相矛盾起来了。其实她想说的是，成为模特，是事关好的仪态与优雅风度的问题。有就有，没有就没有。打住。穿或不穿高跟鞋都一样。真他妈的！这就是她想听到的么，这个鼠目寸光的德国妹[1]？我的上帝！帮帮我吧！玛丽实在是，再也受不了这个霉星了。

这个霉星还在用她那咄咄逼人的第二人称单数继续发问：

"其实，你就是摆脱不了我了，对吧？你想让我这么对你说吗？"

她享受着那片刻的快感，并直视着玛丽向她冲口骂道：

"你不过是个得不到满足的臭婆娘[2]。"

玛丽看看比尔基特，闭上眼睛做了个深呼吸，她搜肠刮肚地想法应对，而不知道哪儿来的这股爆发力在她肚里低声咆哮着扩散开来，直上升到她的大脑中，就像人们过快吞下的那口烟一样，她搧了比尔基特一记大耳光，而这一位就失去了平衡，整个儿直直地跌倒在地。

这实在是糟糕透了的一天。亏损的一天。是那种不得不做出最后决定的日子，或者让人想着要投降的日子，无条件地。她更倾向于投降，玛丽。彻底且无条件的投降。就像在 1945 年 5 月 7

1　这是一个对德国人的贬称。
2　是极粗俗的说法。

日的兰斯，艾森豪威尔让约德尔将军签订投降书一样[1]。她在想的就是这个。她没办法不往这个上面想。

应该承认这点。她已经晕头转向了。这毕竟还是挺丢人的！她不该继续在这个满是神经病的行当里做下去。让她变疯的是这个愚蠢的行当。她感觉自己像个老鸨，一个妓院监管。这也是皮埃尔的错，他总是把一些不完全妓女强塞到她手上。都是些不好惹的。而最不好惹的姑娘总是那些最丑的以及那些即便人说了不行她们也从来听不进的。再加上把一切都混为一谈的皮埃尔。这是世界上所有皮埃尔之流的错，他们试图把他们的生殖器插入到既来的模特大赛的角角落落。

这不是一个适合女人去做的职业。至少不适合一个像她那样的女人。可像她那样的女人又是什么呢？她想要一切都进展顺畅，她无疑是疯了。不，她想要稍许纠正一下事物进展的方向，她生命运行的方向。她想要引领自己的生活，决定它。她受够了由别人替她作决定并让她过上地狱般的生活。地狱，你这么想是不是太夸张了些，就是啊，就是地狱。她也想要为别人作决定。她不甘于接受任何东西。事实上，她再也无法忍受任何人。

她脑袋里的一切已变得乱七八糟，一片混沌，一切重又开始发作。这女孩来闹事之前事情本都还算顺利的。她真想再哭一场，可这么一来可能就太过了，在同一天里两次为皮埃尔掉泪。皮埃尔还没离开呢，他倒的确是说过我一会儿就回来的，而他现在恰恰就向争吵的现场赶来了。

她开始作最坏的准备，她已经领教过那最坏的是什么，并不再会为之动容了。她需要透透气。她的心跳得更快了，可奇怪的

1　德怀特·大卫·艾森豪威尔（1890–1969），二战时期美国著名战将，后任第三十四任美国总统。阿尔弗莱德·约德尔（1890–1946），二战时纳粹德国的陆军大将。

是，她就像个重获自由的人一样。一记耳光，没什么可多说的，这或许是粗野、幼稚，随人怎么说了，可这很让人发泄。玛丽想要离开了，可她还是帮助那娼妇重新站起身来。条件反射而已。因为她并未感到一丝内疚，她差点就想给这个讨人厌的姑娘再好好抽一记耳光。首先因为她本就是一副招抽的长相，还有就是这能让她明白人们被惹恼时会发生些什么。她这是自找，她不过是得到了她该有的教训。可她的救世主已经靠上她了，并假装为她抚平那蹩脚蓝色迷你裙上的皱褶。

玛丽准备好了。出乎意料的是，皮埃尔神情慌乱地看看她，并对她说：

"你没事吧？发生什么事了？她打你了？"

玛丽简直惊呆了，前一刻跌倒在地的可是他的宝贝新宠啊，可是不然，皮埃尔终究还是对她更关心些。

"没有，她没碰我。是我抽了她一下。"

"为什么，你疯啦？"

"她说我是个得不到满足的臭婆娘。反正，她说了这个，然后还有许多别的乱七八糟的话……"

皮埃尔斜眼看看这个德国小姑娘，她还没从那记耳光中回过神来，一边反复揉按着自己的面颊。某种似笑非笑的表情流露于他的嘴边，就好像他被什么东西噎住了一般。

"抱歉，这实在叫人神经紧张。你倒是说说看，这小姑娘居然还仔细琢磨过我的用词！"

玛丽那一刻真想给他也来个大巴掌。她用她所能表现出来的所有怜悯表情看着她，可这在当下却说明不了什么，因为怜悯这东西，她有的就和一只不得不吞吃死鱼的海螺一样多。

"好了，我把她带走。我得试着避免外交争端。没人看到你们，我想。幸亏如此……哎，我说，你恼起来的时候下手也真够猛的……如果可以说你真是恼了的话……"

比尔基特已经将她不幸跌落时凑巧滑出那镣铐似的黑色尼龙胸罩的双乳塞回了原位。她真是具备德国式的勇气。她说，请您原谅我[1]。您原谅我，要是这让您高兴的话[2]。是的，这重新恢复的"您"的敬称让玛丽很是高兴。

"她说什么？"

"她说她很抱歉。或者这么说，她礼貌地请我原谅她，要是这让我高兴的话。"

"啊，这就好，她不是个记仇的人。要知道我们本还是极有可能惹上麻烦的。"

"那又怎样呢？你想让我也拥抱她一下？她道歉了，这就行了。"

"你就不问问她是不是哪儿弄疼了？"

玛丽不说话了。这真是发痴，这怒火就是赶不走。你弄痛了吗？皮埃尔问比尔基特，她则一声不吭地摇摇头。玛丽想要将这一道歉好好回味一番。这道歉来得恰到好处，就像一个报复似的。倘若玛丽必须得离开，那不如将这报复做得漂亮些。可要是她只是在乘人之危呢？人毕竟还是有自尊的。能找到个替罪羊并不是每天都能碰上的好事。为什么她就要放过它呢，这只替罪羊？这只小羊羔……而玛丽并不确定。这有些像哈姆雷特[3]在第一幕里就被明确了他作为复仇者的任务，可在接下来的四幕戏中他都犹豫着考虑应该采取怎样的行动。一个天使飞过。那日耳曼小姑娘就趁机跳到他的翅膀上了。

1　原文为德文。

2　此为作者暗带嘲讽的文字游戏，法文中"请"的表达方式从字面上的理解是"如果能使你/您高兴的话"。

3　英国戏剧家莎士比亚的戏剧《哈姆雷特》中的男主人公。

"您要是愿意的话，今晚我可以请您喝一杯。"她以一种假惺惺的声调对玛丽说道。

这下可有好戏看了。这女孩也真够柔弱的，并且怯懦。她这么喜欢演戏，老天爷。当然了，对你也一样，我请你，她对皮埃尔说。呵，瞧瞧……她很快地看了他一下，然后垂下眼。玛丽回味着这个假装熟稔的"你"称，这暗示着他们之间新近建立的亲密关系。比尔基特因为皮埃尔在台阶那儿乱摸了她几下就自认为和他很亲近。他当时想必也同时说了两三句只有他才掌握秘诀的、经过精心设计并深具说服力的话，使得她不愿意轻易就放手。

"谢谢你，比尔基特。这真是个不错的主意，不是吗，玛丽？"皮埃尔应道。

"噢是的！我真的很想去，"这叛逆的姑娘自作主张地在那儿乘机煽动着，"那参加选角的事呢？"这个缠人精再度扯到死死绑住她的那念头。

玛丽绝对需要让自己从中摆脱出来。这些喜欢黏着她们的刽子手的女孩让她感到害怕。她并没有考虑过要和这个假装纯情却口蜜腹剑的姑娘去喝一杯。她很想和皮埃尔去谈一下，但她怕他们之间的个别交谈会让这姑娘胡乱猜疑，怕她要是觉得自己再度被抛弃的话会乘机大闹一场。

是时候上演游戏的终局了。玛丽对这种类型的女孩太了解了。她们因为和模特公司老板睡过而自认为可以无所不为。什么都阻止不了她们。她经常看到皮埃尔，还有他之前的让 - 查尔斯·巴拉，把这些他们在出差途中感到厌倦时很快就能毫不费力地勾搭上的女孩强加给公司的经纪人。所有经纪人都不得不忍受这些野心勃勃并对一切都毫不怀疑的女瘟神。她们总是滞留在模特社里，而模特社从不敢将她们介绍给行内任何一个稍有地位的人物，并在一些时日后再也不知道该怎么照管她们，最终在浪费了大量时间后把她们送回她们原来待的地方去。玛丽显然已经有了灵感，她轮番看着皮埃尔和比尔基特，说：

"其实……你不知道选角的事吗？计划变更，取消了，要见的姑娘太多了。格列塔今天下午已经都见过她们了。但你或许能邀请比尔基特到橘子吧去？大家都会在那儿。来吧，我肯定你会很尽兴的。皮埃尔，一会儿见，我回酒店了，我累抽了。再见，比尔基特。"

然后玛丽就任这个将信将疑而目瞪口呆的皮埃尔杵在那儿。他还没来得及接上话，她就调转鞋跟向出口走去。归根到底，这全部都是他的错，让他自己想法去摆平这烂摊子吧。随着时间的流逝，人们会意识到，报复行为尚且算是保持公道的最有效形式。

15

选角总共持续了一个半小时。总是提相同问题的烦人的九十分钟，总听到相同回答的苦闷的五千四百秒。所有这些就为了找两个还过得去的姑娘来拍目录照，仅仅两个，又是两个。皮埃尔被弄得很恼火，他对比尔基特的事本已反悔了，他很生气，觉得玛丽实在太夸张了些。但在选角的事上他们倒是比平时更迅速，或许是害怕那闹剧在事后被张扬出去所致。这方面，玛丽也并没有帮他，她拒绝说话并任他一个人去进行面试。她就记些笔记，或者是装着这么做，不，她没有帮他。他甚至责骂起最后一名选手伊莱娜的母亲，那是个捷克姑娘，她三次问他说她何时能领到她女儿的一笔预支款。可确切说是为了什么的预支款？还没提到什么特别的事呢，那这个荒唐的布拉格女人疯疯癫癫地在那儿扯着嗓门说些什么？皮埃尔可是连两句话都还没说到。

这个母亲和她女儿进来的时候，玛丽就知道这面试可能会不太容易。看这母亲似乎想以自己的在场来压迫她女儿而流露的神情就明白了，她走进被征服国家的客厅时和强制命令伊莱娜坐下时的傲慢举止，一种自认为无所不知的神情，一种玛丽所熟知的神情，可她还是什么都没说。

玛丽对捷克斯洛伐克还是比较了解的。她在书本中漫游时都逛到了波希米亚、摩拉维亚、斯洛伐克，甚至还到过波兰和奥地利的边境。当然了，她不知道怎么用一些嗟叹美好不再、伤感、充满爱意、彷徨、自豪和荣耀的词句去谈论它，也不懂得使用昆德拉[1]那凄怆而叫人心碎的高超文笔，可她感觉到的是一些别的东西，她被这个国家感动着，捷克人不会轻易被一些微不足道的东西所打动，他们懂得践踏不幸。

国际之星模特公司之前是推荐过一个捷克姑娘米拉达·史蒂法妮克来的。但是她在巴黎只待了几个月。她当时思乡心切，而且对赚大钱并不感兴趣。她当时说，我不能做这个，我会因为光靠我的脸蛋吃饭而感到羞愧。然后她还念着布拉格市中心的那个"圆形竞技场"溜冰场。米拉达原先的梦想是做个猫狗清洁梳理师，还有，就是和她的朋友们一起滑真冰。她尤其强调了滑真冰这点。她对此念念不忘。特别是哈拉溜冰场，那可比"圆形竞技场"更大。米拉达长得很漂亮，她本可以成为一个很优秀的

1　米兰·昆德拉，著名捷克裔法国作家。其著作有《生命中不能承受之轻》《生活在别处》《被背叛的遗嘱》等。

模特，可是不，她喜欢滑冰。这是个顽念。她这样真好，她并不认为拥有天赐的美貌就是一种确保自己幸福的途径。

在伊莱娜这方面，是皮埃尔不好。他任由自己发火。他第三次把那个浅棕色眼珠、淡褐色头发的漂亮小姑娘交给他的那些负片一张张看过来，那些照片是在布拉格一个小型摄影棚里拍的，冲洗时用的是专业摄影中不常使用的规格，30×40，尺寸过大而没法放进模特的签约簿里，色调的饱和度也太高了，摄影师本想仿效贾维尔·瓦隆拉[1]但却没成功，人的外廓坑坑洼洼地化开了，而伊莱娜的眼神就像那些三十年代惊悚片里受到惊吓的女演员。

这种现成的应用练习让人觉得笨拙而沉闷。整个照相集被编了号，就像一本经过精心安排却显得可笑的目录册。小姑娘似乎是被胡乱包装了一下，她在镜头前表现得老气而滑稽，是贝蒂·格拉布尔[2]式的，伊莱娜在办公室，伊莱娜在咖啡馆，伊莱娜在郊外……所有这些照片可能花了她不少钱但对她一点都没管用，因为它们没有凸现出她的特点。

一个模特经纪人并不想被什么东西打动，而是想有被诱惑的感觉。来报名的女孩从来就不明白她们只要拿出一些能自然地表现她们自身的照片就能赢得一切。那些精心修饰和包装的活儿应该留给化妆师、发型师、摄影师、杂志社和服装剪裁师去做。此外，一切好运往往就是降临在那些拿出自己最简单照片的女孩身上，获得成功的也是那些自身无所求而人们却硬把一切塞到她们手里的模特。想法最单纯的人收获最丰。

1　贾维尔·瓦隆拉，当代西班牙知名摄影家。
2　贝蒂·格拉布尔（1918－1973），20世纪初的美国著名女演员。

皮埃尔说了好几遍，有意思，是的，很有意思，他尤其在那副词"很"上加重了语气，一边向伊莱娜那边注视了几下。这就差不多让她母亲兴奋不已了。就是那个加重了力度的副词激活了一切。

在第一次面试中的黄金法则就是，要特别小心自己所说的话。一切都会被认作是有现钱可拿。"很有意思"。他绝对是不应该让那些骁勇的母亲和她们那处在发情期的十七岁幼雏产生不惜一切代价地投入战斗的想法。那姑娘可不就已经把自己当作艾娃·嘉德纳了[1]，她开始不安分地扭个不停。什么？**你以为我刚刚说那些话的意思是有一笔钱要进账了，并且你还觉得我的口和心是意见一致的？**而姑娘们完全不懂得唐璜先生练得滚熟的这套用词技法和这种模拟游戏。"有意思"只是经纪人的必备词汇之一，它能唤醒吸引力，此外就再没什么特别的了。"有意思"这甚至是个平庸的形容词，可这就已经有些过头了。

皮埃尔却并不是第一次主持面试。他知道应该少说话，提简单的问题，以给自己留出时间来观察候选人，并只是鼓励她在第一时间内作出回答。通过这些小小的问询能分析出她的态度，能看出她的仪态举止如何。大部分时间里，那些女孩在面试时都是一副无精打采的样子，弓着背，缩着脖子，稍好些的就是双脚在座椅下交叉着，双膝分开。并不是特别吸引人。或者，她们把屁股搁在座椅或扶手椅的边缘，双腿直在面前，背部以一种叫人担心的平衡伸展着，头则与椅背的一边齐平，让人感觉她们是躺在床上跟人说话。还有就是把一侧的脚踝搁在另一条腿的膝盖上，一种流氓腔。无论如何，第一次会见时没有任何的女性气质凸现，也没有什么诱惑人之处。

---

1 艾娃·嘉德纳（1922－1990），美国著名女影星，以其性感气质和充满异国情调的美而出名。

当伊莱娜的母亲说，那么，您为我女儿出多少钱？皮埃尔回答她，您马上就想要钱？好的，但请让我单独和她待一会儿。这位母亲露出了受到惊吓的神情，她还并不太明白这是什么意思，而当着她的面，皮埃尔站起身并作势要去抓女孩的胳膊。我们完事儿后我会叫您的，他开玩笑道。但这母亲可不开玩笑，她站起身并警告说要报警。

皮埃尔的这种夸张行径早已让玛丽受够了，就好像他从没见过这类母亲发作一样，这下可好，她这就要报警了。玛丽最终决定要干预此事并大叫了一声"停下——"，而余音便响个没完，所有她能脱口而出的就是这长长的一声"停下"的喊叫以及随之而来的话，"您可以看护好您的女儿，不管怎样，我们是不会要的，她长得很丑。"她却并未真正想着自己在说什么。她其实很累，这些都是为了拯救皮埃尔。幸好，那个"丑"字奇异地蜕变成一声嘶哑的叫声，或许伊莱娜和她母亲并没有听到它，可这当真就把气氛给冷却下来了。

皮埃尔对她说，听着玛丽，你不觉得你今天已经够折腾了吗？那母亲重新坐下，还没从这打击中回过神来，而伊莱娜则并未离开她的扶手椅。玛丽慢慢地从房间出去，没看任何人一眼，她稍有些觉得惭愧。

16

玛丽回到她的房内。她也不脱外套就径直躺到床上，双臂交叉，眼睛瞪着天花板，专注于这平淡无奇的漆质乳白色和这死气沉沉的天花板的空渺，她的背平平地压在同一条温暖的白色羽绒被上，房间里什么都没有改变。这房间对被搞糟的比赛，那记耳光和余下的那些事一无所知，对余下那些事的丑劣一无所知，对诸事的丑劣都一无所知。玛丽任自己胡思乱想着，说到底是任她的灵魂出了窍，漫游着，随意抓上几把纷飞的念头，将它们稍加揣摩，舍弃其中的一部分，在这堆杂乱而不祥的初念中作一番挑选，留下能带她走得更远的那个，而不是让她想把一切搁下并去赞美死神的那个。因为她已经没什么人可以去爱了。

她还沉浸在那翻来覆去的考虑中，电话铃却响了。玛丽吗？我是弗莱德。玛丽？喂？……喂，玛丽？是我啊，弗莱德……玛丽？你倒是答个话啊，你都已经拿起听筒了……喂？真是的，到底发生什么事了？……我听不见你说话……我这一天糟透了。那小伙子在我手上完蛋了，玛丽。我需要和你说说话。玛丽……玛丽……唉！这真他妈的……玛丽所能回答的一切，就是一声绝望而嘶哑的低叫，弗莱德并没有听到这个，因为弗莱德把电话给挂上了。玛丽失声了。她能从喉咙里挤出来的所有声音，就是这声在那德式电话的灰色塑料听筒中消失不见的垂死般的叫唤。

还是得做些什么。她应该做些什么，弗莱德那头似乎并不太好。她感觉不好的时候，他就会在那儿，为了她总是在那儿。弗莱德，他是支撑的拐杖，聆听的耳朵，可供包扎疗伤的话语。她得振作起来，得给他回个电话过去。可他在哪儿呢？在医院的话，她是不能和接线员小姐讲话的。她决定回电到他家去。她总会找到办法让他听到自己说话的。可电话铃持续响着，却没人接电话。他也没把答录机给接上。只有医院这一个选择了。可是怎么才能留言呢？要她去问皮埃尔的话还不如去死，这个喜欢教训人的白痴。她决定下楼到前台寻求帮助。这是个好主意。她打开房门却撞上正要敲门的皮埃尔。

"哎我说，你那个朋友弗莱德刚刚打电话给我了。他很为你担心。你现在仿佛只能像只发情的母猫一样喵呜几下了？我对他说你这阵子能算得上是热情高涨，自控力也不错……他真是挺为你高兴。他告诉我说尤其不要妨碍你，并且希望你在这儿待得愉快……"

"你不会就真的对他说这些了吧。"玛丽低声怒叫着并恼火起来，因为她相信皮埃尔是什么都做得出来的，可皮埃尔还是能理解她的，因为只要他想，他就能理解一切。

"当然就是这么说的啊，怎么了……哎呀不是的，你个猪脑袋，我对他说很不幸，对你和对我们所有人，看来都和性事搭不上界，刚才那个可能只是她发不出声了。我对他说我们明天还要干活，还有就是你喉咙痛。他给了我一个神奇药片的名字，我得去一家药店并回电给他并告诉他那家铺子的电话号码。他之后会打电话给他们告诉他们一个什么代码，反正我搞不清楚……这些都够复杂的。好了，你实在也够麻烦的，可我是出于利益考虑才给你去买药的。我需要你，说真的。待在这儿，我就回来。不管怎样，我需要放松一下，刚才那母亲可把我烦火了，还是你有道理……这事算是解决了……你真走运，你骂她女儿丑的时候她们都没听见……我暗地里邀请了她，那个小伊莱娜，她今晚会来橘子吧。你瞧……我是不可抗拒的……要是运气好，我或许能搞上她们两个……她，还有比尔基特……别这么看着我……你男朋友说他在医院还会待一小时，等我的电话，然后他就回家了。好啦……我走了……一会儿见！"

玛丽决定暂时不对皮埃尔的情况作出小结式批评。那可太长了。或许是得整个儿重新教育起来，然而皮埃尔的魅力和力量，恰恰在于他能在瞬间将一切统统结清，他会把不好的事——他认为不好的事，或者妨碍他的事给忘了。把无用的空话搅拌一下，就像他说的。

如果转述一下这位哲人的话呢，就是说皮埃尔是个绝望的乐观主义者。他有一套内容齐全的个人价值标准，在其中他可以任意取出一条让他漂浮在上而不沉落的伦理准则，这是生活教给他的东西。他喜欢重复这句英文格言，"生活中充满苦难，而后便是死亡"。[1] 按字面翻译的话，这句意思就是说，"生活是个婊子然后你就得死"，可是翻译这毫无意义，在法文中没人找到过对等的表达方式，他喜欢这句话当然是因为"婊子"这个词，他喜欢那些淫荡而直截的词，那些下流而有助于发泄的词，那些通常会被人们用来抨击他们所无法理解的女人的词，而他喜欢这些词。

他说，如果说在这句格言里生活是个婊子，那是因为"生活"是个阴性的名词，就像"死亡"一样，这就是为什么她会将我们一直玩弄到最后一刻，还有些别的词也适于修饰她：让人着魔的月亮、一种可耻的疾病、恐惧、疯狂、背叛以及荡妇。他们想怎么说就怎么说好了。说法可多了，而其中最好的阴性词，和女人相关的那些词，总是让人不断联想到一些复杂事件，或者是围绕在其周围的种种不幸。

玛丽却是从来没法因为皮埃尔关于阴阳两性不可调和的刻薄见解而憎恨他，而他执这一看法还得怪罪于那个倒霉的定冠词，那个小小的"la"[2] 让他的生活变得极其艰难。而要是把这冠词拿来和"不幸"、"飓风"、"病菌"以及"强奸犯"[3] 对质一下的话，她不把自己弄得精疲力竭才怪。那要是拿它们和"婊子"以及"荡妇"来比拼一下呢？结果她便什么都不说了，她在沉默中把他恨上几分钟，然后也就过去了。和皮埃尔以及像他那样

1　这句格言的英文原文是 Life is a bitch and then you die.
2　法语中的名词有阴阳性之分，定冠词 la 专用于阴性名词，相对地，定冠词 le 用于阳性名词。
3　这些名词都是阳性，其定冠词为 le。

的男人对抗毫无益处。像他那样的男人也会为了能让她和弗莱德说上话而去买药。两害相权，当取其轻么。

玛丽重新关上门并向小写字台走去。她想要给她的朋友写一封传真，以让他知道她在那儿。她并不总是能安慰弗莱德，但她知道，或许只有她一个人才能理解他因为在死亡面前的无能为力而生成的痛苦——他不惜一切代价而与之斗争的死亡。那是场充满骗局的斗争。一次必输的打赌。死亡。正是因为他经常成功地将其制服，他才会在它得胜并打击了他那不锈钢般牢固的希望时倍加绝望。在他成功完成一次有难度的手术时，他会说"我今天给他在爱丽舍宫[1]买到时间了"，或者就是，"我和爱丽舍做了个好买卖，你明白，这小家伙可只有八岁大。"

玛丽拿过一张笺头印有酒店名称的纸，写道：

> 收件人：弗莱德里克·鲁伊兹·佩索阿教授先生
>
> 神经外科部
>
> 萨伯特慈善医院
>
> 传真号：00－33－1－556－3434
>
> 发件人：玛丽·瓦诺——1875 号房间
>
> 嘿弗莱德，你怎么样了？
>
> 你已经知道我没法再跟你在座机里聊了！
>
> 我本来可有很多话想跟你说的！今天发生了很多乱七八糟的事但是我会试着保持理智的……
>
> 那小家伙的事是毫无办法的，相信我，毫无办法……
>
> 现在倒反而是我来跟你说这些了！！！！

---

1 爱丽舍宫，法国总统官邸，坐落于名品店铺林立的香榭丽舍大街上。Champs－Elysées 或 Elysée 一词在古希腊和古罗马神话中都指地狱中的乐土，只有受神恩宠的有德者和英雄死后才可进入。

你啊，至少还在做一份有用的工作。我呢，我又老又丑又尖刻。是皮埃尔这么说的，而他对丫头们可是很在行的！还有，我刚才给了一个娼妇（货真价实）一个大耳光，她本来还值不上这些的。她还真把自己当个人物了……就好像我从没见过这个似的！！！！我当时是发泄了一下但我觉得我这么搞她真是没用。要是我能像你一样冷静该多好……但是，但是……太多但是了而且像平常一样，缺乏自信……立即回我的传真，告诉我我们可以之后再通电话。给你一车皮的吻。

需要你的玛丽。

玛丽一阵风似的冲到酒店前台。她连比带画了一番，又匆匆忙忙地涂下几个德英文交杂的句子，总算让大堂经理曼弗莱德·津德尔先生明白了她是要他立即为她发函，不得有误。她就站在柜台边焦躁不安地等着弗莱德那头的回音，完全不理会人家请她去会客室耐心等待的好意。在这种时候耐心等待？她眼巴巴地瞪着大堂经理，那神情就和一个饿鬼望着一碗近在眼前的粥饭一般。

他又以一种略微带高傲的语调提醒她说，就算她整宿在他面前露营，传真也不会到得更快。对，的确是这样，可她就是想待在那儿，她有权利这样不是吗？她看着那家伙，一边耸了耸肩，然后就往后撤退，坐到离传真机最近的一张扶椅里。所幸弗莱德的答复并没让人太过久等。

收件人：玛丽·瓦诺
多林特老墙边酒店——1875 号房间
传真号：19 - 49 - 53 - 574 - 342

你找的这家是什么酒店啊???!!?? 这名字叫得……你那厢车皮也把我逗乐了。可你还是稍微注意点吧，你住宿的那地方或许有能把法语说得很溜的德国人呢。

我知道我是不该抱怨什么的，尤其不该向你抱怨，但是今天，我当真开始想我为什么要发那个医师誓词[1]，我完全没能遵守希波克拉底那套规范里的四项原则之一：尽力治愈疾病并不是要去制造疾苦……

说起来，你那儿还有没有多一个经纪人的位子给我？

我想要看些漂亮的身体……呱呱[2]……健全的躯体里才能有健全的灵魂么……[3]

好啦，忘了我的烦心事，让它们闪边去吧。试着让自己开心点……

按你爸的那套说，你在敌人的地盘还要待多久？（我也差不多要被人逮去问罪了!）那记耳光真是棒极了，希望那姑娘是流血了的! 你想想，要是在不久前的话，你可能还得为此给关禁闭，并招来好些别的麻烦呢!

马上去喝点红酒，你瞧吧，那可有神效。

弗莱德

P.S[4]：在你这个年龄，你真是非常非常美的……

收件人：弗莱德里克·鲁伊兹·佩索阿教授先生

1　即后文提到的"希波克拉底誓词"，这是西方医师按传统在开始行医前的誓言，是对医师进行了一定的职业伦理规范。

2　乌鸦叫声的拟声词，此处影射了拉封丹的寓言《乌鸦与狐狸》，同时可能也与法国诗人兰波的一首题为《乌鸦》的诗有关，该诗作于1872年，一般认为是对普法战争中战亡将士的悼念。

3　原文引用的是一句拉丁文谚语，原义为"人之所求，唯有健全的躯体和那躯体里健全的灵魂"，后由法国中世纪作家拉伯雷戏谑演绎成"没有健全的躯体就没有健全的灵魂"。

4　即为中文信笺中的"又及"。

神经外科部

萨伯特慈善医院

传真号：00－33－1－556－3434

发件人：玛丽·瓦诺——1875号房间

你太有才了，做这行简直是浪费。但同时，你又没有必需的素质。要当经纪人，就不应该有良心，或者把良心给丢掉了。我们可是不会去帮助任何人的。

关于那个"躯体的美丽"[1]，我就当你是疲劳过度而犯的笔误……至于那健全的躯体里用同一个形容词修饰的灵魂，我倒是想好好跟你说说我对模特是怎么看的，但你已经都知道了，这是些歇斯底里精神有问题以自我为中心自命不凡且爱说谎的女人，但我觉得那大堂经理大概要发作了……我想我们造成堵塞了……

谢谢你那个P.S[2]。啊呀！可"在你这个年龄"这句算什么意思????！！！

玛丽

收件人：玛丽·瓦诺

多林特老墙边酒店——1875号房间

传真号：19－49－53－574－342

不用担心……我一会儿打电话给你……

弗莱德

大堂经理的忍耐程度已经到了极限，那眼神简直跟飞刀似的

1　这个形容词在法语中一般置于名词之前，即"美丽的身体"。疑为作者的文字游戏。
2　按这句的口气来看，玛丽理解成法国社会党的缩写。

瞟将过来。她和弗莱德之间的书信往来已有半小时光景，而玛丽觉着她不能再继续独占着传真机和那一方地皮了。有两个家伙耐心地挨个等着，他们也是一副想在机子旁安营扎寨的样子。当第三人过来排队的时候，曼弗莱德·津德尔看上去几乎就想杀人了。发送最后一封函之前，他问玛丽（其实他更像是在自言自语）为什么她不直接打电话给对方而是把时间浪费在写字上，倒却忘了她好不容易向他解释清楚的嗓子有病的问题。她再拿过一张白纸并写道：言语都会流逝，文字长久留存[1]。口说无凭，落笔为据。

曼弗莱德·津德尔悠悠地看了看她写的字，接着用轻蔑的神情看看玛丽，然后叹了口气。为什么法国人就那么复杂呢？[2]玛丽于是就笑起来，她可不觉得这有什么复杂的，写字很复杂吗？花时间给一个人写信可比跟他讲话要好多了。写信比说话更有力量。一封信，是一种持久的慰藉。可以读一遍，再读一遍，可以保存起来，然后又拿出来再读。对于听到的话，留下的却只有记忆，而有时候，这并不够。可是，和一个把既成的句子像字纸篓里捏成一团的草稿纸一样掂滚来去的人讲话又有什么意思呢？那都会是些为别人而讲的话，出口太快，不加思考的话，思路不清的话，满是成见的想法。复杂吗？这忽然让她想起她自己赖以存活的这个世界，这恰恰就是关于翻译的世界，关于过急的论断，虚假的形象，各类校正和改换，各种程度的曲解。

这么想着，玛丽便觉得最好还是立即回房间去。她决定把她

---

1 是根据法文谚语转译的德文，后文即为这句法国谚语。
2 原文为德语的法语译文。

那几封传真都收齐了带走。在电梯里，她想起弗莱德来。为了那平静的一刻，他假装忘却了的苦痛，他不愿道明的情绪。他看到不幸就在身边。玛丽知道他读那些措辞友好的信时很难受，这让他不知所措，她知道他那会儿是假装在回应她。他看得懂那些安慰人的话，但他也知道如何应付它们，来避免把一切都如实地和盘托出，因为语言对他来说有时是一种亵渎。他的强处在于他不惧怕别人，不怕去感动他们，他会一下子向你迎上来，以他的古怪方式来牵扯住你的脑袋，把它吸引至他的肩头并让它黏上他，这立即就会让你产生想要放弃一切并永远停留在那里的念头。

她想着这个比朋友更亲密的男人，他就像自己那过于敏感而情绪激越的孪生兄弟一般，他也了解她情绪爆发时的些许预兆。他的在场，他在场时的活跃气氛，这还是他特地挤出时间来陪她的，这可是甚于文字、甚于咬文嚼字的。弗莱德向玛丽证明过他爱她，一直爱着她。他把这情感表达得很明显。玛丽又怎么可能忽略这样一种爱呢，一种不带威胁的爱？这让她感到安心。她心想，他只拥有她。而现在，她也只拥有他。接着她又重读起这位朋友发来的最后一封传真，并看到：你那儿还有没有多一个经纪人的位子给我？我想要看些漂亮身体。她于是第三次想起刚才"丽莎还是玛琳"的那杆子事。弗莱德说想娶丽莎那会儿是开玩笑的吗？他想要看一个漂亮姑娘——还是拥有她——一个漂亮姑娘，一个漂亮的身体。她混乱不堪的内心并不能把一切都搞清楚，包括他那并不怎么样的幽默在内。不，她应该看到事物明显的一面。弗莱德真的想要见一个模特。一个模特！！！她当经纪人的这么多年以来，弗莱德从来就没让玛丽给他介绍一个姑娘。只有他是这样。玛丽从来就觉得弗莱德并不像其他男人那样把模特看成是潜在的猎物，他们能像饥饿的鹰扑向一只已瞄准的鸟一样，将其占为己有，然后剥皮，一旦得到满足之后又鄙视起那副身子骨。她认识的所有男人都是被模特们迷得神魂颠倒的贪婪猛禽。他们对这些尤物垂涎欲滴，不时揩点油，奉承几下，和她们上床，然后把她们打发走。由于他们几乎没遇上过反抗不从的，便终于开始觉得这就是那些女孩们想要的，想要被搞上然后被丢在一边，因为轮番的引诱游戏可是从不歇止的。他们从未想过，这些姑娘还是希望自己不只是被当作一个被消费的身体来看待，因为还没任何人将这所谓的"天数"揭示给她们。可是她们怎么会因为那么多别的姑娘在她们之前屈就了就从这拒绝中看到一种诅咒甚或是反常呢？美丽的代价就是遭到蔑视。就好像是需要拿些什么来抵偿的错误一样。这就是那些男人们让她们抱有的想法。

对玛丽来说，弗莱德看待这些姑娘就像动物行为学家看一只蜜蜂一样，他总是为她们的不坚定和轻浮而觉得好笑。她们倒也老不害羞地跟他讲，她们和跟她们常会面的那些强盗在一起是多么的难受，而他则总是心想，为什么她们对自己如此缺乏信心和自豪感。他说，美丽是一道人们永远也没时间解出的谜题，它也正是因为无从解释而成为神秘物的。一种必须要去接受的神秘物。在她们面前，他总是一副母鸡见到菜刀的神情。就玛丽所知，他的几任女友里从没有一个是当过模特的。此外，玛丽也从未想到过弗莱德会爱上一个模特，她从来都觉得，他要是爱了，那么爱上的肯定是一个正常的女人。"正常的"又是什么意思呢？或许是美丽的，也是讨人厌的，但肯定是聪明的，总之是像他那样胖胖的、慷慨的，与那些只是想着自己的模特正好相反。"但是有这么让人讨厌么，为什么因为她们长得漂亮就必须要想到别人呢？"弗莱德有一天这么说道，要是换作一个丑女人只是想着自己，就不会那么妨碍你了，为什么你想让那些漂亮姑娘偿还一些她们并不曾主动借过、而是上天赐予的东西呢？我们不能这样责怪他们，也不该向她们苛求些什么，她们一样是在做她们力所能及的事。玛丽便应道，还有一种比长得美丽更糟的事，那就是知道自己长得美丽。就是这个让她们变得高傲而让人难以忍受。

那么弗莱德也就是像别人一样的了？他也被美貌迷得神魂颠倒，这必须的"击倒"[1]，无可避免并能让人原谅一切的美貌？绝对应该把这些给忘了并对他有信心。他总是看得更远些。他能看到人头脑内部去，因为他熟于切割它们。在这点上他是不会弄错的，他肯定是能看到表象之外的东西。

17

在格列塔模特经纪公司举办的晚宴之后，玛丽任自己被皮埃尔拖去橙子吧俱乐部。太多的念头同时涌上来，她便任由其凭着一些早已被用滥了的战术展开一场她并不确知其结果的激烈争斗。然后呢，弗莱德之后又给她发了封传真，说他要去父母家并在那儿过夜。还有就是他第二天再打电话给她。

他希望她能出去走走，因为那药可能会让她睡不着。他是对的，那是一种神奇的麻醉剂，她也当真感到了一些宽慰，同时又始料未及地精神一振。她的声音还没完全恢复，不时说哑几个字眼，就像一辆发动了的汽车在三轮空转一样，可你的嗓音那么嘶哑，声带几乎都绷直了，皮埃尔这么说，他从不错过任何一个表

1　拳击、摔跤等搏击运动中的一种胜利判定。

现的机会。当他对她说，她应该更经常地服用可卡因时，她甚至能坦率地微笑起来。她回嘴说他弄错了，在那些镇定或者止痛的药里放的其实是海洛因或者吗啡，而不是会让人兴奋起来的可卡因，他则应道，就是这样，你朋友弗莱德给你开了这个药方就是因为它只是给那些对性绝望的或者像你这样烦人的人用的，这让他们重新想开始生活并在一段时间内阻止他们没完没了地纠缠人，她还真就笑了。这的确能舒缓神经元，只是，那会儿，她的感觉却是相反。

皮埃尔是对的，她感觉自己整个人忽然焦躁起来，各种感官因子被惹恼，她觉得像是一直能把人看穿，直看到他们的骨骼。这感觉实在是怪异。她接着便随着葛洛丽·雅嘉娜的那首《我会活下去》的混音版舞曲，以一种久违的狂热扭摆起来，那音乐与她的心情实在是极为匹配。事实上，这一天还是结束得很不错。就连比尔基特这个拒绝让步的受了侮辱的冒牌简·拉塞尔、聪明地露出些身子的可怜的蛾子、如愿以偿地在皮埃尔周围扭来扭去的挑逗女，都没再能让玛丽恼火起来。同是来勾引皮埃尔的伊莱娜简直像个疯子一样和比尔基特一起乐着，成了她新的好朋友。德国和捷克斯洛伐克就这样在法国保护的羽翼下和解。在勾引同一个情郎的时候，最好还是让施展魅力的双方，让可能为之倾情的两个女人相抗衡，还是在他眼皮底下相互较劲，没有哪个男人会被相对更气势汹汹、更易妒的那一个吸引，而是被更机灵的那个吸引。

诱惑者并不愿意成为游戏的押注。他喜欢选择他所欲求的对象。这甚至就是他乐于鼓动这种寻猎游戏的深层原因，总是这样，他还就是这种游戏的主导者。以皮埃尔对这类女性游戏的了然于心，他当然能看明白此刻他面前发生着什么。他忽然厌倦了这一乱七八糟的喧嚣，重新坐回到正从葛洛丽·雅嘉娜的舞曲中回过神来的玛丽身边，一边吸吮着他那杯已经变热了的香槟。他觉得腻烦了。

以下就是他所说的：

"我受够了这家酒吧。我们去'小野猫'吧？那儿好像在办一个特别晚会。"

"那这两个呢？你不觉得她们这样已经够特别了吗？"

"今晚我太累了，没法守着那两个。我倒也挺想在她们身上试试运气可是你又要来跟我讲道德了……除非你肯来跟我们会合……要是这样的话，我就守着她们……我这是开玩笑……"

玛丽微笑着稍稍动了一下头表示否认，却不应皮埃尔的话。她甚至没觉得反感，她并不在乎，她更想喝些别的什么，而不是那让她稍稍有些恶心的有些温热的饮料——某种让人厌倦并似乎会让她的大脑衰退、对这狂热的一天施以致命一棍的东西，可她并不把这些说出口，而是把她酒杯里剩下的那些倒到冰桶里。

"你看！你也受够了这个让人腻味的地方是吧！还有，今天晚上你真的需要让自己放松一下。走吧，我带你去喝最后一杯。真的是最后一杯，我发誓！我们也不是每天都能一无所获的，应该为此庆祝一下！

玛丽有些不太情愿，沉默着不答话。她不喜欢别人代替她作决定。她这会儿感觉还不错，并不愿动弹，除非是起身去跳舞。要看情况。她也不想回去睡觉，至少不想马上回去。真烦人。这或许是因为药物作用，那又怎样呢？

然而她又不喜欢夜总会，在这些黑黢黢的散发着难闻气味的地方，人们总要扯着嗓门说话才能被听见，并且他们在大声叫嚷的同时还奇怪他们为什么要这样。究竟为了要让人听见什么呢？那些萎靡地坐在肮脏而破烂的软垫长椅上小口抿着掺了东西的酒饮的人们，又何曾在夜总会里说出过些什么重要的真理呢？去夜总会是为了跳舞，这可能是十分之一的真实情况。人们发誓再也不踏入夜总会一步，却总是再回到那里，这或许是所有四足脊椎动物每周一次的无可抗拒而神秘的迁移惯性。

"你说得对，"玛丽说，"我们去喝最后一杯吧。"

"你选哪家来陪我们？"

"哦不！你自己一个人搞定吧，老弟。"

"走吧，我们把那两个带上，我肯定是要把她们耗累了的，然后么，我肯定她们抵不住那些酒。我要在杰克丹尼酒吧把她们给收拾了。"

玛丽没有听到皮埃尔的最后那句话，她走开去让自己迷失到那可怖的舞乐声中，而此时它已变为震耳的喧嚣，夹入其中的是人们愈发响亮的喊话声，打碟的 DJ 选择播放的是 70 年代的经典歌曲合集，那声音大得简直能把已经饱和的扬声器给顶爆了，人群极其躁动，一些人还和着音乐吼着，一边站到桌子上跳舞。是时候离开了。

他们四个人一起在路上会合时已是凌晨一点，这终究还不算太晚，玛丽也并没有睡意。天很冷，但雨已经停了，停得正是时候。玛丽可不想在夜里的这个时候冒着雨来长途跋涉。在德国，雨水可算得上是国家遗产。它滋养着他们的 Sehnsucht，身在国外的人和旅行者们的怀乡情结。他们不惜一切地找寻阳光，然而说到底，他们国家认同感的显著特征恰恰就来自寒冷、雨水和大片灰黑色的天空——那是烦恼的征兆，来自那无法摆脱的让人变得有毅力、不屈不挠而能抵御住自暴自弃和放任自流的寒冷，却不那么抵得住忘却。人们找到地方躲避起来暖暖身子，喝些德国烧酒、伏特加或者阿夸维特酒[1]以消除由寒冷带来的哀苦。热，热量，加热。那些有力而重要的字眼。在酒精灼热头脑的酒吧里，在音乐刺激身体的夜总会，以及那些姑娘们脱光衣服以在短时内慰藉一下男人们的心的放荡处所。

皮埃尔说过，他们很容易就能在赫伦路的街角拦到出租车。他已经习以为常了，他之前来过汉堡，也到小野猫酒吧去过，据他说那是个适合喝上最后一杯的不错的地方。玛丽都想抗议了，因为她根本就是光着肩的，她穿的是件香奈尔的无袖连衣裙，浅蓝雪纺质，一种优雅的轻轻飘扬起的朦胧布料。裙子是细吊带 V 型低胸的款式，倒也讨人喜欢，低胸处巧妙地设计成贴身小波浪的式样，和配套的短上衣相得益彰；短上衣的边缘缝有仿似优质珍珠的圆形贝色纽扣，胸袋上则悬着镀金小金属链，就像精致而性感的绶带一样。甚至连袖口处都缝有一粒粒小贝壳，整套衣服看上去很有风度。嘉柏丽尔·香奈尔[2]，有着天使般名字、思想开放的穆斯，真正的旧货商之女、看似轻浮却成了社会名流的女子，她爱极了款式怪异别致的首饰，并尤其偏好珍珠、垂链和满是交叠图饰的绦带。但一切都该是假的，她这样坚持。假的东西能散发出一种神秘感。在真实当中就不再有冒险一说了。那些戴着昂贵首饰的女人们只是一心想炫耀她们的财富。那不如把一张支票套在脖子上好了，她这么说。

寒气直贴着玛丽的裙子和她的身子，这会儿才稍好些，坠饰波纹和薄纱仍不时在这款完全不是为北部德国地区的气候而设计的四月系列时装上来回晃荡。她眼看就要得重感冒了，就缺这个了不是。而这上衣一点都没让她觉得更暖和。玛丽先前可没想过

---

1   一种被称为"烧酒"的烈性酒，是北欧以及德国北部地区的特产酒。
2   嘉柏丽尔·香奈尔即时尚界的可可·香奈尔，前者是她的本名。

会在这个时间几乎半光着身子到街上晃悠，可是一辆车意想不到地停在这四个人所组成的完全不牢靠的"一小群朋友"面前来验证皮埃尔方才的话，他们四人像巡逻的哨兵一样立即围了上去，而玛丽也就把抗议抛在脑后了。

"这裙子挺适合你的，颜色什么的，这件上衣让你看上去像个生活放荡的小官员。你穿着显得很性感。我刚才看你跳舞来着。其实，全裸也是不错的。"

"我哪天会让你注意看看的，香奈尔的连衣裙可不是全裸着来穿的。"玛丽用醉酒般的沉闷声音说道。

"你稍微放松点吧……我是想说，这能让你换换下午那种克洛德·蒙塔那[1]式女强人风格，超紧收腰，橄榄球式的宽肩，轻微虐待狂或者喜欢搧人的那类，但愿你明白我的意思。另外那风格还真的很适合你呢……"

"皮埃尔，我很抱歉，我已经道过歉了，别又回到这个话题上去。你想让我，让我来跟你说说你那副愚蠢的皮条客式的态度吗？何况你还没那装备呢……"

"哎呀呀！我还真说对了，你的药里真是有兴奋剂啊。你赶紧喝一杯来让自己松弛些吧……"

她也真就觉得自己几分钟前是光着身子在街上走。皮埃尔有时是如此洞察入微，但要是他将这批评人的功夫发挥在如何变得更有绅士风度上就好了。要知道……做一个完美的绅士，不就是与被掩盖的真相勾搭一番吗？明确说来，玛丽怪罪皮埃尔，以及这个关于美貌的行当里所有能说会道者们的正在于此，言语的精心修饰，所谓的朋友就像是会说谎的猪。由这种让玛丽尤为惧怕的谎言发展开去的，便是"恭维"这一搞定女

1　克洛德·蒙塔那，法国当代时装设计师，以设计紧身款服饰和善用轻薄和皮革类衣料为特点。

孩的基本规律，这种被许可的虚伪让人活在西班牙式的离奇幻想和城堡中，让人依赖起恭维者，依赖起他人，就像吸了毒的人一样。

可是好吧，玛丽当即就想将自己放任不管，乘机利用一下她伟大的经理给予她的恭维。恭维并不都是出于讨好奉承的目的，而就皮埃尔今晚的这个情况来说，这更多是一种鼓舞。

"那么，我们就喝下这一杯了？你说得对，这对我有好处。我大概还要给你跳七纱舞[1]呢。这可能是因为裙子的缘故……我觉得自己有莎乐美[2]的品性……可是放心吧，我不会在最后找人要你的人头并把它放在盘子里给我的。"

18

他们到了小野猫酒吧的时候，玛丽先是觉得出租车司机弄错了地址。他们推开门就看到两个硕大的垃圾箱，这和她那优雅的连衣裙可完全不搭调，街上则灯光昏暗，沥青路面上凹凸不平，雨水落下打出一个个小洞，并形成一摊摊的小水洼，既而又在建筑的墙边生出些污泥来，那建筑倒是重新粉刷过，让人心生向往。然后，玛丽在门上看到了酒吧的标志，那是一只发光的塑料长毛小黑猫，脖子上绕有一条粉色饰带，尾巴则灵巧地缠卷在一根杆子上，这几乎就让人放心了，尽管这景象在前一刻还让人觉得是在一个屠宰场的后院。

---

[1]　七纱舞是莎乐美在要求处死施洗者约翰前所跳的舞蹈。
[2]　莎乐美是《圣经》中的人物，在母亲的教唆下，她答应在希律王的宴会上跳舞，条件是杀死施洗者约翰。

在往入口凑过去之前，他们还看到迎面冲出一个被赶出来的人，两个持械保镖在其身后骂骂咧咧，就像警匪片里通常能看到的一样。可是没人在那儿守门，除了两个绿灰色的硕大垃圾箱，就是那种能挂在大吊车上的倾卸斗车，它们被放得太过靠近入口处的门，门上的酒吧名称又并不显眼，以至它看上去更像是一个出口，甚至是个紧急出口。一种衰败和劫掠感从中油然而生，这地方似乎更适合群殴斗架而不是聊笑打趣。玛丽的担忧是显而易见的。皮埃尔说，这倒不错，这副被拆坍的样子是存心做出来的，这样就没人来招他们烦了……比尔基特似乎一点也不发愁。倒是伊莱娜用德语问他，他们打算要去到到底是不是这个地方，是不是真的可以进到那里面去。

　　就像是要将所有发问的微弱希望完全切断一般，皮埃尔解释说，这地方有些特别，但超级棒，并且绝对是没有危险的，他又说比尔基特是知道这个地方的，而这只让玛丽放心了一半。之后他又问伊莱娜在她的国家里算不算成年人，这又让玛丽陷入沮丧。天啊！那要是万一真有了什么事儿……伊莱娜回答说，她的确已经成年了，他没必要为她担心。玛丽立即就想要当场验证一下，并要求看她的护照，可是这太迟了，她怕自己又显得滑稽可笑。她真的需要喝些比较烈的东西。随后，比尔基特往那扇穿透门并被生锈的铁丝网围起的小窗凑过去。她和贴在窗洞另一边的一只看门狗交涉了片刻。玛丽肯定地认为这绝对是个窑子，就在他们进去之前，比尔基特倒把她的想法给说出来了：

　　"你们以前去过私人俱乐部吗？"

　　"你指的是什么？"

　　"我指像这个酒吧一样的那种地方。"

　　"这又是什么呢？妓院？你要想说那是妓院的话，不，我从没去过。"

"这不是妓院。这是私人俱乐部。可那里面什么都不会发生，你们看，就是这些。我们这儿是禁止卖淫的，你们以为呢。也就是和你们国家一样，不是吗？你们等着看吧，这挺好玩的。"

"我什么也不以为。我也不是很确定想玩。"

好玩？禁止卖淫？什么时候开始的？这姑娘明显缺乏幽默感……玛丽有些鄙视她。而此时此地拖拖拉拉地向比尔基特追问她这么个十八岁的年轻女孩……你几岁来着？十九岁……十九岁，这都一样……怎么会知道这么个地方的已经为时过晚。而皮埃尔已经义无反顾地和伊莱娜一起往那野猫俱乐部里冲了，或者不如说是母猫俱乐部，那名字和它的招牌都将这双重寓意的揽客招数使用得很彻底。这绝对是以奇怪的方式来结束的奇怪的一天。可玛丽已经对自己会莫名其妙地遇上怪事而习以为常了。对此她可是有过不少见识。

玛丽才进到酒吧里就觉得不对劲，自己仿佛软软地仰翻在一个将她的意识来回摇晃起来的大船里。她并不真的感觉难受，而是极为困惑，就像一个在最后时刻赶到的客人不知道和谁说话，也不知道该坐到哪里一样。这里的音乐不再轰鸣震荡，而是在腹中产生出回响，发出"嘭嘭"的声音，倒是很爵士的，那节奏很慢，那律动就像迷药一样让人神魂颠倒。

这儿也没有兴奋不已指手画脚地偏要听那些怀旧音乐的客人。选放的音乐是为了贴合那些几乎裸身的女孩们的身体动作。人们并不能轻易看到她们，只在向前一直走到一些隐蔽的内室、到凹形小厅后面坚实的立柱和下垂的帘幕那儿才能发现她们。像鳗鱼一样波形起伏着的姑娘，就这样装了电池似的在众人面前扭个不停，一边蠢蠢地笑着，就好像把自己绕卷在一根管子上，祖露乳房、光臀穿着让人兴奋的细带式内裤并把身体当作一件平常物什来供那些不认识的人随便看是极为正常的事。

可奇怪的是，正是这造作而一成不变的笑容使欣赏这幕戏变为几乎是正常的举动，人们会觉得她们很高兴在那儿，并没有人强迫她们。而玛丽此刻看到的只是在一个布满了光滑管子的曲型高台上散布着的三条电鳗。柔和的灯光巧妙地充满了整个酒吧，并只在那些人从下面看去的舞女身上加强。应该要抬起头才能看到天使。

那么这是一个特别的俱乐部了。一个脱衣舞俱乐部。演出既是在台上进行，人们也就不愿意引人注意。即便一些人很快兴奋起来，可幻象终究是幻象，是想象出来的性爱场面。应该要知足，只是看看而已。事实上，一共有五个女孩，化着浓得能吓死人的妆，都留着长发，其中两个扎了马尾，另三个则任头发随意披下，头发随着她们起舞，配合着她们起伏的身体以及让人想入非非的动作。

凑近看时，人们能看到其中一个女孩在乳头上贴有闪亮小圆片，就是那种贴在圣诞球和自制贺卡上的彩色纸碎，另一个则在身上挂了镀金小绒球，它们随着她的乳房一起颤动不已，还有一个在乳头上挂了些一亮一熄的发光小锥帽，同时在阴阜处也贴了一些，这不由让人想到《电动骑手》[1] 里的那匹彩色坐骑。女孩们最灵敏的地方是在臀部，她们在烦人的音乐中巧妙而协调地扭动它们，蹲下身并一直舞到地板上，胯下分开，任一些塑质的线丝露出来，它们却并不能起到保护作用，那些肉体则因为不断地扭转而备受撩拨。

1　《电动骑手》，一部80年代的美国影片。

她们是在围绕着那些外形让人联想到阴茎的钢管模仿做爱技术的动作。硬直而光滑的钢管。就像是被精心擦亮过、立即能使用、能唤起些什么一样，这是故意用来让人想起男人那勃起的阴茎的，人们可以对之抱以信心并紧紧攫住的性器。人们可以将它当作一个永不会衰落的坚实基地来使用。只是，这些钢管在俱乐部关门、远离了女孩们热烈的手时，又将重新变为摸上去冷冰冰的金属。但是现在，钢管所要给出的是关于力量和性的一种热身，它此刻正经由女孩们双手的刺激而变得硬挺而炽热，这就是所有人正在观赏的，这一在光滑钢管旁进行的饶有趣味的体操运动。

　　这是一个为男人们设计的地方，这儿有很多男人，他们大声地说笑，一些人吹着口哨鼓励那些舞女，并将一些纸钞塞到那细带式内裤的皮筋下，另一些人则沉默地看着她们，聚精会神而着迷其中。一些人由三四个人形成一个小组，另一些则独坐着，手里拿了一杯或一瓶酒。孤身前来的人似乎比别人更为专注，简直已经呆住了。一些大胆放肆的人便贴到台边，他们也是最吵闹、最兴奋、离女孩们最近的，人们能感觉到，要是任其为之，他们可能要往那些女孩们身上扑过去了。

　　但这地方也还是有女人的，她们为了不让自己被看作是假正经的女人便任由自己被引诱到那里，不跟着男人到这种地方来，似乎就真的要被当作一个落伍的废物了，那些假装思想开放的，出于讨好和献殷勤而来的，眼见着这些对自己并无多大益处的性戏场面而被弄得兴奋不已的，那些真正思想开放的，想要有些强烈体验的———种极端的历险，就像是从伊瓜苏大瀑布[1]纵身跳下而幸运地落到一艘独木舟上那样，那些好奇来凑热闹的，还有

1　伊瓜苏大瀑布，位于巴西境内，是世界第三大瀑布。

那些同样是在看、同时又对女人竟能做出这种事情而啧啧称奇的。但是看并不是真的去做，这是一种虚假的勇气。玛丽觉得自己搞错了，她对自己看到的场面感到害怕。这超棒，不是吗？皮埃尔这么说，他倒是挺了解她的。玛丽不答话，一边想着他还能说出些什么话来，这种表演并不适合对其进行过分的赞扬。她原本其实更想他说一句"真热。"她原本甚至以为他会说一句更符合他风格的"这真带劲"，这也是他多年来的口头禅。他或许终究还是有些怕的。他接着发话，这样就有些变化了，不是吗？这些姑娘，她们挺有优点的，你不觉得吗？在大清早谈论《他》杂志的这一位就只这点趣味，并任由她不答话，这倒正好，她可没勇气对他说些什吗。她想到那些摄影师经常谈论模特的话。她看上去挺刺激的，但她动起来的时候就像个花坛。好像她屁股上有把扫帚似的。她或许得更经常地被人搞搞，这或许能让她的屁股更为灵活些……

他们的意思是，模特们应该像钢管舞女一样要能让他们觉得兴奋，正如玛丽跟前的这些女孩所做的。这跟被人搞完全没有干系。认为应该更经常地被人搞才能懂得怎么扭动身体，这想法真是奇怪。而那些执此意见的人，他们就知道怎么扭动他们的身体了？他们会光着身子，把自己蜷曲在一根管子上，就像这些女孩那样？玛丽理解皮埃尔对于脱衣舞表演的喜好。正是她们的厚颜无耻把他给蒙住了。这些几乎一丝不挂而唾手可得的身体，以及模拟那无爱之性的直截的肉感。她们的身体在那儿，可脑袋却在别处。她们给人一种对一切都满不在乎的印象，而这正是他所喜欢的。

皮埃尔冒险发话了：

"你想喝点什么？"

"一杯波旁威士忌。双倍的。要加冰块。就像你说的，应该为此庆祝一下。你说呢……那么那两个小姑娘呢?"

"有道理,我去问一下她们想喝什么。"

他向比尔基特转过身去,而玛丽便明白他是弄错了她方才问话的意向了。

"皮埃尔……我是想说……在这种地方还要和她们一起是不是有点 too much 了?……"

他凑到玛丽的耳根前并对她说:

"比尔基特,她可是每周有两晚都在这儿跳舞的。我们什么也不会发生,她就像是人说的什么被这家俱乐部包了一样……"

玛丽过了好一会儿才接受了这条关于比尔基特的新消息,果真是个骚货,我当时就这么说吧!他们四个人都走去一间铺着略微泛旧的亮黑色天鹅绒的小客厅里,坐到两张带镀金扶手的长沙发上。女伴也好,假扮的贵妇人也好,这会儿都有些累了,那些扶手也仿佛是泄了气一般。镀上的金有些脱色,而玛丽几乎也想开溜了。两张仿制路易十五时期风格的凹形椅背的扶手椅也在沙发边等着客人前来,它们也有些破旧,就和剩下的其他家具一样。玛丽看着房间的布置。它和三十年代那些妓女的房间倒是有不少吻合之处。

俱乐部开始慢慢地在一大片飞舞的天鹅绒中散场。天鹅绒到处都是,墙上有,沙发也被盖住了,还有椅子上、幕布上。天鹅绒,尤其是红色的那些,是与妓院之类的场所极为匹配的布料。它就像诺言一样令人振奋而充满慰藉感。在涉及到性爱场面的时候,人们常让女人们披上天鹅绒,好让自己以为这是在书里、电影里和歌里出现的场面一般。安娜·卡列尼娜,爱玛,斯佳丽,吉尔达，埃迪特……全都披上天鹅绒。[1]

玛丽开始设想，万一社会治安纠察队突然从天而降来这个拉米纳·格罗比斯猫小姐[2]的巢穴中做例行检查，她和皮埃尔可能会遇上怎样的麻烦。她想问问比尔基特她怎么能在这样累人的一个个夜晚之后再继续到汉堡市政厅上班，但皮埃尔却是像有了预感一样，凑到她耳边说：

"你知道吗，那个在市政府上班的小姑娘挺难的，她的工资并不高，在这儿跳舞能让她每到月底还能让钱包鼓着，但她不是妓女。她跟我说过，这里的客人是不碰小姐的，她们在工作时客人甚至无权跟她们讲话。"

"哎呀瞧啊……你幼稚得简直让我觉得悲哀……记得么……莎拉·帕克奎恩……"

完全没印象，皮埃尔装作不记得了。他有些气馁：

"可这完全没有干系的。那些美国妞全都是些背信弃义的娼妇。她们会想尽一切办法把自己嫁出去，但是比尔基特呢，她是德国人。她才不会去盯上一个法国人。她也不虚伪，她自己跟我说了她在这儿跳舞。她只是觉得好玩，相信我吧。而我也是这么觉得的，那么，这就刚好啊，不是吗？"

"皮埃尔，拜托你打住吧。我可没忘记她是想当模特来着。模特！我是做梦呢吧！说她只是觉得好玩，我可没你这么肯定。我事先告诉你，如果你要把她带回巴黎，你自己去管她。你那些

1　此处作者引举了数位小说或音乐界的女名人。安娜·卡列尼娜，俄国作家托尔斯泰同名小说的女主人公；爱玛，英国女作家简·奥斯丁同名小说的女主人公；斯佳丽，美国作家玛格丽特·米切尔唯一一部长篇小说《飘》的女主人公，小说后改编为电影《乱世佳人》；吉尔达，美国好莱坞同名影片中的性感女主人公，扮演这一角色的丽塔·海华斯由这部影片确立自己在好莱坞的"爱神"地位。埃迪特·皮亚芙，法国20世纪著名香颂音乐歌手，以其演唱歌曲的感性迷人及其嗓音的独特而闻名。

2　拉米纳·格罗比斯猫是拉封丹寓言《兔子，黄鼠狼和猫》中扮作调停兔子和黄鼠狼纠纷却把他们都吞下肚的猫，其寓意是劝人不要为了小的纠纷而搬来权威调停，得不偿失。

歪主意就这么结了吧。"

19

男人们的幼稚轻信是从童年就开始显现的。男孩子会比女孩子更容易去相信一些无稽之谈。此外，他们也会更长久地相信圣诞老人的存在。他们也更容易哭，更容易有情绪上的波动，只需去问问随便哪个小学女教师就行了。这或许是因为，当女孩子们不那么容易受骗上当的时候，冒犯的游蛇就朝着男孩子们跃跃欲试了。直到青春期，男孩们在被问起自己和女孩子的关系如何时都会声称他们的自信和男子气概常常会被"她们重复不断的讥讽"和"她们在性爱上一贯的专横表现"所损害。所谓的讥讽，最经常的其实就是关乎他们阴茎的大小。至于在性爱上一贯的专横，他们没法确切地表达清楚，这更含糊些，但被重复的也还都是这几个字眼，他们可记住这些了。说"专横"也是夸张了些——女孩们所表现出的带压迫感、不公平、武断而残忍的权威性，比如"感情上的要挟"和"轻蔑态度"。都是些着力很强的词。能觉得出，这是不可原谅的。

也或许是出于这个原因，男人们都梦想得到一个迷人的美得如同画像一样的女人，一个从不会头疼，不会生小孩来添乱的女人，不会有皱纹，胸部不会下垂，不会来月经的女人，总穿吊袜带，裹着黑色漆皮紧身内裤，脚踏十五厘米尖跟的高跟鞋并随时准备跳上一辆极靓的摩托飞驰而去的女人。一个尊贵的从不讨他们厌的女人，就像白雪公主，森林睡美人，灰姑娘和驴皮公主[1]，不可战胜的劳拉·克劳馥，亚纹或是凯丽崔尔[2]，那些生命稍纵即逝的仙女，又或是舍赫拉查德——以其惊世之美迷住夏利亚尔王并在最后关头免于一死，却要每天为他在睡前讲引人入胜的故事来保住自己的性命[3]。其中，森林睡美人和驴皮公主更为特殊，她们原本生得丑，但在童话的最后，她们的美丽因为王子的神奇力量而显露出来。

男人们就像是大孩子，他们相信童话故事，相信那些等待着"沉睡在她们内心深处的王子"的公主，对于这种小屁孩式的幼稚和让人难以承受的用语，最好还是不听为妙。安徒生，格林兄弟，佩罗，卡罗，托尔金，[4] 只有男人会去杜撰一些女人在其中成为巫婆或仙女的世界，这是某种心理投射，某种虚妄的幻象。而因为女人们错把理想化的东西当作是一种致敬，最高的褒扬，她们看不到那种滥用的倾向以及浮浅特质，她们不明白，这些造物只是一些形象，一些零星的奇异念头，无人能装配起的同一配套元件中的组件。

现代的王子再也不会去救陷入沉睡的公主了。他们赎买一些荡妇的意识，他们也是喜欢这一权力的，这是另一种拯救方式，钱又不是多么肮脏的东西。罗顿和马歇尔[5]，分别是美国剧作家

1　以上列举的是格林童话中公主式女性的理想形象。

2　劳拉·克劳馥，影片《古墓丽影》中的虚拟女主角。亚纹是英国作家托尔金的奇幻小说《魔戒》以及同名影片中的精灵人物，因爱而放弃自己长生不死的生命。影片中这一人物由伊芙·泰勒饰演。凯丽崔尔，《魔戒》中的女性人物。

3　舍赫拉查德，她为了阻止国王连续弑杀新婚妻子而给他讲了一千零一夜的故事，即阿拉伯民间故事集《天方夜谭》（《一千零一夜》），从而使他摆脱这个黑暗的念头。她也是其中一个故事中的王后。

4　这几个名字分别为欧洲国家的童话作家：丹麦的安徒生，德国的格林兄弟，法国的夏尔·佩罗，英国的路易斯·卡罗和托尔金。

5　罗顿和盖瑞·马歇尔是影片《风月俏佳人》的编剧和导演。

和电影艺术家，便动脑子耍了个不可置信的花招，竟让全世界都相信，他们的女主角薇薇安，一个洛杉矶街头身无分文的穷学生，在贝莱尔[1]待过几次之后，居然还要重返学校去学文学，但也的确只是待过几次而已，这还多亏了她与理查·基尔[2]奇迹般的相遇，这个如此慷慨的拯救者兼生意人。

薇薇安的那些偶尔还会在洛杉矶的人行道上遭扁的女性朋友们，如今仍不明白她怎能就这么走运。但她们肯定是得声称把大学城的地址给弄丢了，天蒙蒙亮时她们还得回那儿去读她们的那些《纯粹理性批判》[3]。还有就是，她们可能长得并不如朱莉娅·罗伯茨[4]美丽。

王子男们的这种千年的、全球性的和经常的想要遇见梦中公主的愿望，实则与不可能遇上理想的、神秘而难以觅得的女子这一难以接受并暗示着绝望的事实极为贴合。他们于是会甘心情愿地接受处女，算作是梦中情人的代替品。可处女现在也变得奇货可居了。那么他们便情愿去轻信一些胡编的故事，在你之前我只有过一个男人，你是第二个也是最后一个，我爱的唯一一个，在你之前我什么都不是，你要是离开我我就会死掉的，这些都是情歌里必不可少的佐料。就这样，尽管不是第一个，这倒也能让他们安心，而且相信对他们说这些话的女人也能让他们兴奋起来。这更接近于一种令人满意的程度，一种他们所能识辨的鬼话，他们由此能使梦想得到满足。

那些战后第二代的清纯少女们让她们遇上的每个男人都相信他是第二个，并得费好些劲来和这些奄奄一息的王子们兜圈子。

1 贝莱尔是洛杉矶著名的富人区，也是电影娱乐业人士云集的地方。

2 理查·基尔，美国著名男演员、制片人，是《风月俏佳人》中的男主角。

3 《纯粹理性批判》，德国古典哲学的创始人康德的著作之一。

4 朱莉娅·罗伯茨，影片《风月俏佳人》的女主角，她在该片中的出演获得极大成功。

得要扮好那类孩子气的女人，会说"我立刻就知道我生命中的男人就是你"之类，那种一见钟情也是有用的；或者就是，人家把我给骗了，人家把我给欺负了，或者两种情况都遇上了。那些被骗的和被欺负的倒也不坏。这风险更大些，应当选对一个好的面具，就像是去参加狂欢派对一样，要编造出一种生活，拥有相应的记忆，这就是天赋的问题了。

玛丽刚刚向皮埃尔提起的小骗子就是莎拉·帕克奎恩，两年前才来模特社闯荡的美国姑娘。她来时是四月末，天还有些凉意。她当时走进预约间的时候可是造成了一定的轰动。一般情况下，那些刚下飞机的姑娘总是一脸疲惫，头发凌乱，穿牛仔裤，球鞋和毛衣，或者是男友借给她们的皮茄衫，便宜的大衣、围巾，无边软帽和手织的羊毛手套，全世界所有的青少年多少都有点像。

可是莎拉和谁都不像。她戴着一顶蓝色呢绒贝雷帽，那种极美而深邃的大理石蓝，玛丽立即就看出那是小羊驼呢的，是一种比较贵的料子。大得离奇的帽盖将她那金色大波浪的长发按向后脑勺，并贴到她脸颊的一侧，那形状就仿佛是从前大学生们喜欢戴的扁贝状的绒帽一样。配套的长围巾也似一条粗厚的蛇一样缠绕在她的脖子上，并衬出她那眼睛的三叶草蓝色，这能让人想到皮埃尔·路易斯笔下阿芙洛蒂特的双眼[1]以及池塘边一动不动的无梗蓝色百合花。

那件长收腰女式大衣和配饰用了同一种料子，这该是在一个好手艺的裁缝那里剪裁的，与她的身形极为匹配，加上一双茶褐

1　皮埃尔·路易斯（1870 - 1925），法国诗人和小说家，其代表诗集《比利提斯之歌》中的一首以爱神阿芙洛蒂特为题。

色高帮皮鞋，让她看上去就好似一个准备出镜的女演员。她要是手上再套上一个貂皮手笼效果可能会更好，就像日瓦戈医生儿时的女性朋友在布尔什维克革命爆发的前几个小时从巴黎至圣彼得堡的火车上下来时的那身打扮一样。

莎拉很美，她也知道这一点。她在等一个可以将它向所有人展现的完美时机。箱子看上去挺重，她于是就把它放到脚边，一边如释重负地舒了一口气。仙女可是不用提行李的。模特社那天早上本就是在等一个从美国犹他州普若佛市来的十八岁女孩，那么不可能有错，就是莎拉了。她凭直觉朝着玛丽走过去，步履缓慢且不自然，应该是她从电影里学来的，叫人觉着好笑。一般说来，青少年不是这样走路的。她们也极少穿一件三千美金的衣服现身。玛丽从莎拉到达的那一刻起就没停止过打量她，她觉得就好像是有一只食肉类动物在场的感觉。可能需要将她看紧些，并仔细清算她的战利品。

误会立即就开始了，就好比在西部牛仔片里，好人尽管决意不表示动粗，却总会向坏人说了不该说的话而一下子触怒对方。当一个女孩第一次到模特经纪社的时候，会听到人家在她耳边滔滔不绝地提问并灌输这样那样的行规，而这些规矩大致又分为两类情况。对于那些一进门就让人感觉还不错的，那些和善的小兵，容易满足的，以及比较酷的，也就是 A 类，会有一些令人鼓舞的表示安慰的问话：

"你一路上还顺利吧？没花太长时间吧？洛杉矶啊，飞过来还是要十一小时的呢……"

"希望你一路没觉得太累……"

"你觉得精疲力竭的话，那是很正常的，毕竟是这种长途旅行……"

"查尔斯会陪你打车去你的酒店的（或者是去你要入住的公寓），明天有人会告诉你怎么乘地铁，可不能第一天就让你受委屈……"

"这是我的电话号码，你随时可以打我电话……"

对于被视作一进门就让人觉得讨厌的，那些有一连串问题要问的，从来都不满意的，头脑愚笨的，也就是 B 类，会有一些毫不留余地的对话：

"但愿你一路上还顺利。洛杉矶啊，那差不多要十一个小时……可能人们不觉得，但实际上呢，乘飞机的话其实很近的……"

"你看上去倒是一点都不累，也难怪，飞九个小时呢，还是有时间睡觉的……"

"你看上去精神不错啊。这种长途旅行后还能这样，是个好兆头。你体质不错。这是必要的，你知道，做这行的么……"

"你乘地铁去你的酒店吧（或者是去你要入住的公寓），你瞧吧，巴黎的地铁很方便的，这能让你立即就能感受感受……"

"这是我的电话号码，但是……晚上十一点后还是别给我打电话了好吧，你也不是娃娃了，对吧?"

莎拉问起司机什么时候来接她的时候，玛丽立即就知道应该把她归到哪类了，事实上，在这个关于司机的问题之前她就已经把她归类了。一个女孩穿得像个交际花，还只有十八岁，这实在有些可疑。而更可疑的是，她实在是仿佛有二十五岁的样子。

"你说什么司机?"

"有人跟我说一个司机会来接我去我的住处的。"

"谁是'有人'? 你已经知道你在巴黎要住哪儿了吗? 我看你的材料里写着你会住到一个模特公寓里，和另外三个女孩一起。还有，她们已经在那儿了。有两个美国姑娘，贝蒂和琼，还有一个……"

"皮埃尔。是皮埃尔跟我说有个司机会来接我去他那儿的。我会住去皮埃尔那儿。"

就由着莎拉这种打断玛丽说话的方式，以及她用那种带着大胆轻蔑笑容的眼神来看玛丽的方式，换作是谁都会感觉到她的决断态度，就是那些自认为无懈可击、尤其是因为和老板上床而这么认为的姑娘们所特有的态度。

"你也不会一个人住在皮埃尔那儿的。还有另外三个女孩也住在他那儿。"

大胆的神情于是就在那对三叶草色的眼珠里缩减了一圈。但决断的态度可是没有减弱。

"没关系。我宁可住他那儿。然后么……我或许能把其他几个姑娘给赶跑……"

她说那句"make them run away"[1] 的时候简直流露出一股杀气。

这个大美人是个摩门教徒。她在向玛丽报上自己名字之前以及向她问好之后说明了这点。

"你为什么忽然跟我说起这个？我们相互又不认识。"玛丽问道。

"为什么不呢？我对自己是个摩门教徒这点是很自豪的。"这个蛮横的姑娘如此回答。

"我不是问你为什么你是摩门教徒，而是问你为什么你那么想要首先来说明这点。"

1　原句为英文，意即"把她们给赶走"。

"为了让你立即能知道我是一个和别人不一样的女孩。"这个奥玛·雪瑞夫[1]未来的夫人回答说。

她倒是没提她的年龄。由于玛丽并不明白她在暗指些什么，或者是因为她对接下来的事太过怀疑，她想让她继续说点什么：

"你是什么意思呢……你和别人不一样……你有三只眼睛吗？"

"不是，但我不是那种别人说什么我都信的傻瓜。我呢，是会想问题的。"

"啊！这很好。那是谁跟你说别人想让你什么都信呢？"

"我明白这点，仅此而已。年轻姑娘总是很容易成为某种人的猎物，尤其是模特，模特总是比其他人更蠢。"

她慢条斯理地说着，不时强调出几个字眼，能感觉到她在努力让自己受到尊重。

"可是哪些是其他人呢？是什么让你想到，你比他们高出一等？"

她真是惹人烦。

"我是与众不同的，并且我明白事理，仅此而已。"

"可要是你这么看不起这份工作，为什么又想当模特呢？"

"因为这能让我赚上很多钱。"

"你看上去不像缺钱的样子啊。你看上去挺别致的。你的衣服……"

"我家里人坚持要我体面地代表我们的教会。"

又是这样，这种粗暴地打断别人说话的方式。然后么……"我是与众不同的"、"体面地"……她不觉得太过分了么，这个摩门教女？

1　奥玛·雪瑞夫，影片《日瓦戈医生》的男主角。

"哎呀，那你就应该穿得与众不同啊！"玛丽提高声音说道，一边在那副词上加重了语气。

她本可以找到一个行话来表达"穿"的，本可以说"套衣裳"，这样能让这姑娘有所体会，但她没能找到相应的英文单词，可惜了。这个娃娃真的开始把她给惹恼了。

"'我什么都知道'小姐，当模特呢就应该穿些简单的。客户会需要想象一下他们的衣服在你身上是什么样子的（她又在那个物主形容词上加重了语气），而不是你自己的那些。而且你每天平均要见十个客户。有时候，需要性感些，但从来都不能太过，只是让人联想一下……好了，这些我之后会给你解释的。"

"我并不这么认为。"

"这就可惜了，但之后就是这样的。我们不会为了你而重立规矩。"

"我得先跟皮埃尔谈谈这个。"

"不管你皮埃尔不皮埃尔，之后都是这样。管这个签单的是我。"

敌对的态度已经公开化了。莎拉并不像她那个年龄的年轻女孩那样讲话，她的用词更为审慎，想法太多，仪态举止则设计得过于精心，她也不像是刚刚从高中毕业的。成熟得多得多。有些什么东西不太对劲。玛丽得尽快知道那究竟是什么。

先知杨百翰在 19 世纪时决定带着教民迁往大盐湖东岸的瓦萨琪山，[1] 落定在一处居住条件艰巨到极限的自然之地——

1　杨百翰，一度任摩门教的首领，曾带领教民迁居到盐湖城。普若佛州的杨百翰大学即以他的名字命名。瓦萨琪山位于盐湖城十里远的市郊。

严寒刺骨，还不时伴有持久的干旱和长期的蝗灾——他还就是在他的信徒身上拓展出了一种伟大的坚韧力，或者干脆说是一种顽固。他们见到别的人之后坚持要让人家知道这点，一边开展起蓬勃的传教运动，以此迹象来证明上帝对于他们勇气的体认。

他们或许是出于要让自己振作和自我体恤的意图而准许教徒重婚，却没在这方面问过上头是不是答应，而上帝也肯定是会对斗士们有权休息这一点表示理解的，他们毕竟是吃了太多的苦。摩门教徒们就像莎拉对她那个"我亲爱的玛丽"说的，想要在生活中取得成功。我们能成为世界上最富的教会之一可不是纯属偶然的。这个所追求的目标似乎是值得赞扬的，而其达到目标的手段就逊色多了。"人可以为神，神曾经是人，人也可以成为神……"，莎拉那时常这么说，一边喃喃地叨着她那个宗派的教条。

这毫无疑问能够解释为什么莎拉在七月大伏天的一个星期天因为吃霸王餐不买单而被人在警察局里找到。必须要把她从那里给弄出来。法国电视一台那当儿正播着那不知已播了几次的贝尔纳·伯德里的影片《天使们的侯爵夫人》[1]。玛丽既然认定莎拉实在是过于滥用了她的耐心，便选择在那晚任由自己再次被罗伯特·侯赛因[2]那深富魅力的眼神勾引着。她接着便觉得米歇尔·梅奇[3]有些懒洋洋的魅力比起这个普若佛小贱人的魅力可顺眼多了。假扮的侯爵夫人的那堆烦心事可比那个假清纯的姑娘所惹上的麻烦要有意义得多。

---

1 影片原名为《安琦丽珂，天使们的侯爵夫人》，又译作《百劫红颜》，导演是贝尔纳·伯德里。
2 罗伯特·侯赛因，法国电影创作界的多面手，当过演员、编剧、导演、台词作者和剧本作家等。他在《安琦丽珂，天使们的侯爵夫人》一片中出演男主角。
3 米歇尔·梅奇，法国女演员兼歌手，在《安琦丽珂，天使们的侯爵夫人》一片中出演女主角并因此成名。

玛丽决定将这个违规的小姑娘抛给天命处置，皮埃尔便不得不赶了五十公里路来把她弄出监狱。莎拉其实是偷了一张信用卡。就在她准备从厕所的一扇窗户逃走的时候被一家四星级饭店的老板逮了个正着，并让被她拖去伙同行事的美国小白脸溜之大吉而逃脱了被指控的境地。这算不算是上天的格外优待呢？想到她当时什么钱都不准备付，人们也能认为这是婉转柔和的说法了。

　　莎拉已经不是第一次干这种蠢事，也不是第一次撒谎了。这个充满诱惑力的女人到来之后引起了议论纷纷，而事情也立马变糟。莎拉成功地把皮埃尔恫吓住并让他相信自己是清纯的处女，就像所有教会里的年轻姑娘在婚前必须让自己遵从的一样。皮埃尔那当儿就像是被投入市场前的试用安定药控制住了一样，药的副作用让他处于灵魂出窍的失神状态。他想要娶她。莎拉的工作量并不是很大，她在客户那里只是稍稍有些成功，她化着过浓的妆去试镜，别人觉得她太女人，太矫揉造作，太传统，反正总是有什么是不对劲的。

　　一日她大发脾气时强迫玛丽当着她的面给法国杂志《妇女》的一个摄影师回电，那个摄影师正为一组由杂志出资赞助的名为"我们都是洛莉塔"的照片找一个稀有的既具挑逗感又神情放荡得恰到好处的女孩，她需要做的就是在丝绸胸罩和亚麻袜堆里摇头晃脑地摆几个姿势。那组照片的题目或许把莎拉给愚弄住了，她坚信摄影师是选了她的，并声称听到摄影师说他极其热爱她，"我听到他说的"[1]，并且不明白玛丽为什么不缠着他好让她去拍那组照片，还是要给杂志一些压力的。而从玛丽的角

---

[1]　原文为英文。

度来看，她弄不懂为什么会给这名摄影师派去像莎拉这样的女模。她完全没有挑逗女郎的样子，更何况她几乎拒绝所有需要穿内衣拍的照片。她有一个极漂亮的身体和完美的身形比例。她甚至去参加过一次拍摄邦德女郎的试镜。但她却拒绝为胸罩和内裤摆造型。太粗俗了，她那个宗教也是禁止这个的，她这么说道。她却还是能容忍穿泳衣拍照。但就是得恳求她这么做。莎拉看上去也的确神情放荡，但绝不稀有。美丽，但是一种几乎让人感到害怕的美，就仿佛靠近她之后人们会被毒到一样。

　　玛丽按下了免提键：约翰吗？我是玛丽。我打电话给你是为了莎拉的事，你三天前见过的那个……他当即打断了她的话，玛丽……你别开玩笑了……我是在找一个十七岁的女孩，你要是有更年轻的也行。你把她派给我，这真是让我吃惊。何况你是知道我喜欢哪类妞的……那一个呢，她几岁？三十岁的扫把星了，不是吗？你看，她还算是很美的，但对我来说，这就不行。跟我要做的那项目不合适……我需要一个天真无邪的娃娃，像那种带红棕色雀斑的爱尔兰姑娘，你明白我的意思？可是你看，我极可能被你那个摩门教女吸上的。那要不你把她给我送回来吧，光谈那个项目她都会让我那儿硬起来……

　　那头既已把话说得如此直白，玛丽立刻就切掉了手机的免提功能，以免大家都陷入不必要的难堪。摄影师常常就是这么习惯于和模特经纪人谈论他们的性生活。但是那天，玛丽硬是立即就切换了免提，因为她眼看着莎拉缓缓地起身并怒气冲冲地一反手打掉了面前的那些工作文档。她开始用英语咒骂，把摄影师说成是婊子养的（fucking son of a bitch），玛丽则是老巫婆（old witch）[1]。接着她就像是一个来寻仇的泼妇一样离开了模特社。当天皮埃尔就问玛丽为什么她这么激烈地表示出对莎拉的不满。就在玛丽一脸惊愕的当儿，他又说，模特社的兴趣所在，那么也就是他的兴趣所在，只是在于所有的姑娘都能有活干，并且当然不能让摄影师觉得泄气。

玛丽简直不能相信自己的耳朵。如此的轻信和不真诚让她觉得不知所措。对皮埃尔的态度反感不已的会计师向玛丽稍作了指点，玛丽当即就展开调查。她的发现让她目瞪口呆。莎拉·帕克奎恩，清纯的摩门教女孩，箱子里装的是一套完整的五金道具。手铐，链条，皮革胸罩，黑色仿皮革长靴，一条鞭子。什么都不少。这就是受虐色情狂女人的完美装备。被问起这套宝贝的时候，她边哭着边说，住在皮埃尔那儿的女孩中有一个因为嫉妒她而诅咒她早日完蛋，她跟这些东西完全没有关系。也正因为事情闹成这样，在警察证实了帕克奎恩小姐的护照被篡改过，并且这位美人实际上有三十二岁时，玛丽当真体会到了复仇的快感。

皮埃尔肯定是对莎拉的勾当略知一二的。这个自作聪明的家伙甚至会对这种超自由的态度颇为欣赏。但这可是在这位美人忏悔之后出现的情况，在供认一切之前，她毕竟还是成功地让他相信她只疯狂地爱上过一个男人，但她不能嫁给他因为他快要死了，玛丽可是记得为莎拉做代理的那个美国模特社经纪人曾说过的无稽之谈。皮埃尔不知道怎么来摆脱这个让他陷落其中的危险而尴尬的境地。将相互串通一气的格局揭露出来是件困难事。这便是为什么他派玛丽来替他解决这事。可是玛丽还在怨

1　这两句粗口原文为英文。

着皮埃尔在他那心上人眼里如此经常地把她当作白痴,她于是就逼迫这个不懂人情世故的粗汉去伊夫林区把他那个劣质未婚妻给带回来。而莎拉在被查问后接下来的几天内就离开了模特社。

两年后,一本黑色的模特预约簿被错送到了国际模特之星经纪社。一名助理问说应该怎么处置这本没有注明经纪公司名称的资料。玛丽去打开它时一下子被震住了。年轻的摩门教女摇身一变成了化装舞会上的魔鬼。她笨拙地套着一条绕在她身体上的亮革黑色皮带,整对乳房都露在外面,乳头上则戴着一副金属扣套。蓬乱的头发就像是马戏团里精心梳理过的动物鬃毛,妆面浓得叫人恶心,她实在是像极了妓女,真是暴力且叫人伤心。那些负片质量都很差,摄影师完全不懂得运用光线。这些离大盐湖东岸的萌动和纯净可远着了。

在最后一页上,一张长形纸卡上用法文和英文写着以下这些字:

> 收到这份资料的先生或女士将得到一份酬谢。请将
> 它带至洲际饭店,巴黎第八区卡斯特隆街35号。

玛丽便打了电话过去。当电话被转接去埃米尔沙伊德·埃尔阿拉比[1]的房间时,她挂了电话。她让人把资料以匿名方式送了回去。皮埃尔……你可记得莎拉……

---

1 埃米尔为一些穆斯林国家酋长、王公、统帅等的称号。

20

皮埃尔什么都不记得。不管怎么说他是不记得莎拉的，这个可以肯定，又或者，这是个变得模糊了的记忆，存心让它变模糊的，就如同大脑在为我们进行筛选时所能做到的一样，为的是不让我们变疯。对皮埃尔来说，把烦扰他的事给忘掉是很容易的，这也让他的生活更为简单，他真是幸运。皮埃尔很容易就能原谅人，这是真的，可这是因为他能抹掉无用的东西，他不会让自己被积恨所困扰，他很轻率。轻率是件好事。

对玛丽来说，这就难多了，几乎是不可能的事。她得花很大的努力。她认为只要能忘，就能原谅，但怎么才能把一切都给抛弃呢？玛丽就像是头大象。她会像个笨重而硕大的躯体一样拖沓着怨恨情绪。她是慢慢地才能爱上，慢慢地才能忘却。皮埃尔则会像灯边的飞蛾一样极端迷恋上一些东西，那么就势必……

"我问你想不想喝点什么呢……你想要什么？"

"事实上，你是个蛾子，我是个大象。我或许得去写个寓言。"

"你胡说八道些什么呢？"

"那么这个故事里会有一只变得太过笨重而再也没法飞起来的蛾子……以及一头轻到能成为蛾子的大象，你明白？怎么样？这个么，我还不太清楚……但大象会停在蝴蝶背上，然后他们会互相说些不可思议的事情，他们会交换些东西……这势必就能帮他们相互换位。他们会明白的。只要是没在某个人的位子上待过，人们就什么也不会理解，就只能想象。甚至有人连想象都不会。"

"我说，这是你的葡萄酒让你发狂了还是怎么的？我们可不会整夜待在这儿啊……你刚才说什么来着？好像是一杯加冰波旁威士忌……那我过去了……"

皮埃尔起身向吧台走去，留下玛丽兀自考虑着她那些事关染色体交换的问题。这关于大象和蛾子的故事其实并没有那么愚蠢，玛丽这么思忖道。她倒是很情愿和皮埃尔互换位置的。和全世界所有的皮埃尔换。她情愿如此付出而不再那么容易和迅速还有时那么态度强硬地就对事情作出论断。这空转着的生活所形成的深渊，或许是这种停留在表层的爱的囤积将她推向了慷慨馈赠，至少是将她推向了分享。而其实她再不想给予任何东西，她被一些沉重的确信感给拖累了，毫不宽恕，对一切都那么确信，实际上却是对什么都不再确信。苦涩的女人。苦涩的母亲。

她觉得这个职业帮她击退了绝望的情绪，它把她的害怕变为了耐心，可是说到底，它真的成功了吗？有时候，她父亲继承给她的东西沉重得让人难以承受。总是向前，从不抱怨，也从不假装些什么。这个永远都做不到。哭，叫，需要别人，并且把它说出来，这也是好的。聆听而不批判，讲述而不斥责，显示出人性化的一面，显示出人性脆弱的一面。

不向任何人显示任何东西。自我发现，这是什么？是赤身裸体……而当你赤身裸体时，你再也不剩些什么，你是脆弱的。这个世界不喜欢弱者，它从不会对他们作出任何宽恕。脆弱是丑恶的，而这与死亡极为接近。玛丽记得在她父亲那儿时看到过一个电视报道，讲的是特雷莎修女。你看这个女人。她真是了不起，不是吗？你是觉得她了不起的对吧？哎呀，这是因为她帮助那些弱者，那些悲苦的人，但人们从来就看不到这些人，要不就是只看到些经过挑选的。不能太丑，不能太脏，基本能上镜的那种。你几乎就能忘记她在做的事了，成天都和悲苦的境遇作斗争，泪水、污垢，对那些能把死神的污秽物给吐出来的疾病的恐惧，这罪孽的生活，这些都只是为了看到一个教徒在完成自己作为教徒的那份活儿。因为人们想看到的是她，想拍的是她，人们也想看她和公主以及权贵们握手。她……总是她……从来就不会是些败类。因为人们想要显示的，是力量，而力量，就是她，而不是那些悲苦的人。不是那些丑陋的人，不是他们，我的女儿……

玛丽挺想成为她寓言故事里的蛾子，变得轻盈，对过去轻松看待。将自己从过往那沉重的外衣下解脱出来。轻松些有什么不好吗？不对任何东西施压有什么不好吗？印象中，玛丽觉得似乎别人在生活中并不像她那样被一种令人窒息的情绪化因素所困扰，这种情绪化时而让她觉得疲累不堪。

皮埃尔回来的时候，他问玛丽那只蛾子是不是会和那只大象的身材一样大小，当然倒过来也是这样……因为这样呢，她的故事有可能会比较有意思。玛丽准备回答他说，目前这只是一个想法。就像所有的想法一样，应该任其自行发展下去。它或许会成为一个隐喻，这要看情况。她就这样说说而已。只是为了讲讲话。

"那我的波旁威士忌，它是一个穿着短褶裙的苏格兰人从爱丁堡给我带过来的？"

"我是知道你的，玛丽，你从来就不会'就这样'说，就像你说的。一个隐喻，瞧瞧……就是这个吧，你说呢，我看着那两个坐在那儿的小姑娘，触手可及，我觉得她们是两朵漂亮的鲜花，然后我呢就是只蜜蜂——当然是雄的蜜蜂——正在发情阶段，准备去它们的雌蕊上采蜜……这就是你想说的?"

"皮埃尔，你实在是太蠢了。一只雄的蜜蜂，那叫做雄蜂。这挺适合你的。"

玛丽不再说话。她的声带不再颤动了。皮埃尔没听到那句"这挺适合你的"。她没法抬起舌头，无可改正，无缘无故地闹脾气。内心的公道感立即就来惩罚她了。幸好是这样，因为她本还想接下去说，你这个半疯，这倒还挺押韵。皮埃尔站起身来。

"我给咱点了两杯喝的。我就拿了那几个小姑娘的饮料过来。我不想她们失去耐心然后消失。你不介意去一下吧台吧?"

玛丽起身并小声说了句我去，她可不想单独和那两个妞儿坐在一块儿。在往吧台那儿去的时候，她看到自己左手边有一小群年轻人，七八个大男孩，坐在一个比皮埃尔和那几个姑娘们待的那个包间大不了多少的小间里。他们看上去非常年轻，可能每个都是二十来岁，他们讲的是德语。玛丽听到其中一个问他的邻座说他要上哪个姑娘。

他重复了好几遍，哪个啊，嗯? 哪个? 玛丽能有时间去听是因为一个男人堵在了她前面，把她的路给挡了，迫使她不得不绕过他走。那年轻人继续发话，别忘了你说过你会去做的，你可得去做，要不然……要不然，什么呢? 玛丽没听到话的结尾，她向吧台走去了。这很遗憾，她倒是很愿意知道这份赌的押注是什么。人们会在一个脱衣舞女身上赌些什么呢?

随后她便听到他们的笑声。他们笑得太厉害了，是已经有些醉了。玛丽转过身，看到他们开始窃窃私语起来，能感觉到他们在精心酝酿些什么。这些年轻人中的一个倾俯在那张散布着十多个啤酒瓶和一个被认真打开过的金酒瓶的矮桌上。一个接头的在谨慎地转悠，但既然玛丽能有工夫看到他，那也不见得有多谨慎。他们看上去的确是已经开动了。那几个脑子已经有一刻跟着他们所剩无几的识辨力四下跑开了，如果说它们偶尔也会往出口处飘过去，他们其实倒不如跟着就回家去，玛丽这么想着，她觉得在这种地方醉生梦死地过夜对他们来说还过于年轻。已经是凌晨两点。她准备去问吧台酒保要皮埃尔点的酒水。这个晚上是从糟糕变为糟透了，这毫无疑问。她在这儿根本没事可干，此外，这儿还有一股让人有些丧气的怪味。

　　她把眼睛闭了几秒钟。安静下来。喝一杯。当她重新睁开眼时，看到的是，在隔了几个脚凳远的地方，一个女孩的双腿。她看到一双跟极高的优雅凉鞋，那鞋跟似乎是缎黑色的，以带子系在女孩的脚踝上。这是玛丽在一个女人身上所偏爱的地方。她知道男人们看的是女孩们的屁股或是乳房，就像皮埃尔那样，但是她呢，会被那些腿给迷住，她首先看的就是这个。鸟类可不是毫无缘由地就长了那么纤细、和它们的翅膀一样轻盈的脚爪。腿则是女人们的翅膀，能让她们的身体飞起来。对一个漂亮却没有美腿的姑娘来说总是少了些什么的。她必须要不停地想出些诡计来掩饰其贫乏的身廓，遮住膝盖上的厚肉或是脚踝上不雅的凸起关节，穿厚型或是网纹的紧身连裤袜，长裙，裤子，靴子。

　　这当儿，玛丽看着这副脚踝。这条在上面延展开的黑色饰带很漂亮，它像常春藤一样缠绕着它们，形成一个漂亮的向上而去的环圈，并让人想要了解更多。玛丽忽然开始因为好奇而觉得心痒痒。她这是怎么了？

　　但愿人们在看到脚的时候，就能猜到腿是什么模样。

　　可是玛丽并不想再往上面看。她怕自己如果再往上看的话会失望。到目前为止，让她觉得有意思的东西是在靠近地面的地方，两只凉鞋和它们的饰带，她更愿意将目光停留在凉鞋和饰带上。陌生女人的一只脚就像一个在把杆边休息的女舞蹈演员那样摆出一个塑形的姿势。她一动不动。

在吧台边的男人里有一个起身离开，玛丽便看到了那双腿。那双腿似乎并不想在通常到腰线的地方打住，而是往更高处延伸，直入到上半身的晕眩中，玛丽在那儿及时看到了那对乳房，因为另一个客人往后退了一些，正处在她和它们中间，在她和那女孩的乳房中间。她没穿胸罩，那乳房被包裹在一件网眼极细的针织衫里，被衬得极其完美，不管怎么说，它们的侧面线条是完美的，玛丽现在能看到它们，那就像是基拉兹[1]的漫画中自信而飞舞的身线。女孩那会儿正轻轻晃了一下脑袋，以让她垂在裸背上的头发落下。可是这双腿……两条裹在黑色网格里的腿，就像渔网里的两条鳗鱼。现在，从背面看过去，她就像是条美人鱼。

美露辛[2]仙女可不可能也正好来到这个地方了呢？玛丽还不敢相信她的运气。而要是她就这么找到了一颗宝石……她心跳得厉害，别得意得太早，在路上找到漂亮姑娘，那些能当模特的姑娘，是极为罕见的事，只有运气才会将她们置于一个没时间做任何事的模特经纪人的必经之路上，只有运气才会如此。天意则会让她得到她，或就此放走她。放走什么呢？还得等等。那个年轻姑娘似乎很美丽，但她还在远处。别让你自己给弄晕了，继续。看着她。耐心些。也不是那么远的，她和玛丽之间大约间隔了五米，玛丽还不能逾越的五米。她必须要等着看到她的脸，还得要几秒钟的耐心。

那女孩慢慢地靠在吧台上，慢慢地，优雅地。玛丽瞥见她穿了一件黑色漆皮迷你裙，极短的那种。她看到她金栗色的头发，

1　基拉兹，法国媒体漫画作家，常年开设专栏并创作《巴黎女郎》漫画系列。
2　美露辛，法国中世纪民俗童话中的仙女。

但"金栗色"立即就让她觉得是一种太无说服力的提法，对于这头发来说显得可笑而贫乏，它们泛着金色和红棕色，在酒吧这个角落更亮堂的灯光下也显出金黄色。它们很长，在后头形成极有光泽的大卷，并柔顺地从背上滑下，直够到腰际，光彩照人。

女孩穿着一件紧身胸衣，其系带绕过她的后颈，并在腰部处打结固定，可是目前，玛丽对此并不很肯定，她只看到那系带绕过她的脖子，她觉得不肯定是因为她正看着的是这个女孩的肩膀。她裸露着的双肩。它们就好像是在水里雕琢过一般，同时显出坚稳和圆润，它们与她的细腰一起形成一个优雅而明确的三角形。她的双臂很长，就像是一对翅膀，她完全能将它们轻轻地搁在她对面那个吧台酒保的肩上。玛丽这个关于翅膀的念头实在是古怪，这就像是有翅膀的美人鱼，一条飞鱼，一种奇妙造物，幻想出的神怪，又或许是一个天使。玛丽还没看到她的双手。也没看到她的脸，她正是因此而开始害怕看到她的正面。玛丽知道她并不仅仅是在看这个天使美人鱼。她在观察她，分析她，切割她的身体。这个背离时代的尤物在这种地方干什么？而再过几秒钟人们就要想，她的目光为何这么久久停留在那女人身上。这样的不当举止还要继续几秒钟。她就快被当成女同性恋了，那就自认倒霉好了，反正有那么多人。看女人么，这终归是她的职业。没人看到你。可是玛丽觉得她要是再观察下去就要显得粗俗了。啊！要是她现在能转过身来，至少我能知道该怎么处理。我倒是挺愿意她真是个美人的，只要她美……要是我在这个脏兮兮的地方找到个明星，那就真是见鬼了……她只需要往前走几步就能知道个一清二楚。而要是这陌生女人藏了条蛇尾巴呢？真蠢……去吧……你毕竟是不怕的……她除了真的能有本事迷住你，还能把你怎么样呢？

于是玛丽便调转了视线并试图和酒保对视，就像是要在潜水之前深吸一口气一样。酒保把饮料放在她面前的时候，玛丽正要问他该给多少钱，他却摇头示意不用。这很好。皮埃尔已经把账结了。现在就该拿着饮料离开吧台。我还要看一下她。如果她不转过身来，我就安静地到我的桌子那儿然后再回来。我得知道如果……

而那传奇般的尤物转过身来了。

21

那尤物向玛丽转过身来，就好像她知道玛丽在看她似的。她立即就和她的目光相遇，并给了她一个大大的微笑，一个诗意的微笑，就像是个亲吻。这给了玛丽以强烈的震撼。她已经很久没有过这样一种感觉了。手里还拿着两杯饮料的她顿时忘记了这地方的可悲境地，也回给那年轻女孩一个微笑，一边慢慢地朝她走过去。而走近时，玛丽脸上原本欢欣鼓舞的神情有了细微的变化。那女孩穿着一条白围裙。就像《女仆日记》[1] 里那个塞莱斯汀穿的小围裙一样。可是玛丽又怎会没看到她腰际后的那个结呢？可她觉得自己刚才明明就看到一个结的，她只看到她的腰，而不是结，这白色的结现在却醒目地出现在她们两人之间，在她和……一个佣人之间，在玛丽和女孩变身为一个红人、一位受仰慕者、一种参照、一个明星的可能性之间。

一个明星是不应该当过服务生的。而为什么不能是个服务生

---

1 《女仆日记》，法国作家奥克塔夫·米尔博于 1900 年出版的小说，后由导演路易斯·布努艾尔于 1964 年改编为电影。

呢？女佣成为明星，圈子里这种事可多了。人们每天在报上读到这些。这是常有的事。人们甚至还为此拍过电影呢。的确，可是就我所知，没有哪个模特是在一个窑子里当过服务生的啊。你觉得你能对媒体说，她以前在德国的一个窑子里当过服务生吗？玛丽试着让自己冷静下来。首先，"小野猫"不是一个窑子。这是个脱衣舞酒吧。好吧，这也不见得更高明些。再者，这也不是个佣人，这是个服务生。可是服务生听上去也并不更好些。或许可以根据真实情况重新作些安排？等到时候了就得好好考虑一下这个……到时候？你这是疯了么！拉倒吧，这就已经没什么希望了。这姑娘是个妓女，就这么简单。

令人觉得不可思议的是，这个美丽的女孩却在一个下三滥的地方当服务生，她那份美貌被糟蹋在这种地方，这多少有点毁了她，不是吗？你想怎样？想她是个公主？我们就来谈谈这个吧，出身贫穷的模特多着呢，都是穷人家的孩子。你以为你是谁？你又是从哪儿来的呢？你也一样是想要摆脱困境，不是吗？是，可是我呢，我不是穷人家的孩子，我受过教——育，而且呢我是相信一些东西的，我相信知识的力量，我父母也是，而且我才不在乎那些公主呢……然后么，我没选择这个行当，我只是做这个行当，仅此而已。

她开始觉得恼火，那女孩忽然也显得没那么美了，可这不是真的，她甚至可以说是非常美，一分钟以来什么都没有改变过。玛丽意识到这姑娘什么也没问她。为什么让自己处在这种境地？她这是怎么了？你又是怎么了？她的思路胡乱纠结着，这只是因为她觉得这会很难。对于那些教养不好的和穷困潦倒的总是会比较难，她们对什么都是乱来，很难在见到她们时立即就对她们说，她们很粗俗，但美是可以学的，优雅也可以学，人们并不总能做到。没法对她们说些真话，那是会伤人的，真相是无情的，是不可承受的。人们或者绕圈子，或者拐弯抹角地说话，人们必然还是会害怕失去这些没教养的姑娘，害怕她们去其他地方看。于是人们就说：你是有潜质的，而不是：你得减去至少四公斤，人们说：这个金黄色跟你的肤质会更配，而不是：你是找了好几个人把你的头发胡乱涂成这样的吧？你穿烟管裤应该会挺别致的，而不是：你的品位真是糟透了，还穿那些过时的水桶裤，得把你柜子里的那些全扔了，我的小可怜……

当人们因为受不了她们这副知道得比你们还多的神情、这种愚蠢的骄傲自大而变得直截了当的时候，她们会说，这样能让她们成功，并且你是不能改变我的，能让我改变主意的人也还没出生呢，然后么，做这些是为了什么啊？那些女孩习惯了和人起冲突，变得粗暴，甚至会侮辱人。她们会提一些极傻的问题，比如我成一个明星需要多少时间？玛丽真想当场就骂她们几句，我口袋里又没有秒表，你这个笨蛋……多少时间？就好像我把你变规矩点的时间是可以计算的一样，你这个小乡巴佬……我生活的时间，我对你感兴趣的时间，你的不耐烦真让我够受的……

教养好的女孩从不问这类问题。此外，教养好的女孩也不会问问题。人们立即就能知道，她们绝不会轻易受骗上当。那样的女孩，得懂得说服她们，对她们说她们很美根本不管用，因为她们并不觉得这有多光荣。和聪明的女孩子说话甚至是让人泄气的。恰恰是那些有头脑的女孩，从来就不会在一个摄影师的镜头前摆弄些什么。太怕放开自己，怕显得滑稽。对自己太在意，太过控制。而需要的却恰恰是把自控感给丢掉，把对自己的在意给丢掉，或者只是稍许保留一点以能够偶尔半裸着在一个陌生人面前装腔作势一番，即使只是为了钱。失去控制，宝贝，失去控

制……[1]

一个教养好的女孩甚至会取笑您。模特？这是一个职业吗？整天扭来扭去简直是傻透了，您这是认真的吗？然后我做这个得做多久？我之后能做什么？嗯，她们的确也谈到时间，但用一种对您报以谴责的方式，因为您是来给我的生活添乱了，这份乱七八糟的活儿能给我在多久之内带来些什么？大家都想要得到担保的好处。这是没办法的。噢！行了，别想太多。不管怎么说，就像皮埃尔说的，"你最好还是试着让这次旅行有所收益吧……"

玛丽方才把自己弄得就像个不谙事务的新手一样。在例行那一套她如此憎恶的检查时，她完全跟皮埃尔一模一样，也并未想到过那女孩可能和她职业生涯中遇上的其他百来个女孩一样，第一眼看去是个美女，第二眼再看就是平常女子了。她得按照惯例准备一些常问的问题。而且还得用德语问。玛丽开始在心里玩起算命游戏。如果我走到她那儿要迈两步，就会成，如果迈了三步，就不会成。如果她比我先讲话，就会成，如果我先讲话，就不会成。如果她……

玛丽离塞莱斯汀只有三厘米远了。她应该是有十七八岁的样子。她的双唇饱满而圆润，就像她的嘴一样，她涂了唇膏，但这并不能掩饰她的年龄。在她那张脸上，是那双眼睛占据了首要位置，一双金黄色的眼睛，让人吃惊。两小片未经雕琢的金色夹杂着蓝色的闪光，恰到好处地从那同样带着绿色的金色色块中透现出来，在吧台的聚光灯下看得很是清晰。她化着浓妆，但眼睛却是温存的，就好像它们已经原谅您未经允许就闯入一个隐秘之处

---

[1]　原文为英文。

163

一样。一种习惯于看到入室盗窃的眼神。

玛丽心想，在一个脱衣舞酒吧里做事，化浓妆是无可厚非的。里面的工作人员应该和舞女一样具有挑逗性。在五十克撩拨人的花边裙饰前哄哄那些饥饿的乌鸦们并不是全部。人们到那儿是去消费的。

"小姐，您真漂亮。而漂亮这个词显然是贫瘠的……"

玛丽顿了三秒钟。

"其实，我并不太知道该和您说些什么……"

这开始得真糟糕。对着那些女孩时，最好立即就显出肯定的态度。玛丽说了"漂亮"[1]，因为她不懂其他的德语形容词。她也说了"美丽"[2]，因为"漂亮"或者"美丽"是一个女人可以对另一个女人说的词。她本不该说"娇媚"[3] 的，因为"娇媚"这个词是男人用的，男人常用这个词来接近姑娘们。你真是娇美这种说法并不能用在她身上。而且美丽这个词对于姑娘们来说是立即就能明白的。不管在哪种语言里都是这样。

"谢谢。"她笑着说。

她看着玛丽，暗暗皱了皱眉头。

"您这是怎么了？"

"哦，没什么特别的。不用怕。这是我的职业。"

玛丽眼看着女孩露出不解的神情。

"什么职业？在酒吧里招揽生意？"

她看到她再次皱了皱眉头，便更加注意地看着她。

"我的职业吗？"玛丽说，"不是的……"她没能有时间把话说完。

1　原文为德文。
2　原文为德文。
3　原文为德文。

"我是说……您的声音……这是您的职业吗？……您是歌手？这该会让您觉得难受的……"

"噢不是的！可是您这么为我着想真是体贴。我不知道服务生原来还这么为客人效劳的。"

为什么要表现出恶意呢？你这是在干什么蠢事啊！而那女孩却并不见恨意，而是带着些狡黠的神情用英语对她说：

"为什么不呢？服务生就应该对客人体贴才对，不是吗？特别是女服务生……您是法国人？"

"是的，可是……对不起，我本来没想……"

玛丽清了清嗓子，相比她在匆忙中对于在这等气氛炙热之处的交际技巧所作的评价，她试着找个台阶下，好让自己显得不那么妄自尊大，而这女孩正要起身离开吧台了。

"对不起，可我得去跟那边的那桌人会合了……"她指了指那些年轻的密谋者。

不！绝对不应该让她离开！玛丽还没问她名字呢。她也还没介绍自己。真是荒谬！她得立即找到些什么！

可是已经为时过晚，她毕竟还是离开了，无视身边的一切，一边走远。她渐渐远离了玛丽，并带走了她所有的时间，而不断有空间奇迹般地为她腾出，男人们相互推搡着，并侧转身子让她过去，就好像大地分裂开来，以迎接那即将拯救一切的河流。玛丽完全被迷住，这会儿一刻不停地在看着她，手里拿着两个杯子始终杵在那里。女孩的步态十分审慎，就好像她知道她的每一步都是算数的。

她匀称地摆着双腿，并把脚抬得很高，就像一些长爪的大鸟慢慢踱步时一样，也有尽情施展的空间。她拿着托盘的样子就好像它没一点分量似的，就好像托盘是硬纸板做的，好像它能在这充斥着汗湿气、欲望和沉重呼吸的空气里飞转起来。玛丽的双眼丝毫不离开她。她就像是克丽欧佩特拉[1]正从她那堆衣服里穿着完毕走出来，准备好引诱凯撒大帝，并对她的权力胜券在握。接着，就在到达那些小混混的桌前时，这个无名女孩慢慢转过身来看着玛丽，脸上露出一种圣母般的微笑。

玛丽回到那个皮埃尔和他的战利品所待的那个客间。正好及时听到他说想走了，并且他建议她也这么做。他正琢磨着玛丽或许是不太想在这里待上一整晚的，当然了，除非她也想要去加入那些舞女。真是好笑。玛丽对他解释了遇到那个女孩的经过。她不得不重复着说，皮埃尔并不能清晰地听到她讲的话。他很惊讶她能这么近距离地对一个女服务生感兴趣。一个俱乐部的雇员？她又怎么会落到这么低下的位子呢？这个甚至都不愿意搭理一名市政厅雇员却对女服务生感兴趣的经纪人？

可她说的又是哪个服务生呢？穿白围裙的？在这样的场所并没有穿白围裙的服务生。这里只有些来陪酒的吧台女郎。他可都见过她们了，一共有四个，她们都穿着红丝绒紧身连衣三角裤，在腰部那儿还收得特别紧，带黑色扣子的衣服任由乳房上的肉溢出来，屁股那端也截得老高，露出半透明的黑色内裤和花边吊袜腰带。她们的头发皆是高高卷起，并以一条黑色饰带在头顶系成马尾。或许她们是想扮成《红磨坊》[2] 里的角色，但这之中没一个让皮埃尔感觉带劲的，这个，她可以信。此外，其中没有一个有漂亮屁股的，至于大腿么……你是说比赛德·查理斯[3]那双腿更长些的？这里根本没有这个。

1　克丽欧佩特拉，即埃及艳后。
2　《红磨坊》，法国影片名，同时也是法国19世纪时建成、至今仍存在的巴黎艳舞酒吧，以著名的"康康舞"闻名。
3　赛德·查理斯，美国女舞蹈家、演员，以其长腿闻名。在影片《雨中曲》中出演女主角而成名。

在身形测量和细节的优雅度方面，皮埃尔还是值得信赖的。你是在哪儿看见这个珍宝的？皮埃尔认为玛丽或许是喝了太多的威士忌。玛丽本该好好看看比尔基特，她比这些妞儿可要带劲多了，他一边这么说着一边还轻轻抚着那德国小姑娘的胸。显然，他觉得抱歉，可是他得留下玛丽自个儿去追寻那珍稀绿钻石了，因为，要是她不介意的话，他可有更重要的事要干。

玛丽对他说她需要帮忙。她得重新去找到这个女孩。她很累，觉得撑不住了，并且怕她的嗓子再让她吃不了兜着走。在这儿，在这种环境下跟一个女孩讲话实在是个难事。皮埃尔则说：

"回去找她吧，你对我说过她讲德语，那么你应该就是处理得还行的，不管怎么说，我又不讲 schleu [1]。好啦，我给你五分钟。你要是重新找到了她，就把她带过来。"

玛丽没对皮埃尔说那女孩是说英语的。他这绝对是将她赶去采花，自己则趁机开溜。

"皮埃尔，我不想让这女孩见到你和这两个……这另外两个……"

"为什么不呢？一个女服务生和一个婊子以及一个普通女孩，她们应该是能够相处好的。"

他再次向玛丽背后喊的那声"我等你五分钟！"，玛丽并未听到，她耸了耸肩，离开去寻找她的那颗钻石了，任由皮埃尔和他那平庸的未来一起，杵在汉堡市斯坦因死胡同 37 号"小野猫"俱乐部的那间昏暗而烟雾缭绕的小客间里。

---

[1] 原文为德文，意为"离心的"，此处疑为一个词语倒置的文字游戏。

22

玛丽勇敢地重新向那桌正闹得起劲的年轻人走过去。终归还是靠自己比较好。她看到那服务生忽然爆发出一阵大笑，她正坐在其中一个男孩的膝盖上，那男孩搂着她的腰，她又很快地在他的双唇上亲了一下。玛丽并没有对此感到十分诧异，他应该是值得受此嘉奖的，这肯定是因为给了小费的关系。

就是这样，在欧洲时间的凌晨三点，玛丽在她个性化的里氏震级分类上记下了她的生活和穿白围裙的吧台靓女相关联后所可能产生的种种波中的第一次动摇。她和莱妮·冯斯塔德的相遇，这种能让坚固、还算安稳和静止的物体开始晃动不已的一次重复摇震，就是地震的定义本身。而玛丽正是这件坚固、安稳和静止的物体，对她的那些原则确信不疑——当然这种确信还是在她直着脑袋找寻行李、那记倒霉的耳光、杀人的欲望、老鸨似的捷克母亲和她朋友弗莱德的丧气失意之前。当然她还肯定是正在尽力把事情做好。和莱妮一起，她或许就对什么都不肯定了，甚至对原子钟的时间显示也不肯定了，那钟可是每五万年才走快或走慢一秒。

她勇敢地靠近那个围了一堆寻欢作乐的年轻人的桌子。那个拿托盘的美人鱼站起身来并向她伸出手。她用法语说道：

"我叫莱妮。您呢？"

"玛丽。我……"

莱妮并不等她把话说完。她继续用英语说道：

"我的法语说得不正确，我只认识一些单词。刚才真是抱歉，可我得拿饮料给我的朋友们，您了解……"

"我……我只是想来道个歉……"

但这愿望连同道歉一起消逝在玛丽疲惫不堪的喉咙里以及周遭的喧闹声中。那个提供了自己的膝盖的家伙目不转睛地看着她们。玛丽决定以写代说，她的头也有些晕。毕竟，就凭她这样衰弱的身子，她也已经没什么可以失去的了。她从包里拿出发给弗莱德的最后一封传真，她倒是把它带在身边，谁知道呢，她也可能忘记酒店地址的。她自认为在那背面写字是得到了好的灵感，弗莱德可不会给她带来不幸。

对不起。我失声了。我是巴黎的模特经纪人。

我绝对想（她在"绝对想"下加了双划线）再见到你。哪里？什么时候？（全部用了大写字母，加了三条着重线）。

明天可以吗？在这个酒店？（地址和房间号在背面）

玛丽以冉阿让在玛戈卢瓦尔太太严厉的目光注视下向迪涅主教[1]乞讨一碗汤和一块面包的神情等待着回答。莱妮对她说，您确定吗？一脸的莫名其妙。玛丽忽然就恨不得把一切都对她说了，她的眼睛，她的头发，她的嘴，这显得粗野的妆面甚至都不能损坏她的容颜，人们用各种颜色的粉、胭脂和乳液给她做成千张其他的脸时她会很美丽，玛丽已经能看到它们了，还有她的身体，紧致，丰腴，极适合穿到那些华贵的衣服里，她天生就适合这个，是的，把一切都对她说，就好像是一见钟情那样。

1　冉阿让、玛戈卢瓦尔太太和迪涅主教都是雨果的小说《悲惨世界》中的人物。

但这是不现实的，真是疯狂，本该是需要些时间的，而她以一种即将溺水而死的求救神情看着莱妮，不管怎么说，她应该是在以一种奇怪的表情看着她，因为莱妮这会儿对她说：

"您知道，我过两个月才满十八岁。我得要问一下我父母的意见。然后她又微笑着重复了那句"您确定吗？"，但这并不算是个提问。

她要去问父母？玛丽简直受不了。她父母，他们会让自己未成年的女儿在一家色情酒吧工作，她也问过他们是不是允许她撩拨那些男人并坐到他们的膝盖上？这姑娘真让她伤脑筋。

可惜了，得要放弃了，而玛丽正要放弃的时候莱妮温柔地揽住她的手臂将她拉到一旁。

"他呢，"她指指那个正给她飞吻的年轻人说，"是我哥哥的一个朋友，他过不久就要结婚了，他那些朋友就给他庆祝一下，可是……"

她凑到她的耳根前：

"他并不知道我是我哥哥的妹妹，这真滑稽，不是吗？他们还打了赌，把我和一个舞女算上了，在这儿是不能和舞女讲话的……而我呢……"

她并不把话说完。

"这真滑稽，不是吗？"

她这第二遍"这真滑稽"是用法语说的。

玛丽完全不明白。是什么让她两次觉得那么滑稽？用法语说这个词当然是会显得更动人些，但这并不能消除那种不自在的情绪，特别是，这并不显得好笑。而为什么她哥哥最好的朋友会不认识她呢？这同样也不能解释她为什么在一家脱衣舞酒吧里工作……我再过两个月满十八岁……

玛丽了解到莱妮是奥地利人，并不常来德国，其实……是的……她是常来德国，但并不像她所期望的那么频繁，她想说的是这个意思。然后她又说，她说她哥哥在汉堡念书，当服务生是他的主意，来戏弄一下他的朋友，并且，莱妮得要勾搭上他，然后看看他会发展到什么程度，因为汉斯想拍些照片，拍谁的照片，什么照片？! 因为汉斯是她哥哥，并且他的朋友迪耶特就快要结婚了，他结婚就是为了消遣的？当然不是的，装扮成侍女是为了消遣，哦是吗，那跟舞女那方面，他又得干什么呢？

这实在是复杂，玛丽也实在不愿意听所有这些，并且她也没能听仔细，莱妮说得那么快，就像是个孩子在和家里一个亲近的朋友讲下午去看木偶戏的事似的，一边想朋友会不会听我讲完呢，那些用词并不都是恰到好处的，但孩子们只要想让人高兴就会突然开动了，他们好心好意地讲，有那么多要说，用的还是一种没有起伏的语调，他们害怕漏掉一些细节，而同时他们也是情绪激动的，在一个不认识的人面前讲述生活的确是件难事。

在这个年轻姑娘让人不知所措的单纯面前，玛丽愈发为她哥哥把自己妹妹当活饵以消遣朋友的那个危险游戏之低劣而感到羞耻不已。而谁又会真的拿充当的活饵来作消遣？而且要是这无聊的琐事真的激化了呢？而且那些照片呢，那些朋友们试图向一个看上去不情不愿的姑娘索吻或是更多的照片呢？那个曾经的单身汉未来的丈夫的那些最后放纵的照片，曾经的和未来的，因为他并非真的有选择，埋葬自己的男孩岁月，埋葬自己过去的生活，这真是个庸俗的念头，过去生活的灭亡，因为过去的生活过于美好而要去忘记它，就好像未来的生活，和一个女人一起的生活，会是一种惩罚。这莱妮是疯了还是怎么的？她看上去挺享受这出闹剧的，这让人忧伤的玩笑。

玛丽为她感到有些害怕，她本该对她说的，可这会儿，就是过了，为时过晚了，她只能是看着这女孩和她那孩子般的眼睛，是的，孩子般的眼睛，这时候她本该已经是在睡觉了，还有那为她做主的父母，他们在这当中都干了些什么，父亲和母亲，为什么他们会赞许这种骗人的把戏呢？毕竟，扮成一个服务生，妆又浓得像个婊子，在这种地方可能会是危险的。

而莱妮在继续，她说她母亲在汉堡还会待两天，而她父亲就待到明天，之后他们就回维也纳，那么如果玛丽想要见他们的话……但无论如何她并不想成为模特，她觉得自己不合"尺寸"，"尺寸"这个词让玛丽欣喜不已，这就是那种一直要微笑的工作吗？要是人不愿意该怎么办呢？不，她呢，想当外交官，她上完学[1]之后就会往这方面发展，她方才在想怎么用英文说出"会考后"[2]——边皱了皱她的小鼻子，天啊玛丽觉得她皱鼻子的时候可爱至极——她不知怎么说，只重复着德文的那个单词，再解释了一番，而玛丽向她表示说她明白。

莱妮不再伪装些什么了，这会儿她和吧台边那个声音如大提琴、步履如孔雀的性感尤物离得有十万八千里远。她似乎是挺撩人的，但其实她并不是这样，她不再是这样的了，这就像一个乔装打扮了的女演员在两场戏之间接受采访。这女孩或许在极其完美地演一场喜剧，或者她是在自娱自乐地演戏，这或许是一回事，可当人们只能看到光芒……玛丽被征服了。

玛丽习惯于遇上一些笨拙或者幼稚的女孩，腼腆的，胖胖的，不总是注意穿着，或者着实很庸俗，穿得怪模怪样，过于自信，乃至粗鲁，愚蠢或教养不好而惹人厌烦，或者同时具有所有

1　原文为德文。
2　原文为法文，指法国中学毕业会考，加拿大大学毕业文凭也用该词指称。

这些特征。莱妮呢，则已经具有偶像的迷人魅力了。就好像她是所有风格的化身，好像她把这些风格挨个儿消化后只提炼出精华，她就像是某种无可比拟的女孩，既普通又非凡，可以识别却无法理解，一种理想的克隆产物，肯定是这样，她会掀起人们的激情的。不只是她那扑面而来、让人毫无防备的魅力，还有她那全然的无知。这种全然，以及这种无知，是那么显见，就像是礼物。一颗真正的定时炸弹。

玛丽或许本该任这尤物坐在未来丈夫先生的膝盖上而不去搭理。现在既然皮埃尔已经离开，而她也只能是靠她单独一人，她却再也不知道该怎么办了。她决定行动。那些年轻人似乎真的已经醉了，那未来丈夫先生也在朝着她们的方向走过来。玛丽重新给莱妮看那张纸，隐隐带着焦虑地用笔尖指着"哪里"和"什么时候"。莱妮从玛丽手里拿过笔并在带有酒店笺头的纸下方写下电话号码，撕下那一小块纸并把它递给玛丽。玛丽隐约觉得她应该把弗莱德的传真拿回来。而她一边自我安慰一边又觉得这念头真是荒谬。人们是不会去要回一小张纸的，有什么用呢？然而……但已经太迟了。倒计时已经开始。

23

玛丽急于去见莱妮的父母，不管她吃不吃药，都不能再入睡了。我得想想怎么才能说服他们，极度宽容并不等于容易相处，那些任由自己的孩子去玩弄道德的人是厚颜无耻的，出于嫉妒或懒惰，他们那无所事事的眼睛是不会看到任何东西的，他们肯定比较难搞定，也比较难把已经过去的苦闷感排除出去！这些新的顽念现在就将玛丽整个儿困扰住了，为了这女孩而生出的烦恼就已经发展到了这个程度。

她在自己的酒店房间里来回打转，就这样一直到早上九点。有人从门下塞了一张留言条进来，她便心跳加速了。那不过是皮埃尔，他告诉她说要把姑娘们送回去，他晚些时候再打电话给她，玛丽得准备一下行李，然后和格列塔一起吃午饭，他们在临近晚上时要重新上路。玛丽想要和莱妮谈谈，她几次拿起听筒，又几次放下，她觉得得等一等。所有这些或许都只是空想，那些家长是从不会打电话来的，而莱妮该是已经忘记这个教化人的古怪法国女人了。

玛丽是个认真埋头做事的，她总是不能制造气氛让那些新面孔的姑娘们对这行感兴趣。她的说服力是留着向男人们施展的，对于男人们要更容易些，他们懂得放任自流，喜欢被诱惑，那些摄影师，尤其是那些自命不凡的，她是乐于向他们骗取注意力的。还有那些目光短浅的客户，和他们对于金钱的高傲感，这种虚假的权力，那些造型师和时尚编辑则更难对付，又恶毒又尖刻又善妒，经常又是很丑，她们想要去替那些女孩子出现在照片上，于是她们就总觉得这些姑娘有这样或那样的不妥，并绝不会轻易放过，在女人之间总是起争执，和她们相处总是要难些，即使是些甜言蜜语和用来哄人的话，她们都会听出是内藏诡计，她们精明、礼貌，但对于对手绝不会手下留情。

玛丽在街上看到一个漂亮女孩的时候，她总是极其不情愿地上前去搭讪。一番讲话之后她便对什么都不肯定了，她真是没用，经常就得打电话找皮埃尔帮忙，甚至在过了这几年后仍然还是这样。有一天她妨碍到了他，因为他那会正在谈一个比较难搞定的合同，他那时便恼火地发作了：

"你总是给我摆姿态讲大道理，可是到了真要上阵干活的时候又没人了，对一个女孩说她很美又不是什么难事！你跟客户那儿又是怎么成事儿的？"

"我就是说了您真美以后觉得不对劲的，我们并不总是能履行这些信誓旦旦的承诺的，皮埃尔，你很清楚我们并不总是能履行那些话的……至于客户呢，他们都是成年人，知道怎么应付。但和那些姑娘……我不知道……我觉得惭愧。"

"惭愧什么啊？可能恰好还没人对她们说过她们很美呢，而这是能改变她们的生活的……常常又是平凡的生活。你有没有看中过一个研究核物理的女孩并在她计算时打断她呢？最好的情况是，大多数美女可能是银行职员，或者服务生，那么，为什么不能当模特呢？"

皮埃尔对于玛丽那审慎态度的批评就是这样有理，而玛丽倒是和他想法一致的，他也清楚这一点，却以一种他独有的方式来让全世界以为这些都是有赖于他的。玛丽想要辩解，却显得笨拙，她模糊地感觉她自己亦是那些哄骗把戏的受害者，就像是主人在妥协了的奴隶身上加了个烙印，那上面无法找到解药，就更不提什么脱身之计了。

说到底，又有什么能阻止她离开经纪公司去做别的事呢？她总是得和她那些虚伪的原则作一番斗争后才能去和一个陌生的年轻姑娘讲话。这几乎是一种生理上的考验，心跳急剧加速，身体发热，头脑得及时想到很多事，并让嘴巴来说些乱七八糟并让人吃惊的话，一边像一个了解自己角色的演员那样做一些表示坚定的手势，这种介于诱惑和控制之间的微妙游戏总是将她内心深处的人格品性陷入令人讨厌的质疑当中。是啊，为什么不离开呢？

因为有造梦这等神奇之事，并且幻觉是有传染性的，玛丽得承认，她喜欢来包装模特，就像是学习什么东西一样去揭示她们的美丽，在改变她们生活的同时，她也在改变她自己的生活。而她是喜欢这种权力的，这就好像她是在从事一项圣职，尽管她对第一次普通会面总存有拘谨感并想要尽早将它摆脱。

一个女孩总是会记得自己第一次遇上的那个对她说你很美，您很美这类普遍适用的好话的他或者她。捕猎时，应该知道自己要的是什么。并且出手快捷。如同所有猫科动物一样，当一头猎豹窥伺到它的猎物时，它不断地要去抓住它，并且一旦得手，就绝不再松开。一旦变弱，就会让别的捕猎者有机可乘。非洲豹是很容易疲劳的，它只会追着猎物跑大约两百米。玛丽不是猎豹，但她就是有这等特别的习性，她不懂得长距离追逐。莱妮那件事，她怕自己最终会变疯。她得谨慎行事并尽快把她的战利品带回巴黎。成功与否事关付出多少努力和能否集中精神。

玛丽在十点半时接到莱妮父亲的电话，他邀请她一有空就到他们冯斯塔德家去。只是不太凑巧，他们全家当晚都得回维也纳。玛丽高兴得活蹦乱跳，就好像她刚刚通过了一场录取资格考试。这并不是她第一次见那些家长。可是莱妮的家长和她目前所了解的父母完全不一样。玛丽突然就明白了皮埃尔所说的"不一样"是什么意思，他总是提到这个词是因为他不知道说些别的。而这两位家长还真是"不一样"。事实上，他们简直让她不寒而栗。

迪耶特·冯斯塔德是个背景不那么明晰的生意人，他拖沓着一种忍者的无虑，这常让人以为是过于冷淡，我爱生活以及征服，他很快地说了这句，玛丽那会儿刚坐到那张铺着绿色丝绸布、彼德曼式样[1]的座椅上不久。他在"征服"这个词上顿了一

1　彼德曼式样的座椅常为方形，暗指资产阶级追求舒适的生活观。

下，并盯着玛丽看，而她又笑得太快了——她把征服理解成了一种积极的行动。他请她喝了杯干邑。那正是上午十一点。玛丽把这馈赠当作了一种不该去表示出不快的习俗惯例，一种良好社交的表示。她没想过那可能也表示他是个酒鬼。迪耶特·冯斯塔德长久地讲述着他在汉堡的生意——他将人们相互联系起来，按他自己的说法是让天才们能彼此认识。他热爱汉堡的运河，以及在吉斯特南部的那些居住区，那些 A321 空中客车的组装厂，然后是在叙尔特[1]的生意，这个德国版的圣托贝，以及它那绵延十公里的细沙海滩，这旅游的圈子还真就兜个没完，而他终于提到了他邀请玛丽前去的维也纳。他用一种玛丽能细细领会的德语讲话，整个讲话期间，他又给自己倒了两杯干邑，却仍不谈到他家庭的问题，更不提他女儿了，也不和玛丽提起她来拜访的目的。

要是非得说点什么的话，那就是他并不特别好奇。他人不错，玛丽以为他不提问是出于廉耻心。毕竟，模特是个女性职业。然而出乎意料的是，他忽然说莱妮是个能够自己动脑子想问题的年轻姑娘，他对她的判断完全有信心。他的优雅和对自己女儿的信任让他颇显尊贵。玛丽起先还真就相信有这种真正的高尚感存在，她在自己这个食肉性的职业里至今还没碰到过这个。但在他以一种要贩卖什么的口吻聊了两个半小时的社交生活后，玛丽意识到，迪耶特·冯斯塔德实为一个道德立场不坚定、又诡计多端的男人，他喜欢跑车和女人，在两者之间显然又更偏爱机械。他像极了这个行当里的狼族。

然后莎宾娜·冯斯塔德就来了。生硬，冷淡，对自己确信不

1　叙尔特岛，位于德国北部。

疑，脸上是双倍的无动于衷，走进沙龙时指间还夹着支烟。受那位父亲不断绕着圈讲话的影响，她此刻觉得就像是坐在一个没有音乐却令人陶醉的旋转木马里，一圈圈的让她感觉有些萎靡不振。那位母亲以一种有力而蛮横的声调说出的那句"你好女士"则像是挥马鞭的声音，这让玛丽一下子清醒了。她自我介绍的时候，莎宾娜·冯斯塔德回了她一句"我知道您是谁……"，然后又跟了一句，"莱妮就不跟我们一起了，我还是希望能单独见您。"这既没有包括父亲在内，也并不显得有多动人。玛丽不知道她应该回答她还是马上就离开。她既是已经选择接下了那位父亲所喜爱的拳击手式声东击西的招数，并且她也想到莱妮，便决定来哄哄这个悍妇。

　　玛丽用稍有些嘶哑却语气肯定的声音——她可是又吃过弗莱德给她的神药了——解释了她和莱妮相遇的情况。他们用英语沟通，母亲还是能听个大概的，父亲却生出些挫败感。他再也找不到什么可说的，于是就此闭嘴。他们邀请玛丽在他们那儿吃午饭。在冯斯塔德家，他们一个劲地喝酒，可酒精并未让气氛变得更轻松些。甚至在玛丽努力吞下第二杯干邑后也未能如此，那母亲当时提了一个棘手的问题，"您有孩子吗？"，否定的回答是从她脑袋深处冒出来的，而将这回答讲出口，还是有些难度。当莎宾娜·冯斯塔德回答说，您知道，这也并不是什么很糟糕的事，玛丽就觉得想吐，并差点就离席了。干邑却是起了作用的，她于是就开始详细地介绍模特这个行当。她滔滔不绝地讲着，这让她的情绪平静下来，可过分想要证明些什么却反而什么也证明不了。然而，尽管她内心失魂落魄，她是抱着真诚态度的，而母亲也看出了这点。在午餐持续的这两个小时之间，父亲重新变得健谈，尤其在不涉及家庭话题的时候，他谈了很多关于法国这个他如此热爱的国度，然后又是他那些生意，只是玛丽始终不能准确地知道他翻来覆去到底在作些什么打算。他是很注意简练用词的。

母亲对于自己只字不提，但她以一种相当特别的方式来让玛丽明白，在冯斯塔德家，决定什么时候、关于什么和为了谁的是她。他们之间没人说起"小野猫"俱乐部的那段，也没有说些褒扬乃至恭维他们女儿的好话。莱妮两年以来都在维也纳的一家私立学校里不情不愿地上些美容课，她并不是特别优秀的学生，而除了她能够自己动脑子想问题——这还是她父亲在谈话之初轻描淡写地随口说出的，玛丽就再也不知道些别的什么了。

美容学校首先就让她觉得失望。为什么莱妮却想让自己相信她是想当外交官呢？她永远也不会成为外交官，她也不会去考会考。谎言。是不是唯一一个谎言呢？是不是第一次撒谎呢？玛丽暗暗有些担心，她又开始想到小野猫俱乐部，便问起莱妮这会儿怎么样了。她挺好的，莎宾娜显然并不愿意说更多了。她也很少问及关于模特这个行当的事，却仔细地听玛丽讲话。然后她毕竟还是提了几个生硬和刺耳的问题。既然您说这个圈子的人会立即就很崇拜我女儿，为什么她还得去试那么多的镜赴那么多的约……还有，我不喜欢这种夸张的说法……我更希望他们会爱她……当然了，如果您确定他们会爱她的话……不管怎么说，他们不会崇拜莱妮的。玛丽记下了这用词上的细微差别。她仍然坚持道：

"莱妮得要去见很多人，从某种意义上说，一开始的工作就是这样的。"

"您说过您会做一个……"

"一个图片合集。"

"一个图片合集……您只需要把这个给他们送去就行了。"

"冯斯塔德太太，您知道，那些服装师，就像所有的客户一样，是不会仅仅满足于一个图片合集的，我跟您说过，他们想要看到模特本人。"

"既然她们是会出现在杂志里，他们就只需要看一下照片就行了的。"

"您不必在图片合集上太过担心，这只是个细节，真的，我向您保证，这就像是……留下一张名片权作备忘一样……"玛丽有些焦躁起来，而莎宾娜·冯斯塔德有些吓人地半天不吭声。"您看到过她卸妆后的样子吗？"玛丽并不马上作答。"没有，可是……我的想象能力是很强的，这是我的职业……并且我肯定她处在自然状态时是很美的……无论如何，拍照经常需要化妆，而化了妆的莱妮当真是美得惊人，无论如何，她昨天晚上就是这样的……她似乎很懂得把她在课上学到的东西来付诸实践……"玛丽有些不知所云了。迪耶特·冯斯塔德边抽着雪茄边看着她，一言不发，就像是眼看着一只蛾子接连往灯上撞一样，目光里流露出的是满意的神情，这有些许施虐狂的倾向。

莎宾娜·冯斯塔德毫不放松，"我女儿没化妆的时候，一点也不见得出色。"她耸了耸肩，"这是个普通的年轻女孩。再普通不过了。我并没有看到你在她身上发现的东西。"这时迪耶特·冯斯塔德打了声招呼就离开了餐桌。

他太太就趁机更进一步，以一种非比寻常的生涩态度来谈到她女儿："您看到过她的腿吗？"玛丽回答说，"看到过，我觉得它们很美。"母亲似乎有些不自在，"这是您的职业……您好好看它们了吗？"玛丽继续坚持，"当然……看了……我首先看到的就是腿。网格长筒袜，还有她的鞋子……那鞋子也是很美的，或许是因为当时气氛影响的缘故……莱妮让我想到了……"莎宾娜·冯斯塔德没让她把话说完，"她就是因为脚踝厚才穿网格丝袜的……她的腿么……不过……她的血液循环系统有些问题，在大腿上有青筋凸起，还有……"

她在她丈夫回来时闭了嘴。玛丽被惊呆了。她还没能有时间反驳说她没能在深更半夜的一个酒吧里把她女儿的衣服脱光了来看一下她的肤质，莎宾娜·冯斯塔德就开始收拾她的香烟盒和打火机了。然后父亲问道，"一个模特能赚多少？我是指……比较出名的那种……"玛丽并不冒失地乱给数字，"能赚很多，但得等……两年，或者三年……不过……当然有时还会更久些……假如她和一个大品牌签了形象合同的话……这很复杂的……"

莎宾娜·冯斯塔德留作午餐的时间结束了，她给了玛丽"一次机会"，就好像人家用枪指着某个人对她说的那样。过些天在巴黎国际模特之星经纪公司的约见是定下来了。莱妮和玛丽的命运就此凝结在一起。

24

玛丽从德国回来的时候有一种奇异的感觉。还在飞机里她就已经想着莱妮了，她纠缠的思绪侵占了她整个脑袋的空间，玛丽将先前的一切在脑海里重新以慢镜的形式回放。皮埃尔先前是要她来描述一番的，那么，她怎么会是个服务生呢？她不是服务生啊，我已经跟你说过了，我以为她是个服务生，你这是存心的吧，还没有哪个丫头能把玛丽这样糊弄的，可是，不，她并没有把一切都描述给皮埃尔听，这个女孩的魔力，这是无可描述的，她并不很能明白这是为什么。她本是想在动身之前和莱妮谈一下的，真可惜，只是几分钟也好啊，并且看一下她不化妆时的样子，尽管她母亲那样尖酸地加以评论，不化妆的她或许会感觉和自己更亲近，离酒吧更远，离危险也更远。

因在莱妮身上找到了塑造非凡模特的可能性而生成的激动和肯定的情绪与一种潜在的巨大担忧混合在一起。要是那两位家长说不，要是他们改主意了，要是她再也见不到她了呢？皮埃尔不得不认真地安慰她并让她镇静下来，这妞儿对你做了什么了？像这样的一个女孩，或许还是见一见她为好，他见了她或许就明白了。"你见到她时就会明白了。"而他对此并不担心，"她会来的，因为家长们从不会拒绝大量美金的荣光的。"但你知道这些人和别人不一样，而玛丽也没有这样提到钱，她没提到具体数目……皮埃尔还是确信不疑，有没有提数目都一样，家长们从不说不。你确定这不是个妓女？哎呀皮埃尔……我还是跟他们谈过话的……这什么也证明不了，妓女也是有家长的。玛丽恼得直跺脚。

莎宾娜·冯斯塔德和莱妮在 5 月 22 日径自来到公司。女孩不施粉黛，穿得像个被打扮过的外省小姑娘，这天实在是得有些想象力才能在这个纯朴的年轻姑娘身上察觉出一位即将给予灵感启发的仙女，而玛丽觉得她就像太阳。她忘了她的苦恼，甚至对自己的保留态度以及带些怀疑的评价、不断重铸的世界观感到羞愧。小姑娘来了，这才是最要紧的。玛丽吻了她，她的笑容点亮了整个房间。

她正要去吻那位母亲，可莎宾娜·冯斯塔德却只是严谨地同她握了握手。玛丽向皮埃尔介绍莱妮的时候，莱妮的双颊涨成了玫红色。"那么这就是那颗绿宝石了"，她即刻笑起来，"什么绿宝石啊"，接着她又像孩子似的撅了撅嘴，皮埃尔便直盯着她那金色的眼睛看了，她则低下了头。

她那被压在红绿色针织小斜纹扁帽下的金褐色头发零星地从

帽沿边溜出来而形成小波浪式的发圈，并滑到她的背上。皮埃尔和她母亲打招呼的时候，她抚弄着大衣上的纽扣，那是件过长的灰色收腰女式呢大衣，一点都不显她的身材。在五月穿这种大衣还真是奇怪。对于这栗发小姑娘来说，这颜色也真是奇怪。她脚疼。她母亲给她买了平跟凉鞋，新而丑，就这样把她女儿打扮得乱七八糟，看着便觉得老土了。但这并不碍事，只要看她就够了，看她的镇静，同时还有那像待涌出的泉一样的淘气神情以及那孩子般的感性之美，真是吸引人，像吸血鬼一样，不可逃避。人们想要向她迎上去的愿望就像是鸟迎向蛇一样。一种充满悖论的女性美。穿着女孩衣服的女人，躲在孩子后面的女人，已经在那儿了。母亲呢，反倒是一身盛装，衣服是中规中矩的伊夫·圣罗兰深蓝色细网格女裙套装，鞋包也是同一个品牌的，再加一副米色手套，整个儿中产阶级的装扮。她要是再戴顶帽子的话人家就要以为她是受邀来参加婚礼的了。

母女俩仔细看了挂在墙上的杂志封面，并低声用德语简单评论着，没法听到她们在说什么。接着皮埃尔就领她们去他的办公室。莱妮脱去了她的大衣，她穿的是一件长袖胭脂红的连衣裙，是闪光轧别丁料的，纽扣一直扣到脖子这儿，而斜裁的裙身部分在她腰间形成一处多余的波纹，并且不断打在她的腿肚上。正如皮埃尔当时对玛丽说的，她这身打扮是存心想让人扫兴。可还是能大约看出她优雅伸展的细长手臂，柔软的脖子，细腰以及圆润的胸部。

当她脱去帽子并甩了甩头发的时候，就算她穿的是圣克莱尔修会的修女袍，也藏不住那相互交缠着的一整片发丝了。她的美显然是从帽子和裙子里散逸开来。她就像是一株显花植物，裙子只是花茎，人们会在注视花朵时忘记它，而花朵则像是在发出某种曼妙的召唤。你是在哪儿找到这条裙子的？皮埃尔胡乱问道，他毕竟还是有些冒失。莱妮沉默着不说话，一边不自在地想把衣料抚平。莎宾娜·冯斯塔德应道："这条裙子很规矩的。"皮埃尔转向莱妮。"它不是很……它没能突出你的优点，我希望你并不总是这样穿衣服的……还有那黑丝袜……有些厚了，不是吗？你从来不穿迷你裙的吗？"

莱妮重新和母亲说起德语，玛丽听到她讲的话了，她对她讲她本不想穿这条裙子是对的，她之前可从没穿过它，为什么非要今天来穿它呢，我看上去真丑，你瞧，他也看出它丑了。母亲对皮埃尔说："穿着迷你裙来谈事情？我女儿是从不穿那个的，然后么……我以为我们是要见些正经人的，而不是到一个'女神游乐厅'[1] 的试唱会。"这不就定了调了。玛丽想起那条黑色漆皮裙。"可是，上周时……"莎宾娜·冯斯塔德生生地以一种粗暴的嗓音打断了她的话，玛丽算是就此认得这种语调了，她是用德语这么说的："瓦诺女士……往后，我请求您，再也不要提到您遇见我女儿的那个地方。"玛丽结结巴巴地想答话，可莎宾娜·冯斯塔德再次阻止了她想说话的念头。她用英语对皮埃尔说，"您说德语吗，弗吉拉先生？""不，我没有那份荣幸。"皮埃尔说。他总是把话给说过了。"真遗憾，"她说，"我们两个本可以一起高兴高兴的。"

皮埃尔把莱妮和她母亲留在他的办公室看一些最能代表公司水准的女模的预约册。他悄悄对玛丽作了个手势，吩咐她随他到别处说话。他们转移到了财务办公室。皮埃尔以一种沮丧的神情看着玛丽，每当有自信满满的经纪人来给他介绍又一个像祭品似

<hr>

1 "女神游乐厅"，是巴黎 19 世纪末到 20 世纪初时的一个著名音乐厅式咖啡馆，以其演出的华丽排场、大胆风格和异域风情闻名。

的斯坦福尼·森莫[1]，而他则不留情面地一口回绝并建议人家下次要记得戴矫正眼镜或者干脆改行时，他都是这副模样。对皮埃尔来说，一个女孩得是那种经得起用"恰到好处"[2]或者是"够刺激"来挑剔一番的第一眼美女，他总是这么忠实于他看待事情的方式。玛丽既然对姑娘们并不垂涎，她们也就不必以挑动欲望这样突兀的方式来讨好她，对她而言，不完美可能正是一种优势。女经纪人常常要比男经纪人更冷酷些，她们能更迅速地把女模们的一些丑事传扬出去，但当模特的女性气质无可指责，当她们热爱自己的货物时，就会变得更为细腻，她们懂得忘记一些过失或特别之处并把她推销出去。

只是，过失归过失，特别之处就要看情况了，它们能通过一些不定冠词和定冠词，数量副词等等来降低影响，可能的话数量应该是相当小的，还有质量形容词，一整套增柔用语，"只是有些"，这个"些"的意思是"稍许"，"稍许"但不是"过多"，而是"许多"，女模被安置在其他一些可能会坏事的人旁边时，这些词能改变一切。然而，还是会存在一些拒收的限度，鼻子可以有些长但不能过长，胸部可以有些下垂但是就凑合着吧，胯部骨骼略显粗大，发质有些过于细软，嘴形有那么一些垂落，腰有些重，和杂志彩图艺术指导谈起模特、或在电话里推销模特时会提到这些无关痛痒的小细节，只需增加一些极其有限的从属条件就足够了。

美是无从解释的，人们看到它，或者看不到它，分析、探测、剖析都毫无用处，什么都不顶用，一个好的经纪人应该能立即辨识出其他经纪人花很长时间才能发现的东西。看到还没人看

1　斯坦福尼·森莫，著名美国高龄名模，以其身线完美的比基尼装扮出名。
2　《恰到好处》是法国著名香颂歌手乔治·布拉桑演唱的一首歌曲。

到的地方，觉察出一些深深埋藏着的新颖之物，并将它们展现出来，让那些抱有怀疑态度的人能打开视角而忘记缺憾。让眼盲的人能看到东西。说服，总是说服。对于玛丽而言，目前已经没有什么副词、形容词、名词、分析用语等等能适用于莱妮了，她就等着皮埃尔的论断。他在三秒钟内始终保持着那种备受煎熬的面色，那三秒钟是如此之久，玛丽轻跺着脚，神情复杂而一言不发地等候宣判。

"好吧得了……真够受的……她不赖，一点儿都不赖，"他懒懒地说道，"成了！"玛丽握紧两个拳头并撞了撞双拳，又开始跺脚。他则继续说，"超赞的嘴巴，俊俏的脖子，能让人绷掉门襟扣子的眼神，极美的头发，这个我承认，还有漂亮的双手，她也挺得直，胸么，就要看了。屁股和腿呢，也得要看……你马上去给我把她衣服脱了。"玛丽才不理会，"你也提她的腿，有意思……就像她母亲……你瞧见她有多讨厌了？"

皮埃尔对此不屑一顾，"我呢倒是觉得这孩子并不害羞……"玛丽就当是没听见这句，"我看到过她的腿。我觉得它们很好……"皮埃尔不再坚持了，"这真是奇怪，一个十八岁的姑娘居然不想露出她的屁股……"看到玛丽一脸愠色，他改口道："她的腿……"玛丽等了一秒钟才开口，"怎么样呢……够刺激？"……皮埃尔说，"把她脱光了。我们之后再说。"

模特公司是没有试衣间的。人们可以在随便哪个地方就把女模们的衣服给脱了。玛丽让莱妮在资料室脱掉衣服。尽管一个模特的主要任务是穿衣服，但应当承认，她们大部分时间是在脱衣服。她们越是有名气，就会有越来越多的剪裁师来给她们脱衣服。她们开始做这一行时像蜂蜜罐子一样密不透风，结束这一行时则会几乎全裸地出现在给卡车司机们看的挂历上。就像一个著名模特后来说的："我们套那些裙子根本没用，反正人家是能透过布料看的。还不如脱光了走台，一了百了。"

莱妮其时正在那个小间里坐在玛丽面前，等着。皮埃尔和莎宾娜·冯斯塔德一起离开去谈这一行的种种微妙棘手之事了。这个奥地利小姑娘把手搁在交叉着的双臂上，胸部还用胸罩遮着，双腿蜷紧，还穿着让皮埃尔觉得不合适的不透明黑色长丝袜。她把那双新鞋给脱了，一边等着。"请你把胸罩拿掉。我得看一下你的乳房。站起身来，在我面前站直。"莱妮默默遵从。

她现在是裸着胸站在玛丽面前，带着那圣母般的微笑，微微皱起她那可爱至极的小鼻子，双手叉腰。这个姿势的修改版几年后出现在一张流传于全世界的照片上。莱妮把赤裸的背部和那条陈旧牛仔裤里的圆润臀部展露出来，她乳房的柔缓曲线也略微能看到，这可是被期待已久的。仔裤是蓝色的，那种磨旧了的印痕似的蓝，皮耶罗·德拉·弗朗切斯卡的壁画的蓝，像那些本该实现的旅行和仍然留存于脑中的梦想一样褪了色，她的拇指紧扣住仔裤的腰带，一张玩偶似的脸转向镜头，摄影师在某一神奇的瞬间捕捉到它，那时她又像个倔强的孩子似的将鼻头略微皱起，她金褐色的头发飘向她那骄傲的肩膀，就像一面光荣的旗帜。

人们是在什么时候忘记羞耻心的呢？在这种羞耻心不过是一种用以让人对审慎处世的态度——这种保留态度即便不是为了要掩饰自己的拘谨或不自爱，也只能算是一种社交手腕——心存相信时，或是在它还未成为遮掩疯狂意念的面纱时？也许在注视一些裸体偶像照的时候，人们会相信自己是在无比接近着她们的身体，或者在购买底片时，相信自己是拥有了什么秘密。这不过是又一些圈套。人们又何曾真的拥有过些什么呢？人们只是想要这么相信，以对自己并不支配着任何人的事实聊作安慰。

莱妮喜欢她的乳房，而且也并不想掩藏这一点。它们就像是两只圆润的苹果，让人不禁想去捏拿。人们用"合胃口"来形容一些女人可并不是毫无缘由的。玛丽看着这个年轻姑娘，忽然生出一种难以置信的念头，觉得自己并非单独在这个房间，而是有好几个人在，不行，必须得停止这种精神分裂式的念想，真是荒谬。她开始想要向她扔去一块布，好将她藏离于除她之外的其他眼神，那些流氓一样的眼神，配不上她的眼神。她还没看莱妮身体的剩余部分，可她的胸部，以及那极美的肩膀已经是无可指责的了，还有她那张拉斐尔[1]式的祥和的脸，丝般的头发，这些都可算是她的王牌。玛丽接着问她道：

"你的乳房非常美，很圆润，像苹果一样。你是什么尺寸？90B？"

"我想应该是的……喏，这是我的胸罩，您可以查看一下，是用德语标的……"

莱妮把胸罩递过去，玛丽接过来拿在手里的时候，还能感到那上面略带着不安的温热。这让她觉得有些心慌。她查看了胸罩的尺寸。

"你的肩很美……很宽……这么说吧，你的肩线很直……你的站姿非常好……我最先看到的是你的背，你知道，在那个酒吧里。就是你的背让我想要继续留下来看你的……"

"我现在要脱去丝袜吗？"莱妮说道，她有些不安。

"是的，把它脱掉。还有你的内裤，我得看一下你的臀部，在我面前慢慢地转过身去，不用怕。"玛丽这样说道，却忽然在这个可耻的测试中感觉到难受。

---

1 拉斐尔·圣齐奥，15世纪时的意大利画家，建筑师。与里奥纳多·达芬奇和米开朗基罗并称为"文艺复兴三杰"。

"我不怕，"莱妮说。"不过呢……还是怕的……大概……"

莎宾娜·冯斯塔德在关于她女儿的腿的这方面还是对的，它们有些骇人，很长，但就是有些骇人，用年轻人的话讲，叫做不"正点"。那些讨厌的家伙总会对身边的朋友们说三道四，玛丽早已经预见到这点了，那么必须得要些花招，那么那些适用于谈论别的姑娘的真实情况的副词、形容词和冠词就能来给莱妮救急了，这可是她的美丽发现，可玛丽却奇怪地被这点不完美弄得激动不已，这就像一个求助信号一样，这个完美的女孩或许是过于完美了，而事实却并非如此，不再如此，她从典范成了特例。这就是玛丽在看着她的身体，看着她在几天之前看过却并不曾真正看到的身体时所暗自思忖的。泼尼松[1]：属于镇痛药一类。一种药效很强且会引起精神症状的肾上腺皮质激素类药。须遵医嘱服用，不能饮酒，那会很危险。这药倒的确使她心中的苦楚平息下来，继而让她整夜亢奋，可是这美人鱼一样的身子……这线条……所有这一切应该不仅仅是药物作用所致吧。要是她这个懂行的就这样被愚弄了，其他人不也是可能被糊弄住的吗？莱妮很了解她的身体，她懂得去隐藏一些小小的不幸，只需要教她更好地来把握这些就可以了。她会作为真正的模特，作为模特中的高手。

现在，玛丽看着她丰润的臀部，那就像是两个用模子夹出来的冰激凌球一般形态标准，或许有些过于凸出了，并且相对骨盆的位置来说太低了些，但也是极美而紧致的，她的屁股要是塞在一件潮湿的泳衣里会很棒，但是得小心那些直线剪裁的丝绸质晚装裙……莱妮转过身，玛丽看到了她的阴阜，三角形，阴毛处有些厚度，但除毛除得很好，她自上而下地慢慢看着这个年轻女孩

---

1 一种激素药物，中文通用名为"泼尼松"。

的身体，什么也没说。然后是：

"把你的双手拢住腰，就像刚才那样，然后把你的左腿稍稍往右腿上折拢些……或者你要是愿意的话左右颠倒一下也可以。"

莱妮有些脸红，这回她不遵从了，双臂在靠紧的双腿边晃悠。

"您很失望……我看出来了。我没有漂亮的腿。我母亲对我说过这不行的……"

莱妮并不是真的觉得尴尬，这并非因为她在表露遗憾之情，好像她这次只是来听她母亲的判决像天命一样被确证，她最终只是在浪费时间一样，而是因为这实在没什么要紧的，她还是那样礼貌，体贴，平静、动人。她看着玛丽，就这样，赤身裸体地直挺挺地站着，丝毫不掩饰任何东西。

"好吧，现在把衣服重新穿上……"

"……"

"你母亲并不是模特经纪人。我才是……"

"您对那个什么也没……"

玛丽并不让她把话说完。

"您真的很想做这一行吗?"

"我并不是真的了解这一行是干什么的，但是是您让我想去了解的……您当时那么坚持……"

她露出担心的神情。

"我感觉好像得是完美的才行。"

玛丽盯着她那双猫似的眼睛注视了片刻。

"你应该首先对你自己有信心，然后他们就会都觉得你很完美了。我会帮你的，你瞧吧，不会有事的。我会把你往最高级别带。我们有时会需要装装假，但这并不要紧。"

玛丽或许不该这么说的，但她想要让这女孩放下心，她让我觉得心疼，让我觉得难受，她怎么会让我这么难受呢？为什么会生出这种同情呢？不，这不是同情，我只是想要照顾她，我不想别人对她使坏……她看上去那么……正……

"怎么装假？"

"不能对任何人把什么都说了。也不能都给人看了。什么都不行。任何人都不能看。真相呢，就是隐藏着的那些东西，感谢上帝，人们可配不上去了解真相。"

她感到自责，她这是怎么了，竟然讲这些毫无用处的话？她是说多了。

"比如你的腿，有很多办法能让谁都发现不了……"

她想要纠正一下。

"然后另外呢，它们也并不是那么……其实还好啦……"

莱妮倒是救起她的场来了。

"我也是挺喜欢化妆并且把自己乔装打扮一番的……"

"是的，我看到过的……莱妮……为什么你当时对我说你想当外交官呢？"

莱妮的神色变得有些尴尬，接着她抬起双眼，将脸朝向苍白的天花板，并朝着那对她来说太过丑陋的天花板撅了撅嘴，仿佛这片虚假的天空能带她远离这些问题，远离别人的论断——那些永远都明白不了什么的人。

"我这么说是为了不让您失望，因为我希望您会喜欢我。"

"我想你是不是太夸张了……喜欢你……我当时认识你才不过五分钟……"

"不是，要是您乐意的话[1]，别人不会说我曾经想当外交官的，说了又有什么用呢？外交官么，这是我父亲原来的想法。"

1　法语里的礼貌用语"请"。

"得了吧，当美容师又没什么不好的。为什么为了这丁点事撒谎呢，这总是会要你抵偿的。我感觉你对事情太在意了。没什么东西是完美的，生活也好，任何事，任何人也好，这一行当肯定也是不完美的。"

玛丽重开始讲道理，这个因为没法实现父亲的梦想——一个男人的梦想而难过的女孩让她觉得不好受。但对这个正在三平米的小办公室里重新穿上内裤的女孩来说，严加管教是过早了些。

"做这一行也有很多开心的时候，应该懂得将事情降低一个层面来看……"

莱妮可是喜欢消遣事的，她这便开始聊起她在入口处看到的那些杂志封面。就像玛丽在早几年时一样，也是被那些脸蛋的胜利姿态诱惑着，那种让人痴迷的美，极为堂皇的诱惑，一种奇迹。她说，真的呢，那些女孩都仿佛是很开心的样子，因为她们都在微笑，她就是这么跟她母亲说的，说她想一下子把什么都弄明白，在重新建立起希望之后，她又去看那些相框里的、墙上的，说她自己或许也是能去拍封面照的，说怎么那上面只有女孩的脸呢……

"我想试试。其实……要是您觉得这是可能的话……我很勇敢的，您知道……您对我说过我很美丽，我想让您觉得高兴。我母亲从不对我说我是美的。她从来都会说到我的腿上……您确定吗？"

"你很美，莱妮……我们去见皮埃尔吧。"

这实在是玛丽第一次和一个女模如此亲近，尤其她还任其随意言行，还去听些推心置腹的话，回答一些问题，回答"您确定吗"，回答"怎么装假"之类的问题，一般可是由我来提问的，我也不会去对一些要求作应答，但是这会儿可不同了，这就像人

192

们极其单纯地进行朋友之间的聊天，没有趋炎附势也没有暗地算计，这姑娘如此干扰到她的思路还真是发痴，还不止提问呢，她也说了"我想让您觉得高兴"。玛丽又不由自主地想起那位母亲的评说，这怕人的评价还是经莱妮之口说出来的，让她觉得惊诧不已，尤其还是在这么个满是灰尘的小办公室里，要听这种话，最好还是大开着窗户并终于让自己顺畅呼吸，而这小兵又是哪儿来的勇气不顾一切地前来赴约的呢？

莱妮毫不拘谨地和皮埃尔谈了谈，并回答了他的问题，就像是个年轻的摩登女郎极其习惯于和男孩们无拘无束地聊天似的。她既不害羞也不心存芥蒂，但却是谨慎的，能感觉到她极度的耐心，就像一匹纯血种马为赢得成功而留存实力一样，又显得像是那些在等待他们的好时机的人。也是够狡猾的。玛丽想起她是怎么跟她演了那场戏，任她相信自己是个服务生的。莱妮悠悠地提出了各式各样的问题，在模特经纪公司的墙上会有多少封面照？又是封面照，她这是被迷住了，还有我有一天也会在上面吗？她以坚定的口吻向皮埃尔说出了她方才只是暗示玛丽的话，"我或许也是能去拍的"成了"我会去拍的"，你们瞧好了，我的照片会贴满你们的墙面，这话让皮埃尔不由得大笑起来，却让玛丽感到有些害怕。还有，公司手下有多少模特，谁会来照管她们，为什么只有五个经纪人来管一百五十个女模，她是怎么数出来的？什么，一百五十个女模？皮埃尔于是就解释说，拍封面照的话，也可以是同一个女模给好几家杂志拍封面，在好几个国家拍，她便明白了这种重复的成功，这种人们不断求索的美的重叠机制，她的脸得出现在各处，在所有的大洲，以证明自己受到认可。她想要的就是这个，人们能否给她这个复式存在的机会呢，就像安迪·沃霍尔[1]的绘画一样，能否给她这个成为某个人物的机会呢？

让玛丽大吃一惊的是，皮埃尔出乎意料地对她说，"跟这个女孩一起，要注意些。她很绝妙，也很动人，但这种坚定的态度……我弄不清为什么，但我觉得我们就要开动一台奇怪的机器了。你想知道我怎么看吗，要操控好这个引擎可得留神。"

友谊是什么呢，这另一种的爱恋，一种让人心安的促使人们相互靠近的回声，一种经过选择的友善态度，一些互为补足的不同之处，一些相互契合的神奇魅力，一种并非无礼的男女交情，一种例外的专属阶层？朋友是有保护之心的，因为他是爱的。玛丽想要去爱莱妮，可既然这"爱"字让她觉得惶恐，她便自认为"保护她"的说法对自己会少一些激越，而她又欣赏这个不知羞耻又受了伤害的年轻人的勇气，她那么想同她母亲为她打造好的命运作对抗。从她父母口中，玛丽听到过的只是"她不美"，或者是"她有很多缺点"，但人们从来也没对她说过"我爱你"，而这并不能赚得同情，人们对于他人所可能产生的宽容心会在他们发觉自己并未得到相应的宽容时迅速耗尽。说或者不说，可能一样会让人萎靡不振。

两天后，莱妮的母亲为她女儿与国际模特之星经纪公司签了一份可续约的合同，皮埃尔也把合同拿给迪耶特·冯斯塔德看了。她到了二十一岁，即奥地利的法定成年年龄时，可以按照自己的意愿进行续约，外加公司的先买权，皮埃尔可不愿意看到这个美丽的奥地利姑娘以人间蒸发的方式离开。八十年代时人们还

---

[1] 安迪·沃霍尔，20世纪美国著名艺术家，波普艺术和艺术商业化的倡导者，其作品的特点之一是对图像的大量复制而形成复式视觉效果，代表作有《玛丽莲·梦露》等。

很少让未成年的女孩签这类合同，但皮埃尔却坚持这么做，从桑娅开始，他就希望把女模们看得更紧些，莱妮呢，一段时间之内是不会有人来招惹上她的，而要是她想逃离，那她可得付出高昂的代价。

　　玛丽对于合同是持赞同意见的，赞同能让她与莱妮密切能联系起来的一切，但她怕她的父母拒绝关于看管的条款，莎宾娜就是一副要拒绝的架势，可是不，她接受了，条件是，与别的模特相比，玛丽必须照顾她女儿更多些，她用德语说，是您特地来找她的，并且您也对她说了一些话，您是要负责任的，玛丽则解释说她也会去找其他女孩，找模特是我的职业，我也会照顾好她们的，但莎宾娜反复说着"您是要负责任的"，就好像玛丽干了什么无可挽回的事情一样，就好像莱妮如此美丽是她的过错一样。于是玛丽作了承诺，这的确是她长久以来第一次想要立下承诺，想要投入生活。

　　而莎宾娜便降低了防备，她让皮埃尔重复了合同的所有条件，她很高兴经纪公司能给她女儿支出每月五千美元的净工资，这还是扣除了其他各种形式的薪酬后的结算，而且不论发生什么，三年内都是如此。这之后，要是我女儿还是喜欢这一行，就由我来决定价格，我是说，我女儿来决定，抱歉，我的英语不是太……准。莎宾娜·冯斯塔德的英语固然是不准，但是她变幻不定的野心，包括定价在内，忽然之间就成了——怎么说呢，就像是往复式发动机的活塞运动。

25

要重新见到莱妮，还得再等几个星期。皮埃尔不得不在巴黎找了一间配得上他们新发现的那个宝贝、并符合冯斯塔德一家设想的未来明星的公寓。皮埃尔和玛丽大概是把一切都说得太好了，他们找到的单间公寓总也不合格，可谁又曾得到过一个单间公寓呢？两位父母对于他们女儿将要入住的地方有着极为精确的尺寸要求。他们想要一个宽敞的三套间，我需要一个办公室，这样我来看我女儿的时候就能继续办事了，我们还希望它是在巴黎最好的街区之一。

皮埃尔找到了一个，胜利广场，从那公寓还能俯瞰到路易十四的骑马雕像。这处地名和这尊如此符合法国在其境外威望的帝王雕塑倒是符合他们为这颗新星所设想的命运的。房租却和那公寓的视角一样高。"你得赶紧让这个德国妹开始干活，"皮埃尔对玛丽说，"因为要是按这个价格下去，我们还不如去蒙特勒伊[1]买栋小房子再关二十个姑娘进去呢，那样，我们至少还能有得赚。"

他还在犹疑，那母亲却开始催促皮埃尔，那么要不就路易十四，要不就算了，我女儿可不会去和其他模特一起住。为什么不呢，他冒冒失失地说，就好像他还是那签支票时怀疑总额是不是打错了的那个年纪。

"她那个年龄的女孩都不一块儿住的，亲爱的，或者她们是

---

1 蒙特勒伊，巴黎郊区的一个镇。

在少教所，再不然就是在疗养院待着。"

"我们公司有很多女模都一起住在公寓。这样她们能成为朋友，我刚才是这个意思。"

"那我呢，您刚才可是答应我了的。"

"我刚才那是开玩笑，莎宾娜。"

"关于您答应我的事？"

"当然不是了……我们不谈这个了……公寓的事会在一个月后搞定。"

柯拉丽费了好一番工夫去搜寻家具、坐垫和窗纱、餐具和电视机，乃至洗碗海绵布，玛丽列出的单子可是极其详尽。玛丽什么也没忘，尤其是羽绒被，她和莱妮几乎每天都在讨论新生活的种种色调，而莱妮也总会提醒她要准备羽绒被。尤其不能忘了羽绒被，你明白，对我们来说，这就像……知道知道，我没忘。

"你是不是有点过头了，"有一天玛丽在和床垫送货员争执不下时柯拉丽这么对她说，"是什么让你相信她就会和别人不一样的？"

"不是因为我们得给她的公寓安家具就说明她是个贱女人吧。你有些夸张了，我照看她是因为我是这么答应她父母的。"

"对桑娅呢，你也是答应了她母亲的，你却没像这样把我当跑腿的采购员使唤过。"

"对桑娅那不是一回事，我干我的活，我是挺喜欢她的，但不论发生什么，都是皮埃尔最终来决定的，还有克里斯蒂娜。"

"你胡说些什么啊，你可是把所有的时间都用来围着她团团转了。不到两个月前你还想什么都不干了呢，在汉堡发生了什么，是放射性云团的沉降物把你弄成现在这个样子的？"

"莱妮不一样，你瞧着吧，而且呢也是我找到她的，她现在归我们了。你看好了，那女孩啊，她想要让我们高兴呢。"

柯拉丽并没有被说服，一边用滑稽的神情看着她的主管。玛丽被皮埃尔和莎宾娜的那番对话以及柯拉丽毫无根据的评说弄得有些心绪不宁，便试探性地去问莱妮，如果和几个女孩合住不行的话，她是不是愿意只和一个女孩合住，她想知道她的这个宠儿是不是在受制于她的父母，"不行啊。"她不假思索地回答，在维也纳她可是极有自由度的，并且也坚持确保这一点，要是真的在公寓方面有问题的话，那她就不来巴黎了，这没什么的，可以以后再说。

玛丽决定立即忘记刚才的那番话，那并非讹诈，而是害怕看到一个年轻女孩的梦想成为泡影，而是对亲眼看一场正在由一个不守信的人上演的拙劣戏剧心存惧怕。找一间能合住的公寓是再也不可能的了。玛丽像在等一道神谕似的等着她的宝贝宠儿。

莱妮在巴黎安顿下来的几周之后，只试拍了两次写真，就极为利索地完成了她的第一组照片。绝对专业。既不恐慌也不闹情绪。拍最初的那些照片时是让人陶醉的。所有人都围着这个新来的女孩，发型师、化妆师、服装打理师、时装编辑以及她的助理，摄影师，还有他的助理，有时候可是有好几个人在一旁听她使唤。这样一来就有至少六七只蜜蜂围着这未来的蜂后。他们假装在什么事上都询问她的看法，但这其实是为了让她安心，因为他们知道她其实是会慌张的。也为了让他们自己安心。他们怕她糟蹋了这组镜头，怕这女孩的慌张会蔓延开来，让他们把一切都搞砸。

心里的害怕是能反映到胶卷上的。人们便从来也不对女模说一些拯救者式的简单套话，或是调解式的让人平静的话。人们选择说那些让人兴奋的词。立即就说。必须得使那些出格的话立即就进到她的脑袋里。所谓电休克式的强刺激就是这样的，真漂亮，美极了，太妙了，真是绝了。她能相信他们吗？她应该相信他们吗？谁又不会心甘情愿地相信呢？这优雅的尤物实则经历着坦塔罗斯式[1]的痛苦，水把身子一直淹到下巴这儿，却无法解渴，因为他一旦试图把嘴唇凑过去的时候水就退去了。人们在整个拍摄过程中都重复着那些词，也就是四到六个小时或者更长时间的连续拍照，尼康 F3 相机每"咔嚓"一下就是每秒五张照，相当于无穷尽的时间被五次以厘米为单位摄牢。

大多数初入行的模特会手舞足蹈起来，流汗，喘气，脸红。经常就得要补妆并重新打理发型，她们会紧张地把手伸到头发里而打乱了原本已经整理好的发型。她们有时还会失去平衡，穿着过高的高跟鞋焦躁不安地站在一个她们已经不能安然面对的高高在上的位置。在摄影师面前摆动时应该做到什么限度，平常的神态，还不算性感的程度？摆动多大的幅度？应该怎么在动的时候避免在长袖衬衫或连衣裙上弄出没风度的褶皱，或者是避免让裤子或裙子的版型变难看？必须要很快地改变姿势，常常还要注意不能让镜头那边厌烦。"一件衣服没穿好的话会给人剪裁不好的印象。就凭那些衣服和杂志广告费的价格，我们不能让读者们有一丝一毫的疑虑。那些蠢女人可是会很有礼貌地来找麻烦的"是在拍照时最常听到的话，这还不总是私底下说的。也应该懂得按要求表现出高兴或是撅嘴赌气的神情，按照摄影师或是和美丽较上劲的编辑的意愿，摆一个她不喜欢、且会糟蹋了衣服本身价值或是灯光效果的姿势，一个蠢得有些过头的笑脸，所有这些都在一个随时可能被中断的氛围和一种会把一切弄糟的害怕情绪中进

1　坦塔罗斯（Tantale），希腊神话中宙斯之子，因泄漏天机被罚永世站在上有果树的水中，水深及下巴处，渴了想喝水时水即减退，饿了想吃果子时树枝即升高。

行，和一个超模拍一组镜头可要花成千上万美元，总得把肾上腺素吐到某个人身上。

玛丽去胜利广场时看到的是一个神情轻松的莱妮。玛丽问，怎么样，还好吧？没有特别心神不安吧？这可是你第一次……和一个很专业的，你可听清楚了……一个很有名的摄影师……玛丽用英语说了 distressed[1]，莱妮回答说，distressed 就像忧郁症一样吗？我一点都不觉得忧郁。我会很开心的，不是吗？什么都不用解释，莱妮的英文还太过书生气。最好还是任由她去，她才只十八岁而已。

玛丽略微有些担心，就像一个母亲在孩子第一天去学校上学时的心情一样。在好几个杂志推荐方案中，她特地为这组在摄影棚里以黑白素描画为背景而拍摄的名为"Far West"[2] 的照片选了一本意大利时尚杂志，而那些素描画上其实只能看到一些鲜艳的黑色粗线，同时能辨认出这边有些仙人掌，那边的上面有些高高的帽子，以及一些像是绳子末端的东西，可能是套马索，还有兔八哥[3] 的耳朵，这种伪波普艺术常会被用在牛仔或者带流苏的短裙上和那些包房歌手的连衣裙上面，那时尚编辑似乎把希望都押在了诱人的袒胸设计上，花边浅口胸罩，紧身腰带和胸部被包得快把纽扣撑破的过紧的白衬衫，而要是还有短裙的话，莱妮或许还会穿些殷勤的网格丝袜和牛仔靴，没什么好担惊受怕的。

在特地为这组拍摄租来的汽车里，皮埃尔答应对她特别对待，莱妮感觉到了玛丽的不安，并对她说，她感谢她选择了一组并不真的需要显出她的腿的拍摄，她对自己的经纪人有绝对的信

1　"烦恼"之义。
2　意为"远西"。
3　兔八哥，美国动画片中的著名形象。

心，另外，玛丽对她来说胜似经纪人，她想怎么样她都会跟着去做的。玛丽记得莱妮在酒吧里很快地说那些话时用的也是这孩子气的口吻，这不是为了摆脱什么尴尬，而是出于腼腆，想回避些问题，就好像在某个字眼上停顿一下会把她向那些不愿意想和不能说的事上远远带过去。她忘了自己的担忧，莱妮在进入她的圣殿时应当戴上一顶皇冠。

"你知道，你总是能信赖我的，我永远也不会强加给你什么。只是听从我的建议，对那些不怀好意的人我可是了解的，你要是不尊重他们，他们可会把你给生生地吞了。难的都是第一次，他们可能会做得好像你不存在一样，或者更糟，把你当个废品对待，而这对他们来说可容易了，因为你谁也不是，你只不过是又一个模特而已。莱妮，他们就该在今天看上你，要不然他们就再也不会看上你，姑娘可多着呢，那些想站到你的位子上的，她们也都很美，为了让他们看不到你想要包藏起来的那些，你应该自己先忽略它，我希望你能唬住他们，一个挨一个，把他们弄晕，把他们……"

"玛丽，我不全明白你说的话，我那么想你能够对我满意，但你难道不相信他们还是会看到……"

"他们什么也不会看到的，这是你自己在看……我知道一切都会顺利的，我知道你会迷住他们的。"

莱妮既没有不安也没有心慌出汗，精力充沛。她可以得到所有人的欢心了，并且在所有事中游转自如。她建议了女化妆师所用腮粉的颜色（她这是在应用她的美容课），帮助发型师来卷上发卷（玛丽可是事先提醒过，一个模特是不会放下架子来帮助发型师的，实在只有那些刚入行的才会犯这类差错，可我就是个刚入行的啊，那么你正好就该把这点给忘了），还向那些助理眨眼睛和抛媚眼（大多数时间人们会忽略这些没权没势的奴隶，这些光辉殿堂里的奴隶），而且她还在人家给这组摄影调试灯光的时候，加倍吸引了时装编辑的注意（她夸她的肤质好，妆面也好，这又是在应用她美容课上学到的东西），又对她助理用信服的口吻说，她长得极像伊莎贝尔·罗西里尼。真是了不得的本事。

关于摄影师，玛丽先前是提醒过的，这是位很有名的先生，常被找去做写真集，是一个人们要在他面前顶礼膜拜的胶片奇人，她是不会失望的。打开工作室的门时，她慢慢地走向他，眼睛一刻也没离开他。他刚要准备要吻她的手，她却已慢慢地把他引向自己，并在她的香水味道中将他拥抱了片刻，就像个天真的女神。当她耐心而细致地挣脱他的怀抱，就像在挣脱一个极美的梦时，她眼里和嘴上的笑容已经像一个印章一样在摄影师的脑中留下印记了。这些片刻已经足够，他这就准备要为她赴汤蹈火了。

一些被莱妮的纯美弄得神魂颠倒的摄影师并不忌讳表现出恋童癖倾向，H. 就围着莱妮兴奋地拍着照，他一般可都是会显得麻木而腻烦的，他还补充作了评语，可能在她之前会有一个模特，她之后也有一个，但你能把她们都比下去，要不了多少时间，他只需对她多加赞美就能把她变成一个神奇而不可接近的尤物，他一边还问起她的年龄，谁知道呢，摄影师常喜欢衡量一下自己的位置，喜欢处在优越的位置，好把姑娘们弄上床，十六岁，能像这样摆动身体真是了不起，"我十八岁了，"莱妮说。"其实是还有两个月满十八岁。"玛丽说。哦是吗，你十八岁了，那就是有自由行使权了，那你的 boyfriend 怎么说？ boyfriend？？我没有啊，就是这样，她没变成一个穿着牛仔靴的坚定而呆傻的小女孩，而是一下子成了个有着星一般光辉的芭芭拉·斯坦威克，并时刻准备把她的良师益友缠上套马索。

这组照片拍完了，玛丽你高兴吗，我表现得是不是合你的意？还好吧？这姑娘真是绝妙，非比寻常，她太美了，摄像机都爱上她了，这真是奇怪，她那么和善，可爱至极，真是难以置信，她就好像从出生起就在做这个。

形容词和独立句用尽了，他现在只信从她，"我要她"，他于是只想要她了，好像在她之前，他拍过的只是些木石脑袋似的。

莱妮去热情地和整个工作团队的成员一一道别，并又在那位把她的样子深深印在记忆中的先生的怀里停留了片刻，仿佛她就要出发到缅甸去完成一次不太可能成行的远征一般。这些人便全都决定马上热爱上她了。

26

是什么让人们变得无可替代，只是因为人们这样相信，还是别人让您这样确信，是因为多了一个染色体或是想要不惜代价地取悦于人，不惜一切代价吗？一个有着国际知名度的女歌手曾对一个记者说，不应当把关于知名度的虚妄当作现实，只是因为没有人告诉您与此相反的道理，并且所有人都要使您滥用它。我这个角色的知名度是真实的，但这个角色本身并不真实，这一切都需要及时来察觉，并且明白，在这个为他人而塑造的形象之下的我到底是谁。她这么说是因为她当真这么想，还是因为她不想对她的荣耀作出解释？解释这些会改变她的一切，但对那些会继续深爱她的人来说却什么也不会改变，而说到底，要紧的只是这个？

几周以后，莱妮正微笑着坐在那辆专车内，她现在由一个被她深深吸引住的司机驾驶去各处，玛丽对她说，真没想到，明天你也要去给英国版《Vogue》杂志拍照了，还是封面照！你知道么，这真是难以置信，绝对应该原谅英国人焚了贞德这件事，因为还是前不久，我们社里的另一个女孩桑娅——我跟你说起过她——曾经，她也是给这本杂志拍过照的，它和顶级的意大利版《Vogue》一样敢于冒险接纳摄影师强加给他们的新人，她们让那些异性恋的摄影师在一次阳光明媚的旅行中觉得心花怒放，又在一两次的拍摄时间内成为启发那些同性恋摄影师的灵感穆斯，但桑娅当模特已经有一年了，玛丽在"摄影师强加"那几个字上顿了顿……而你呢……

莱妮打断了她的话，玛丽是不是只让她喜欢的女孩去拍英国版《Vogue》呢？她是不是喜欢桑娅比喜欢她更多一些呢？玛丽回答她说去这家杂志只是个巧合，她只是在做分内事，我也带其他姑娘去拍的，相信我，当然了，这家《Vogue》会冒险找一些不知名的女模，但两次过后，随机性也能出些东西的，就这样而已，她对桑娅也是有信心的，但莱妮坚持着，她都已经不再微笑了，想知道关于桑娅的事，她甚至追问玛丽是不是喜欢桑娅甚于喜欢她，而这本没有必要。

什么的必要呢？所有关于拍照的事都让她这么警觉，心绪不宁的玛丽不得不说了些人们对做了噩梦的小孩才说的安慰话，好让莱妮安心。真是奇怪，这种敌意的情绪似乎不像莱妮平日里讨人欢喜时的样子，她的那种自制力，她又何必去学别人的样显出自负的倾向呢？她贵族般的美丽不需要任何去争得肯定的东西，玛丽对这个自私、几乎凶恶的莱妮有些吃惊，她以为自己已经更了解她了，但是几个月的时间并不足够，而且说到底，人们是否又真的了解过谁呢？在一些人身边度过一天、一辈子，并不能将人们对他们的既定印象作出多少改变。人们从来就只看到他们想看到的，并在这样的理想状态中感觉自在，而对于不可见的东西，人们总是觉得毫无头绪地找寻是于事无补的。

玛丽在莱妮显露出的这种愚蠢而稚气的嫉妒中并没有察觉到傲慢，而是将其看作是褒扬，她被这个年轻的姑娘感动着，为她的热忱所打动，这种专独的态度在她看来并不是一种危险，而是强烈的情感，是的，就是这样，莱妮喜欢她，而她则需要她，很清楚、明了。她心里有些慌乱。她得把莱妮当作一件珍宝来照顾，她害怕此刻立即就失去她。这会儿，她选择忘记桑娅以及其他所有女模而只喜欢莱妮一个。她看着她，并轻轻握着她的手说："我喜欢你胜过喜欢任何人。"莱妮什么也没说，但她的眼神忽然亮起来，一边向玛丽露出了微笑。

这以后，莱妮极为迅速地呈上升状态发展。玛丽很快就为她打造好了一幅飞翔的羽翼，地面对于这样一个姑娘来说可是过于沉重了，对她来说，要不就是天空，要不就什么也没有。一旦客户看到一个新女模同时出现在五本以上的杂志，就需要很快变得反应机敏，他们想要她，我的香水就是她了，我的风格就是她了，我的那些裙子就是为她做的，我对她梦寐以求了，这个产品的女神，他们不停地打来电话，得懂得作选择，懂得说"不"，什么时候说，对谁说，经纪人的这种微妙的技艺，其忽悠周旋的本领，能决定一个模特的事业是否能成功。这长时期的作秀，这是爱的舞蹈，那种双人舞，经纪人将天鹅托起，这绝妙的雏鸟没了她就不会飞，而她则得抛弃优雅作为交换。

莱妮很快就出现在一些主要在欧洲和美国发行的著名杂志版面中，皇家大道就此敞开，美丽的奥地利姑娘当真就征服了她的西欧世界，穿的却是二千美元的鳄鱼皮靴子。她没用多久就在国际舞台引起了关注。九个月的时间。一个纸造的孩子。记者们到处写她是个惹人爱的玩偶，这可是人们第一次敢于把一个模特称为玩偶，一个洋娃娃，玩具，总之是好玩的东西，藏在一个女人身体里的小玩意儿，绝对的幻象。

一天，莱妮哭着打电话给玛丽，已经很晚了，大约是凌晨两点，那么发生什么事了？别人欺负你了？你在哪儿？莱妮在她家里，胜利广场，她在巴黎，又没在工作的时候还会在哪儿呢？她一个人觉得很郁闷……郁闷？是的，而且她还害怕，她刚才起来去厕所时撞痛了自己。她倒是真的没有经常在那个过大的三套间公寓里常住，客户让她住在丽兹、克里翁、特莫莱等酒店，她几乎已经在这座首都的五星级酒店里都轮番住过了。她喜欢这个，住酒店，她更喜欢酒店而不是这个公寓，在那儿她觉得不舒服，但又不愿意摆脱它，那公寓倒是让她母亲用着，在和公司签的合同里也写明了这点，被她当办公室用，也作为她暂时逃离她丈夫的小阴谋时的落脚处。可是这会儿，莱妮却坚持要睡到玛丽这儿来，我可以来你这儿吗？玛丽没有立即答话，还从来没人来过她这儿，她不愿意，此外她也没有什么"她这儿"，皮埃尔说得对，她不够照顾自己，不够像本应当做的那样，不像在从前的生活中那样，在一个真正的房子里，有各种声音，唱歌的声音，门砰响的声音和孩子们的笑声，也不像在从前的色彩中那样，它们的狂热力量，鲜亮和潜伏的力量，这种力量每每懂得造出些并不会轻易溜走的记忆。

她目前待的这个公寓其实是相当简朴的。这对重新开始生活——如果可能的话——是挺好的，应该是得重新开始的，肯定。带花园一层的两室房，这让不时想要透透气的玛丽觉得很舒服。干净，功能齐全，也不乖张，这公寓十年来都没变过，在主间有一面书墙，以及一整列一个个堆叠起来的箱子，它们在房间里形成另一道隔离，就像是个装饰性的拼图游戏，几乎就碰到天花板了。箱子……

"我想我要有个乌青了……玛丽？"

"嗯……"

"我能来吗？"……

"你知道，我这儿不是特别舒服……而且……我这儿家具也不多……"

"求你了……你总有张沙发吧？"

"是这样的……OK，你要是想来就来吧……"

"你能不能来接我一下，我让我的司机回去了，我不敢单独拦出租车。"

让一个十八岁的姑娘去规避她本该过上的生活并不是很正常，玛丽想到人们付出巨大代价让那些可怜姑娘们远离故乡，没有家庭支撑，什么支撑都没有，常常不知所措，离那些能让她们安心的东西很遥远，非常遥远。她心觉愧疚，一边重新穿好衣服去接莱妮，她当然是不能撇下她任由她这样的。在出租车里，莱妮对她说，她受够了单独一个人，她没有朋友，她说玛丽和她或许能合住一个公寓，那样的话一切就会简单多了，皮埃尔那儿就住着些姑娘，我知道的，为什么你不和我一起住呢？而玛丽都快要哭出来了，可她什么都没回答，完全没有。正巧，出租车到目的地了，她们从车里出来。

莱妮看到那些箱子的时候，神情有些困惑，接着她微笑起来，玛丽要所有这些干什么呢？玛丽解释了原来想要离开的打算，离开一切，去别处，这是我喜欢的可能的变化，我感觉不好的时候，而这比我更强，我就去买一个箱子，这是我自己关于自由的想法，我手提行李箱走一会儿，然后再回来，我打开箱子，看着它，然后再也不想把任何东西放进去，我让自己平静下来，就这么过去了，最终，你瞧，我还是没走。其实这种状态是在你来之前，因为我已经很久不买箱子了，但这还是些漂亮的收藏品，你是找不到它们的，而我认识你之后，就已经用掉好几个了，你让我不得不作的旅行会让我最终把所有箱子都用破，玛丽于是也开始笑了。"你知道，我母亲跟我提过你女儿的事，"莱妮小心地试探说道，"她叫什么名字？""是的，我知道你是知情的，但我没法谈论她。"

　　莱妮一言不发地溜到玛丽的床上，她动作可快了，一边把开司米毛衣，内衣和仔裤扔到地板上，她想和玛丽待在一块儿，求你了，求你了，那么就不提沙发了，玛丽给她准备好的铺位也算是白费心了，而且她还不得不吞了些镇定药片，那些随时待命的神奇药片，这么多年以来，和别人一起睡觉已经变得困难，上一次是和弗莱德一起，那是为了安慰她，而现在莱妮则缠蜷在她肩头的凹陷处，就是能听到心跳的那地方，她还就这样赖着，这姿势对她而言是简单容易的，但对玛丽而言则是重如泰山了，她不知道该拿她的双臂怎么办，于是就轮到她来安慰她的小美人鱼了，就像是另一个孩子，她对此并没有准备，差点就又哭出来了，但她终于忍住，她把一只手放到莱妮的肩下，另一只手放到她头上，药片总会在某个时刻起作用的，这么等着就行了。
　　你需要的，是让一个维也纳的朋友过来……到巴黎来。同音异义词[1]只是为了说笑，为了缓解一些激越的东西。莱妮没听明白她的话。她还没掌握这种灵活多变的法语，她回答说她没有朋

---

[1]　前句中"维也纳"和动词"过来"的虚拟变位同音。

友。玛丽既然不能明白那泛指名词"朋友"是阴性还是阳性，也不能区分这到底是单数还是复数，便坚持问道，"怎么会呢，没有朋友，我在汉堡看到的那些呢？"可那只是些男孩，因为她不认识什么女孩，或者就算她认识也就那样，"一个女朋友是什么呢，对她可以讲真话而不用撒谎，在她面前可以哭泣而不感觉羞耻，那么你就是我的女朋友。"然后她就安心地慢慢入睡了。

玛丽让她在自己身上又待了好些时候，莱妮有一股好闻的味道，一种香粉、风信子和新鲜肥皂的香味，除了莱妮之外没有别人用过这款香水，这是在一个巴黎时尚调香师那里为莱妮特别调制的，香精是她自己选的，玛丽抱的是这么个想法，莱妮得要在举手投足之间都显得独一无二，为此她就需要这又一个能凸显出她的东西，香水能唤起情感，并总是能生成记忆。你对任何人都别说它是怎么调制出来的。对谁都别说。人们拥有一个让人垂涎的秘密时，这就成了另一种权力。

那金褐色的头发铺开在她的肩头和胸前，在枕头上形成丝绸般光滑的扇形，此刻一切都好，我在这儿呢，玛丽默念道，一边将这水精灵那缠卷到自己蓝色丝绸睡衣里的头发捋出来。她看着被扔到地上的开司米毛衣，以及像雪白的奶油一样奢华精致又轻盈的衣服，再度陶醉在她与这优雅美丽女子的亲密感中，并为这一部分归功于她的变形而感到自豪。莱妮几乎一动不动，她柔软的身体不再动弹，沉浸入单纯的睡梦中，以得到片刻的宁静。

玛丽现在平静下来了，几乎是完全定心了，她看着这个有着新身份的年轻女孩，她正慢慢地成为一个偶像，那些烦恼总会离得远远的，哪些烦恼呢，生活总会是一帆风顺，**在这里，一切都只是命令和魅力，奢侈，平静和享乐**，一切也都会一直这样下去，几乎是完美的，莱妮喜欢她，并在她对自己的需求中感到幸福。而她也喜欢莱妮，为这种依赖而觉得幸福，只要一动不动地看着她的罗莱蕾[1]就好，她就如一首歌一样动人，如一个召唤一样让人出神，就像这样，毫不懈怠。

27

玛丽去哪儿都跟莱妮在一起，就像她跟莱妮妈妈保证过的一样。莱妮并没有问她愿不愿意，而她也没有说她愿意。她们一直在一起，好像两片瓦叠扣在一起。玛丽有时候试着做她的助理柯拉丽，但是没什么事儿可做。莱妮就想一直看到玛丽，跟她说话，跟她讨论一切，改变世界。每一天，无休无止。没有礼拜六，没有礼拜天，没有节假日。玛丽筋疲力尽，除了莱妮，她没法儿把精神集中在别人身上。她很明白，这会伤害其他女孩们。可她们不是莱妮。玛丽和皮埃尔的关系也受到了影响，他说她照顾这个维也纳女孩儿有点过分了，她没有自己的生活。他说，过了，太过了，你太蠢了，你应该好好照顾自己。奶妈玛丽已经变成狗狗玛丽。

他说得对，她没有生活。但是什么是有生活？过着无所事事的生活，过着别人眼中的生活，还是皮埃尔眼中的生活？别人，用他们的思维方式评论你的生活，说完他们就各回各家。他们没有处在你的位置上生活。皮埃尔也一样。他把这些话植入玛丽的头脑中，可是他一点儿也不知道她和莱妮在一起的快乐，她们发了疯似的狂笑，尤其在飞机上。飞机是她们第二个家。她们闹着玩，猜男人们和美女调情时那玩意儿的长度。那些迟钝的男人不

---

[1]　罗莱蕾，德国传说中的水边女妖，以美妙歌声诱使过往船只上的人，致使其遇难。

会怀疑到什么。她们装作工程师，不让男人们打她们的主意。它已经大得跟电子词典一样，或者录音笔，或者任何东西，它像这样，或像那样，不要紧，她们打赌她们一定有办法亲手量量它的长度。谁先在他们面前赢得这场精巧的脑力体操，他们会看到的，否则一点也不好玩。他们会看到她们的，否则她俩就互相争起来：你输了，他没看你。不，是你输了。每次她们都拍照片。玛丽有一张莱妮兴奋得发狂的照片，她用两只手比着一个尺寸，没人知道她在干什么，只有她们俩心知肚明，这是她们第一次疯笑。她和莱妮在一起玩得很高兴，那是她第一次玩得那么高兴，很久以来的第一次。

皮埃尔一点儿也不知道莱妮撅嘴的样子，当她把法文词搞得混淆不清的时候。名词的阴阳性最使她恼火，日出、太阳、世界、月亮[1]……就像说德语一样，她总是没法儿分清楚它们的阴阳属性。这没什么用，说点别的：玛丽，我想学正确的法语，或者说正确地学法语，这有什么区别？玛丽，我想学会你知道的全部，我想理解你想到的全部。皮埃尔也不会知道飞机上那些甜蜜的时光，自从有一天她睡着时被一个疯子动手动脚之后，玛丽就在莱妮睡着的时候照看她。那个人摸了她的胸部，机舱里起了吵嚷，因为玛丽打了那个流氓的睾丸，打得他很疼。她本想要他更疼，但是莱妮还在睡觉，她再也不怕了，只要玛丽在她身边她就信任地睡去。玛丽不睡，很久以来她都是不睡的，从简妮开始。这时候睡着的莱妮还很优雅，像孩子睡觉时那样半张开的嘴，嘴唇上粘了一小片几乎看不见的纸巾，但是她就在那儿，也许生活不是这样。玛丽在和皮埃尔的话作着斗争。莱妮不是别的女孩。她也许是应该好好照顾自己，但是她喜欢这个拖油瓶。

1　原文的法语阴阳性颠倒，还混杂了德语词在其中。

玛丽从没见过像这样的女孩。可是"从没见过",就跟没说一样。她可能见过但没在意,或者见过但没接近过。接近过却没有打动你,生活过,却从没互相了解过。当你爱的时候,你会缩小人际圈,应该让它变狭窄你才能爱,才能专注于你所爱的人,这也是和别人一起生活的唯一方式:忍受他们,忍受生活。

玛丽当然看见了那些女孩,也接近她们。但是不像这个女孩。一点都不像。这是一次真正的相遇。美丽的邂逅。那一刻莱妮令人怦然心动,因为她不是漫画里的人,她既没有露骨地炫耀,也丝毫不庸俗:你可以跟我来,爱我,我值得你爱,瞧我多么令人兴奋。不,她没有标签,没有品牌,你看着她就像看着一朵花儿,你就爱她原本的样子,她的缺陷也不过是有点笨拙,你根本看不见。这个美人儿,你要说服她才会相信自己美极了。而且她永远不会利用她的美丽去干坏事儿。

莱妮并不知道自己在多少个杂志封面上日渐强大的影响力,就像他们曾经向她保证带来荣耀一样。我不想数,可能会招来晦气的,玛丽,你帮我算算吧。

莱妮天真得令人难以想象。一个世界闻名的摇滚明星 P. 在洛杉矶的录音室里,跪倒在她面前,请求她做他的妻子。只要可能,只要她愿意,他几乎可以立刻请一个牧师来证婚。这只是一支汽水广告。开始她没认出这个偶像,而且只把它当成了影片里跑龙套的。她甚至问他,这个缓慢如牛的导演还打算让大家工作多久,因为她想去吃卡卡圈坊[1],她喜欢甜甜圈,他知道这个牌子吗?他在影片里演什么角色?她说他特别性感,跟着她认出他来,但还是一点儿没用。尽管她也觉得他超性感,但是他已经为

---

[1] 卡卡圈坊,美国著名的甜甜圈品牌。

她疯狂了。广告拍完很久之后，他还持续着对她的迷恋，于是她对他说：你知道，我听过你每一首歌，正因为这样，我只爱我爱的男人。当我们第一次找到爱人，我们应该像是最后一次地去爱他。这个讲述别人爱情故事的歌手，曾经让她哭过。他花了很长时间才放弃，将这个不可思议的女孩从他生命中抹去。玛丽在几年后又见到他，从他的声音里还能细微分辨出他着迷的迹象。一个女摄影师对莱妮说，你是个傻瓜，你本该答应他，他也许真的会娶你。莱妮回答道，你没法儿跟你并不爱、却跟你谈论爱的人结婚。你可能会离婚，并拿走他的很多钱。莱妮微笑着应对这个不理智的提议，只是微笑，就像人们不去回应一个醉汉，我们不想叫醒他，但也没法儿理解他说的话。我们可以说他肮脏、卑鄙，但对他不起任何作用，他还是那样子。

莱妮对一切充满好奇，但不是为了引人瞩目，只为理解，为学习。她的话语和举止里没有丝毫的轻蔑。玛丽，我想你一直在这儿，你懂得这么多，你会阻止我说蠢话吧？不，你要阻止我干蠢事，这样更好，答应我……

莱妮对所有人都很有礼貌，从不提过分的要求。海边只有五度，有人问她要不要茶、咖啡、酒或别的什么，就是没有巧克力。你说我可以要一杯热巧克力吗？

莱妮很守信用。她发烧四十度，但为了遵守合约去做一场走秀，闪电往返日本。二十个小时的旅途很长，我可以在飞机上休息。

莱妮很关心和她一起工作的人。我会自己化完妆，看这个女孩，她怀孕八个月了，她不能再工作了。

莱妮很勇敢。炸弹的警报拉响五分钟后，她仍旧去跟毕尔巴鄂博物馆的馆长拍照。反正那警报一时半会儿不会再次拉响。

莱妮很有耐心。她工作到凌晨四点，在游泳池里演埃斯特·

威廉斯[1]的《出水芙蓉》，和一只难以驯服的海豚在一起。等着瞧，还要两小时呢，永远不会轮到我了。

莱妮很谦虚。她拒绝接受任何采访，总是让玛丽替她回答问题。我不知道该说什么，再说，我有什么可以说的吗？你有点夸张了，你是所有想成为你的女孩的榜样，只要告诉他们你的生活，你的忍耐和毅力。

莱妮很简单。她每天都对一些事过于吃惊。

莱妮很信任人。不管在哪儿，她都能趴在玛丽身上睡着。

莱妮干什么都自得其乐。

莱妮不想她的未来。你该想想你的未来。我没有未来。什么是未来？别烦我了。让我高兴就好。

莱妮是无忧无虑的。

莱妮是幸福的。

莱妮和玛丽，或者玛丽和莱妮，在这些疯狂的年月里，很少看到她们没有另一个陪伴而单独一人。一切从天而降，就像一颗陨石砸到你头上，让你眩晕良久。这些日子她们过得又快又美丽。怡然自得。那些闪亮的年月。活在光芒里。是莱妮的光芒。

皮埃尔一点儿也不了解这样的莱妮。皮埃尔从没这样日复一日地照管模特。他有他的生活，他旅行，签支票，不是把公司的利润挥霍在夜总会里，就是去投资公寓。他用很低的价格租下公寓，再用很贵的价格出租给女孩们，或者转手卖给她们从中牟利。他在这个家庭里工作，皮埃尔是做生意的，他总这么说。他还说，相比她们给我们带来的麻烦，我跟她们要的钱还远远不

1　埃斯特·威廉斯（1921－）：美国女影星，十五岁拿过游泳冠军，签约米高梅公司后，出演了一系列和游泳相关的电影。

够。但是这笔钱就数他用得最多，不是玛丽也不是其他经纪人。他哪里知道他们要承受的压力：模特们的坏情绪和反复无常，因为她们大多不成熟而且善变，还有她们的歇斯底里、不公平和狠毒的话——我要换家经纪公司，这句话就像飞溅的唾沫一样被挂在嘴上，随时是个威胁。经纪人应该也是皮格梅隆[1]、顾问、知己、秘书、会计、谈判家、医生、逗乐的人、管家、兄长、父母。你不是真的爱我，我还没赚到足够的钱，我还没拍足够的封面，封面，封面，你还不够关心我的事业，要绷紧神经了。

皮埃尔还花钱去狂欢，尤其是饮酒纵乐，他喜欢多重恋爱。难道这也是爱？倒不如说他爱的是这种多重属性以及可卡因和其他违禁品。他经常去迈阿密，那儿比在巴黎更容易得到性、毒品和放松。做爱、注射、松弛。迈阿密，美国城市的典范，因旅游业的兴盛而诞生。十几公里长的沙滩，在比斯坎海湾[2]驾着快艇，颇为丰富的海洋鱼类，海豚、金枪鱼、鲨鱼和飞鱼。巴黎下雪的时候，那里是二十几摄氏度的亚热带气候。是天堂。

但是皮埃尔既不会去钓鱼，也不太想做亚当。在这个天堂里，既没有蛇也没有上帝，太阳整年照耀着，不需要道德。姑娘们赤身裸体（或几乎是），海滩上、餐厅里、马路上、商店里，到处都是，这就好像一件制服，国家统一的。夜色的降临才勉强让她们穿上些衣服。像玛丽遇见莱妮时的那种酒吧，这里有很多间。性很容易得到，毒品垂手可及。闻得到、抱得到，一切都唾手可得。

玛丽最近才知道皮埃尔对毒品的依赖。她宁可不知道。不管

---

1 皮格梅隆，希腊神话中塞浦路斯国王，他热恋着自己亲手雕的一尊少女像。
2 比斯坎国家公园，有95%为水域，为保护比斯坎海湾的海洋生态而建立。

怎么说，那是他的生活。即便他介入她的生活，对她说她已经太依赖莱妮，她也宁可做莱妮的奴仆，而不做麻醉品的奴隶。麻醉的生活一点儿也不特别，那是有毒的噩梦般的生活。皮埃尔的生活让他付出了昂贵的代价，他都没意识到这有多昂贵，无论是就本义还是引申义来说。当她想到"原本"[1] 这个词，她又想到"特别"，他的生活，显然一点儿也不干净清洁，处处是堕落和道德败坏的痕迹。

28

弗莱德和玛丽在咖啡厅里坐着，桌子上的可乐是他的，巴旦杏仁糖浆水是她的。他们在奥德翁剧院的露天阳台上。面前是巴黎六区的红十字广场。天气晴朗。坏的时代已经飞驰而过，就像卡米耶·毕沙罗[2]那幅画里的情景一样，他俩都很喜欢那幅画。在这骄阳下，你一定想脱下鞋子，把双脚浸泡在水里。就在这片炎热的安静中，什么也不想。等待。放手。不再回来。可惜他们面对的不是索维农湖。这只是个念头、希望罢了。他们两个都在想象。他本该让她继续她的幻想，让他自己能够忘记生活偶尔会脱离他的控制。

"我爱她爱得发疯。"

"爱和疯狂，是一回事。"

"你看，这会给我们带来厄运……"

---

1 法文中这个词既表示原本的，也表示干净的。
2 卡米耶·毕沙罗（1830 – 1903），法国印象派画家。

"我看什么？"

"我已经疯了。那么……爱……一个爱情傻子……这更危险。"

玛丽很气恼。

弗莱德感觉到她在生气。

"玛丽，怎么了？"

"没事"，跟没说一样，是一句赌气的话。她思忖着，耸了耸肩，这个动作也跟说"没事"一样。然后她说：

"你要注意点。"

可这是母亲说的话，或者一个精打细算的人。注意就是节制。这句话不适合弗莱德。他恰恰相反，他耗尽了他的生命。保留是毫无意义的。

"为什么？她对你说过些什么？"

一脸若无其事，男人都是这样。他的声音听来并不焦躁，他太擅长这个了，太习惯用双关语。显然，医生也是谎言家，他们离不开花言巧语。在听她的朋友说话时，她这样想着。但是她也很清楚，绝望使他的嘴里充满唾沫絮物，好像涨水的河流就要淹没河岸。

然后他说到他们都喜欢的那幅画，避免谈及莱妮。弗莱德爱她爱得发疯。他想聊聊莱妮，可是他聊着那幅画，就好像他在说她一样。玛丽为她朋友的焦虑而黯然，轻轻答道：弗莱德……她什么也没跟我说。他看起来焦躁不安，断然说道：

"我宁可你告诉我……当然，假如你知道些什么的话……"

"我什么都不知道。我为什么要骗你？"

"因为我，我骗了你。"

"行了。她什么都没对我说。而且你也没骗我。"

"也许没有，但也一样。你不知道自己被耍了。"

"好吧，好极了，如果这样能帮我活下去。"

"我，想直面现实，告诉我……"

"弗莱德……我们为什么要争论？既然我什么都不知道……我不懂你在说什么。你一开始说爱得疯狂，结果焦虑得发狂。"

"千真万确。痛苦和害怕让你再也没法放松。肚子痛，哪里都痛。心里害怕，哪里都怕……怕……怕……"

"很押韵，美极了……"

"就这样……你不用理我……我知道我配不上像她这样的女孩。她一定会觉得我如此的……普通……你真不该介绍我认识她。太晚了，我一辈子被刺痛了。因为她而肿起一个包。她悄悄地扎进了我。我现在是个爱情的畸形儿，人们会对我竖起中指来鄙视我。很明显，我再也没法儿去工作了。"

"但是你可以去克劳德贝纳德医院。他们的专长是各种热带疾病。既然这是我的错，我愿意做你的护士。新的生活将开始。"

弗莱德是对的。太晚了。他说，他配不上像她这样的女孩。他被刺痛了。他对别人也说过这话。莱妮刺痛了他。现在，他是她的侍从骑士。更糟的还在后面。

为什么不立刻结束爱情？因为它是一种感觉。甚至是很多种感觉在心里、头脑里、身体里。哪里都痛，多么悲惨的躯体。一直到终结。而且，当你不再痛了，也就不再爱了。我们都以为自己爱得与众不同，但是我们都不愿意承认心里的所想，我们说话的时候就像嘴里含着石子儿，我们没开口却说出了一切。我们爱的是痛苦。对于死去的感觉，应该有勇气说出真话，哪怕冷酷无情。结束了，就这样。为什么还让自己这么痛苦？

当莱妮来巴黎一年半的时候，莎宾娜·冯斯塔德坚持要玛丽带她女儿去看医生。她常常不明原因地头疼，有时还呕吐。他们维也纳的医生只发现她的白血球增加，那是由于她发育得太快。她母亲想让她复查。莱妮下午四点进了弗莱德的诊室，直到晚上八点才出来。这是他有史以来最久的一次出诊。他发现的不是医学的诊断，而是生命意义上的，是谜一般的、强烈的、无法理解的爱情病症。这种病没人有药方，也不能治愈，我们什么都做不了，有时候还会因此死去。

莱妮那时二十岁，她很快爱上弗莱德。她让他失去了痛苦的记忆，这正是男人们在寻找的、令他们着迷的纯真。他让她很开心，这也是所有女人的梦想，更何况是年轻的女孩们，她们常常拿它当作寻开心的借口。对她们而言，这没有可笑的风险。而男人要扮小丑却有一个风险，就是他的爱不过是被当作滑稽戏看待。然而他们依然处在绝妙的时刻，一丝不挂地在这个天堂里，在这里没什么要隐藏的，因为隐藏自己反倒是猥亵。弗莱德开始远离病人、神经元、绷带和解剖刀，亲近唇彩和晚礼服。他的生活换了语汇和视野。他喜欢陪莱妮一起出远门去拍杂志照片，这些照片使她在那些出售美丽的国度声名鹊起。

一个模特变成一个超级名模，好比在火上煮牛奶，需要全神贯注。她身边常常有些不怀好意的家伙晃来晃去，他们受人所雇，一旦时机成熟，他们有毒的皮包，随时准备倾泄谗言和诽谤。你该换一家经纪公司了，别的地方更有实力，更强，更好，草更绿。没有时间浪费了，时间就是金钱，你可以赚更多的钱，更多更多，你需要最好的公司。这些闪亮发光的话时不时飘来，如同女妖的歌声，如此美妙，以至于奥德修斯为了躲避她们，而不得不将自己捆在船的桅杆上。

有了弗莱德，玛丽就有一个间谍在场。他照看着她的宝贝，当得知弗莱德几次挫败了那些缠人的家伙，她也放松了神经。

莎宾娜·冯斯塔德不怎么喜欢弗莱德，可又有谁是她喜欢的？她对他亲切有礼，可是她只有一次邀请他去奥地利，是他和莱妮腻在一起的那段时间。她也不喜欢这个哈巴狗男朋友的胸无大志，她几乎是啐出"男朋友"[1] 这个词，她拒绝说"爱人"，尽管这种还原的形容本该让他高兴的，可实际上却让他害怕，而且过多牵扯了她的女儿。她把弗莱德错位的不道德放在第一位。她在他身上看到不值得尊重的一面，令人难以忍受。莎宾娜·冯斯塔德没有一点儿幽默感，就像很多习惯支配的人一样，从不分享、也不怀疑。相比弗莱德，她对她女儿有更大的抱负，她顽固地坚持这个愚蠢的梦。莱妮，你是明星，如果你跟这个乡下小医生在一起，别人就不会对你抱有幻想。明星应该跟明星结婚，模特就更应该了，这是维持名声的唯一办法。

当莱妮开玩笑地用法语叫弗莱德"我的未婚夫"，莎宾娜一点儿也不觉得有趣，她还差点儿心脏病发作。她常常反复对莱妮说，在弗莱德这个年龄，他本该是私人诊所的挂牌医生，大门上有他的名字，有他该有的一切。为什么无所事事！作为学医十五年的住院医生，他本该是一个令同行敬佩的教授，一个用三维成像做外科手术的杰出研究者，宁可所有人都不幸，而非生活优越的人不幸。的确，为什么呢？弗莱德回应说，这个地球上唯一享有最高特权的就是死亡，这已经足以让他对之进行抗争了，不需要再把可耻的级别或愚蠢的等级也背负在身。

莱妮是家里唯一的女孩，从小就被三个哥哥和他们的伙伴嘘声，有一个从不出现的父亲，一个很少鼓励人的母亲。她从没受过宠爱，也没有被倾听过。现在终于有个男人拜倒在她脚边，完全属于她，让她能够随心所欲地改变，再也不用听从母亲的命

---

1 原文为英文。

令、哥哥们的任性和妄想。再也不用听从任何人。

男人们很少有持续的专注力。对弗莱德来说，注意力是他的第二天性。他忘我，他活着，都是为了爱。不幸的是，人们不会分开看待他的爱和他的神经质。莱妮越来越把他罕见的陪伴和体贴视为缺乏力量，她对他的爱，也因为弗莱德的温柔而慢慢走到尽头。他从不施令，什么都不要求，他对她太好了，这样不可能持久。女人们其实更喜欢会折磨她们的男人，莱妮生来是要遇见一个这样的男人，就像她天生是这份奴役工作的命。模特没有选择，必须屈服于摄影师的命令，听任造型师的摆布，还有服装师的意志，否则她们会迷失自己。致命的是当妆容洗去，裙子皱皱地挂在衣架上，恭维消失，她们孤独一人。全然孤独。迷失。跟她们上床的人也应该能制服她们。而弗莱德，她只能爱他的平庸可怜。

"别再说你配不上她这样的话。你这么说会要我的命。什么叫配得上？你把她当成谁，法老吗？对你有着生杀大权？"

"我的心在她手里，玛丽，你懂吗？在她手心里……她想怎么做就可以怎么做。我把心给她了，就是这样……她拥有一切权利……"

29

1991 年 4 月 20 日。中午十二点三十分。后台。幕布已放下。有世界顶尖设计师之一 D. 参与其中的名牌秋冬季时装秀即将登场。当然，我们说的是时尚世界。有一个站门岗的穿着漂亮的三件套，人们叫他们"红领带"，因为他们系着红领带。时装公司雇他们来挡那些纠缠模特们的人（越来越多、越来越拥挤的新闻摄影记者和杂志摄影师，有时候会到后台来堵截模特们，趁她们只穿着小三角裤，甚至没穿胸罩的时候。穿三角裤的照片能卖个好价钱，没穿胸罩而且穿三角裤的照片卖得更贵）。从一小时前开始，那个红领带每五分钟报一次时，就好像多重要似的，烦得大伙儿都要发作了。他把对讲话筒搁在嘴边，像夹一根烟那样用两根手指夹着，不停地低声说着，没人知道他到底在跟谁说话。真让人沮丧。让人紧张兮兮的。真想扯下他那玩意儿，然后开场。

　　这些巴黎罗浮宫广场上的帐篷，在其中一顶的下面，焦虑已然持续了很长时间。五十二个参演模特整装待发。给她们做准备的时间不少于六个小时。里面很热，还好她们差不多都裸着身体。姑娘们的香水、优雅的金色香烟，和更隐秘的印度、北美的违禁品大麻，混合在一起，很好闻。她们不该吸烟的，因为那些衣服很可能色彩缤纷地着火，十五分钟内，一万五千法郎被点燃，每分钟一百万。这支奢侈的火炬将如同一场感情洋溢的弥撒。永别了，包、鞋、帽子，整个秋冬季新品在美丽的火炉上烤着。再见了，考究的衣料、尚蒂伊的细花边、加莱花边、瑞士圣加伦花边、流苏、底布、饰带、绦子、斜布、衬垫和托肩、毛呢绒、弹力衣料和缝纫机衣料、尼龙、里子和裹身衣、加厚的大手套，统统消失。

　　设计师的时装发布会是新的马戏团节目，人人都想加入。他们就是服装马戏团。要是承认你没参加最新的瓦伦蒂诺、圣罗兰、香奈儿等品牌的走秀，就好像说你染上了鼠疫，这是羞耻的。那些没有，哦，恐怖！没有接到邀请的人，是时尚大家庭里的无名小卒，是不入流的、陌生的、被排斥在外的，或者说失败者。你甚至会看见他们在里沃利大街的罗浮宫地铁站排队。弗朗索瓦·密特朗决定今年将财政部搬入位于贝尔西的五栋设计大胆的新大楼，由车姆托夫、于多布罗、阿亥切和卡拉辛斯基[1]共同设计完成。所以他们不是来上缴迟交税的，而是像乞丐一样来讨请柬的。时尚界的弃儿也丝毫不认识那些好斗的建筑师，他们总为那栋大楼的世界性要求争个没完，他们是钱途的缔造者，他们是建筑雕塑艺术的新偶像。他们自己的偶像则是让－保罗·高缇耶、卡尔·拉格菲尔德或伊夫·圣罗兰。

有的可怜姑娘像是被剥夺了洗礼圣牌的，为了进入这个神圣殿堂，随时准备送上一个毛料披肩，甚至一个有牌子的包。凡事都有代价。有些人的目光看上去很不幸，就好像跳了桥又后悔，在水里祈求人们来救。但在这里，慷慨是不合时宜的。这可不是在夜总会门口，彪形大汉在打量着顾客和他们的消费能力。这是时尚界的爱丽舍宫。进入是免费的，但不是想进就能进。受欢迎的人，或不受欢迎，问题就在于此。

精打细算的、冷酷的礼宾部再三筛选之后，会让几个可怜虫进去，但是他们并不欢迎这些倒霉蛋。帐篷里已经人满为患，都等待着猫女们登场。一千五百人按秩序坐好，最前面的两排是贵宾。杂志的女主编们——决定裙子长度和上衣颜色的预言家——和她们的偶像并排坐在一起，听其主宰，或者突然被认出来，无比荣耀地，成为瞩目的焦点。接着后面几排一直到台阶顶部是客户，坐在越上面的人，他们的要求也越容易遭到忽视，他们和明星的助理、粉丝混坐在一起。还有全神贯注的记者，急躁、严肃、焦虑的男女编辑们。时尚是一个令人生畏的地方，一旦判断错误，名声就毁于一旦，他们只能自食其辱。最后面是没有名的人，既没有钱也没有荣耀，被统称为各方合作者，大约有五百人

1　车姆托夫、于多布罗、阿亥切和卡拉辛斯基，法国著名建筑设计师。

左右。不登 T 型台的模特经纪、无名小卒、见习生、跑腿的、跑腿的见习生、卖主、发型师、化妆师、助理的助理、朋友的朋友。最后，走廊里还站满了上百个摄影师，随时准备用频频的闪光灯拍台上的姑娘们，闪光灯像武器一样，使她们精疲力竭，每次都几乎要杀了她们。

疯狂从早晨六点就开始了，先是发型。要富有创意的发型。必须富有创意，所有的都是。设计师们要创造的不仅仅是时装。他们还要将自己的作品表演出来，他们需要为这造价不菲的疯狂找到主题，因为时装秀会被录像，录音，解说，播出，重播，评论，发行，买卖，再卖，再发行，电视播出，上卫星，发送到别的宇宙，所以他们要展现不同的、别出心裁的东西。化妆师和发型师如今已成为时装的全新支撑，只要可能，他们越来越卖力地哄抬新颖、古怪设计，并以此为大师的想法增值。

今天，美人们将顶着鸟窝头。用一堆紧紧卷起的麻绳，大理石的白颜料，玫瑰花，绿的、天蓝的维罗纳。把真的枯树枝做进头发里。挂上珠宝。飘起饰带。再配上夸张的妆容。主题是贵妇。优雅、高雅、从容。每个姑娘需要至少两名助手来帮她做这个鬃毛脑袋，就好像冬天里在大西洋岸刮大风的海滩上跑了几天似的。因为发型要做得逼真，假发只是用来给整个发型做垫衬。有的姑娘要花几天时间才能完全摆脱这些胶水、发卷、稠得跟一层清漆似的定型胶，还要扯掉不少自己的头发。而且这场一结束，她们还要赶去另一场发布会，那里要用十分钟做一个宝黛丽的辫子头，然后还有一场要做成纳米比亚的辛巴女人，接着在别的秀场，她们蓬乱的头发还会被做成蛋壳形、直发、小卷发、吉什[1]、一绺一绺的、马尾辫、螺旋形长发、大卷、发髻，时装秀的白天总是如此漫长。美丽是要吃苦的。这是虐待的一种形式，但属于斯德哥尔摩综合症[2]的症状。

表演队中的大部分女孩早晨六点就到了。她们属于第三梯队。乖巧听话，又守规矩。尽管她们是被设计师选中的，也就是保证了她们属于这个经过合理选择、装备精良的模特团队，她们也并不是明星，还差得远。每一季时装公司和设计师工作室的选角会上，都有超过二百个的姑娘被介绍来，每次只有十几个新人会被留下来，只参加两场走秀中的一场，因为他们招的姑娘都差不多。这些位置可都是昂贵的。她们必须费劲心思去讨好时尚界的帝王，或他们的爪牙。

她们还没有任性妄为。不管怎么说，她们还能准时到场。她们太担心自己不能参加下一季的时装秀了，一个没有加入任何著名品牌发布会的女模特就是过气了。而且有成打的姑娘可以将她们取而代之，所以眼下，她们不会反抗，乖乖地让人化妆、做发型。她们可能会想要自娱自乐一番，却也不敢，而是笨拙地模仿她们当中最有名的那些。那些姑娘已经被辨识出来，但也只是按照人种来区分，她们还没有名字：这是我在迪奥秀上看见的俄罗斯姑娘，这个年轻的克罗地亚女孩会去参加香奈儿的活动，她们的名声只在小范围内，还没有翻越行业的围墙，但是她们感觉到，她们知道自己很快就可以亮出第二梯队的标签了。她们装作冷面如灰，或了然一切地撇嘴，因为要想在一群这样的美人儿中间突显出个性，真的很难。她们还会按通知的时间到达，也有的

1　丽莲·吉什（1893－1993），美国默片时代第一位女明星，有一头漂亮的金色卷发。
2　斯德哥尔摩综合症，人质情结或人质综合症，指被害者对罪犯产生情感或依赖，甚至反过来帮助罪犯。

刚好迟到九十分钟，表示顺忠。她们开始建立自己的名声。她们高高在上地看着新手。不应该和新手做朋友，善意是滥情的，甚至可以要求她们互相换条裙子穿，毫不公正地叱骂她们。在这一行，人们就只喜欢婊子。恶言恶行并不意味着聪明，但是它被视为个性的表征，它轻松地给人假象。这奶牛场中的奥妙，新来的姑娘们很快就熟谙此道了。第二梯队还不敢效仿第一梯队，第一梯队是超级名模们的 G7 [1]，她们几乎权倾一时，她们跟荣耀之主调情。第二梯队还没有跟魔王睡过，可是很快就会这样了。

第二梯队还只敢悄悄地、远远地看着那些和他上床的女孩们。她们是无敌的女王，没人能来抢夺我的宝座，她们是不可打败的、不可战胜的，她们这么想是因为大伙儿几乎让她们随心所欲，所以她们也就真的随心所欲了。顶端，五种无法归类的，超过一切的，最超级的，在所有人之上的，凤毛麟角。人们只叫她们的名字，并且一眼就认出她们，哪里都看得到她们。她们让人拍衣服下面包裹着的身体，因为她们只有身体可以展示，而且几乎一览无余。她们会迟到两个半小时或者根本不来，她们有时候会扯坏裙子，弄哭她们的助理，她们的任性已然是辱骂，她们蔑视弱者，并且高高在上地看待生活。星星。明星。

时装秀没有她们就不会开始。当她们出现在 T 型台上，狂热兴奋开始了，闪光灯噼啪作响，引擎超速转动，她们的名字被喊到喉咙嘶哑。她们的名声无需再造。这名声与它带来的愿望和疯狂，甚至超过她们自己。如果她们中的某个人因为任何理由离开秀场，就将出现在当天所有报纸的演出版面上，接着又会被数家自讨没趣的电视台炒作。这事件可能引发一场地震，反响难以估

1　七国集团，由美、英、法、德、日、意、加组成，为研究经济形势、协调政策而举行首脑会议，开始于 1975 年。

量。当然，错误会回落到大肆剥削的经纪公司身上，他们吮吸这群可怜的受难姑娘的血；或者落到没心没肺的设计师身上，他们让她们工作起来像个斯达汉诺夫主义者[1]。

事实并非如此。模特们爱极了受苦，因为这能让她们出名，而且她们要做的只是露一露屁股，或穿着一小块白布走路，再没什么大不了的，不需要唱歌、画画、制图、写作、拉大提琴。多么出乎意料，上帝传给你一个信息，向你伸出了手，你只要不惜一切代价紧紧抓住他。假如上帝之手松开了你，那么坠落会是惨痛的，你将跌入不可改变的现实世界，没有装饰没有奢华，没有颂歌，没有照片，没有杂志，什么都没有。

人们用丝质手套操纵明星模特，用金镊子操纵明星。这些姑娘自己赚成千上万美金，并且能带来上百万美金的进账。就像一个很有名气的德国金发女郎 C. 轻描淡写地说过的一样。当一个吹毛求疵的记者问她，是否认为一个二十二岁的年轻女子走一场秀就赚一万五千美金是吓死人的高价，她回答说："客户付给我们的这些钱，不管怎样，他们也都不会拿去捐给穷人的。"

今天，这群快乐的少数人中的两个，又对她们的私人奴隶刻薄地下达命令。第一个姑娘的奴仆已经出发，为他今天过生日的女主人买奥希特拉鱼子酱，装在黄色的小盒子里，六千美元一公斤，还有标有年份的路易王妃水晶香槟——就是她出生当年生产的。第二个姑娘则要求让她跟她的猴子一起走秀，这只三个月的小巷尾猴——她叫它"王子"——发疯地叫了好几个钟头。另外两位天后带来了她们的小狗，其中一只已经把它的爪子伸到一

1　前苏联在工业化建设中提倡的劳动模范，以创造了采煤纪录的工人阿列克塞·斯达汉诺夫的名字命名。

个第二梯队姑娘的名牌包上。总之，眼下没什么可奇怪的。第五个已经微醺，香槟不限量供应。是要稍微自得其乐一下。她将用一条可卡因从她的涅槃宝座上走下来，旅行是好的，但要快些，她可还有几公里的步子要迈，而这一天才刚刚开始。

不只有她大口灌下起泡的白葡萄酒。最天真的那群女孩也一直在喝，新手们直到今天才发现酒和祖母的樟脑软膏一样，可以使人放松。有人说酒精会让她们不那么紧张，她们便信以为真。对她们来说，要想不从酒精转向白粉，从白粉转向注射，是需要勇气的。其中有些不知廉耻的姑娘已经注射了，在看不到的地方，舌头下面，脚踝上，膝盖后侧。她们显得还有自控力，但毒品是一个造假者，她们不知道自己已经迷失。

30

莱妮看起来很紧张，紧张极了。她既不要棉花糖，也不要枯树枝，头上还要再少一点儿饰带。她的妆差不多化完了，但是她明确拒绝做那个鬈毛脑袋。她要求用她自己的头发做发型，而不是用那些奇形怪状的东西把头发搞得滑稽可笑。她不是莱妮·冯斯塔德吗？她就这么对发型师说。恼怒至极的发型师提醒她注意，为了一万五千美金做一场三十五分钟的秀，他倒是可以自己戴上一个绿色的假发套，再放几只真的鸟在上面，然后把发套用强力胶黏在自己的头皮上，强力胶。当然，问题不在于此。人们又不是想看到他在 T 台上裸露乳房，或是露出被柔软透明的纱巾半遮半掩的屁股；在场的那一千五百多个恶语相向、笔尖满是尖酸刻薄的人也不是为他而来。莱妮立马就赶走了这个厚颜无耻的人。这个昏了头的费加罗理发师以为他是谁啊？没有她，他哪里会有工作？

灾难将近了，幸好玛丽没有走远。她刚才正离开去安抚第三梯队的一个姑娘，新进公司的小雌驹，一个试装员却来告诉她说莱妮要抬屁股走人，玛丽急忙回去找到她，她在玫紫色的侯爵夫人妆容下神情黯淡、焦虑不安，一边抽着这个钟点里的第四支烟。莱妮开始吸烟已经有一阵了。玛丽提醒她，这对她的皮肤不好，对什么都不好，可莱妮没有回答。莱妮是第一梯队的。她很快就会跻身那一小簇不可战胜的姑娘中，只是时间问题，只是在一个上百万美金的合同最后落一个花式签名的问题。全球媒体翘首以盼，就等着发布爆炸新闻，等着将这样一种认可吹个天花乱坠，它把一个漂亮姑娘变成了人人羡慕的现金出纳机。真相就是，人们只尊崇金钱。

人人都把这些姑娘们当成公主一样来照顾，而她们的问题在于，她们最终会认为她们真的是在统领着这一小簇心甘情愿为她们效劳的倒霉蛋。这些姑娘除了没有王冠，跟那些有名衔的尊贵女人又有什么差别？她们就是现实中的公主，货真价实的王冠、奶油色的手套、上流社会的规矩和排场。这样的假名衔使她们感觉自己摸到了天，使那些为她们工作的人自以为活得与众不同，哪怕只是为她们开一下老爷车的车门。

她们甚至被鼓励对她们的臣民执行生杀予夺的权力。多么真实的权力，一旦她们能够，一切可能性都将变为现实，她们根据疯疯癫癫的标准来选择谁和自己共事，没有人能违抗。我不想和这个摄影师工作，他不停地拍萨拉这个烂货，他多喜欢她啊，这个系列他只拍她。可是客户选择的是你和他，而不是她。正是，告诉他。这一个，我不要他了，他不肯修我的嘴。那个也不行，我不喜欢他用的光线。我再也不用这个化妆师了，她呼出来的气

229

很烦人。那个，太慢了，她太靠近我的脸，我讨厌别人摸我的脸。如果琳达也来拍片，我就退出，我要照片里就我一个人。那个化妆师烦透了，她一直在讲他的男朋友，我对她的生活毫无兴趣。帮我赶走这个化妆师，她太肥了。我不喜欢这个造型师的香水。她闻起来有股汗味儿，你没闻到吗？我不喜欢他穿衣的风格。她的手总那么潮湿。他端一杯咖啡给我总要三个小时。她明明知道我一坐下来就要喝茶，该死的，只要我一坐下，这有什么难的！他算谁！我再也受不了她了！出去，走，滚开，外面去，走人。马上！

莱妮赶走了发型师，她本该感觉好一点的，但有什么事情缠住她，不是发型的事，玛丽还不知道是什么。莱妮，看上去很顽固，一动不动地盯着镜子里的自己。今天的走秀要因为她而拖延了。现在她知道自己有这个权力。

在第三梯队的小母驹之后，玛丽又去桑娅的更衣架前安慰她。他们想让她脱掉一件衣服，这是驱逐，是耻辱。应该说这是一个有难度的模特，桑娅应该灵巧地解开外衣的扣子，漫不经心地脱下来，搭在肩上，轻轻地，就像什么都没有。但是设计师对这个傲慢、紧张的姑娘有些担心，他在看她试衣。桑娅干脆把外套甩到背上，就像一个从工厂走出来的工人，这个小丫头根本没意识到这是印花天鹅绒做的，是在威尼斯一座宫殿里生产的天鹅绒，一种无与伦比的织物，它每米的价格等值于一座公共汽车候车亭。他可不想冒这个险。最后，他决定让另一个姑娘穿这件套装。

桑娅已经是第二梯队的模特，她跟第一梯队的调情，像在和死亡打情骂俏一样。就好像她早就知道她会失去荣耀，知道对她来说一切结束了，因为她不像那些有野心的姑娘有势不可挡的、沉着的决断力。桑娅这样的人，是个极端，她桀骜不驯、玩世不恭的态度，也许能和出类拔萃的时尚界相融。卓越或者纸糊的。高压电或者街道。怎样才能疏通这股消极的力量？它有时堵住了她，使她变坏，就好像她身体里住着一个邪恶的妖精。就好像有一个看不见却真实存在的线，牢牢地拴住了她，只让她在方寸之内旋转，这根线将她拴在地上，使她不能飞得太高。也许就是这根线使桑娅无法动弹。也可能是皮埃尔，她以为他爱自己，因为他几乎去哪儿都带着她，实际上，他尽让她分享他的堕落了。像哈肯尼男爵[1]是输氧管的傀儡一样，她变成白粉的囚徒，而它只是点燃她困顿的神经，因为她没法儿戒掉酒精。

玛丽本来可以带桑娅远离恐惧，但是桑娅太不信任女人了，她不接受，不信任，也不结交她们。她跟玛丽从来没有距离这么近，除了几句安慰的话，她还需要玛丽别的帮助。玛丽几乎要把这个孤立无依的小女孩抱在怀里安慰她，这还远远不够，但是她没有这么做。桑娅听了玛丽的建议，只能让它去，而且这不一样，尽管她对一切都不认真，甚至对她的生活。玛丽本来希望桑娅会需要她，她保留在一定距离之内，比核心地带更远一些的位置，最后她宁可相信这是一场游戏，毒品会让她害怕的。她试着把桑娅从这个牢笼和失败的烙印里解救出来。

皮埃尔一点也帮不上忙。为了她的所有付出，他许诺给她月亮，但是他永远不会放过她的。他谁都不会放过。于是玛丽尽可能地做补偿，这是她的工作，仅此而已。在内心深处，她恨桑娅总是被人议论，他们说她的黑眼圈总是让人很难上妆，她的头发受损得厉害总是留在梳子上，她喝十几杯的香槟，还有，她频繁地溜走去给自己注射。玛丽恨她缺乏勇气，恨她糟蹋了自己的潜

---

1 哈肯尼男爵，大卫·林奇导演的电影《沙丘》（摄于 1984 年）中的一个反派角色。

力，她本该是一颗耀眼的明星，而不只是个超级模特。

但是她没对桑娅说这些话，她对她说，少一件衣服没什么大不了的，最重要的是你参与了这场顶尖的时装发布会，有的姑娘为了加入进来而花费昂贵，有的人为它都精神错乱了。你的时代来临了，你可以在一片叫好声、哨声和掌声中把外套抛向空中，你看吧，他们会来你的手里讨食。只要你愿意你就是他们的下一个偶像，但是你现在要帮我。你愿意吗，桑娅？桑娅回答，好。因为她也不知道应该做什么，她是个可怜虫，玛丽是她唯一的救星。她不知道桑娅到底是想要她的帮助，还是想做下一个偶像，但这没关系。玛丽不想在同一个早晨发生两桩丑闻，她对这个含糊的"好"很满意，这个"好"臣服于她的威信。

她自己都不明白为了劝桑娅，她那些词汇贫乏的、愚蠢的话是在说什么：他们会来你的手里讨食，听起来像狗一样；有的姑娘为了加入进来而花费昂贵，她们花了什么？**我们的灵魂只是一阵轻风一阵烟……**她们早已丢失了自己的灵魂，由此玛丽发现她找到一种力量，促使她现在操纵姑娘们，让她们按照她的意愿去做，让她们悄悄地干点坏事，这很容易，变得容易了，甚至太容易了。

她如此了解这个封闭和边缘的世界，这里有些愚蠢得令人瞠目结舌的规则，害了姑娘们，而且越来越严重。她们永远不够美丽，不够纤瘦，头发不够金色、褐色、橙色，太高了，太年轻，头发太卷，胸太平，脸色太苍白，晒得太黑，不是不够，就是太过，永远不对。有人把她们带入这间地狱，将这些灌输给她们，这也许是报复她们的美丽的唯一方式，用她们自己报复她们。无论如何，这也是她们唯一能理解、接受的事情。"你很美"，是不够的。"你不如……漂亮"，那对她们简直就是晴天霹雳。镜子、镜子……它无处不在，随时准备给予她们打击……自打美丽被贩卖开始，它就变成了一件武器。有时锋利如刀刃，有时冰冷如死亡。

想登上荒诞马戏团舞台的姑娘们，都接受这颇有裨益的、虚假的游戏规则。阿谀奉承、拍马溜须、抱负、傲慢、幻想、空想，所有这些相互关联的词只在说同一个词：名利。人们被这种激情驱使着，它毁灭简单的事物和真实的友爱，它使人们远离幸福。

31

玛丽离开桑娅，回到莱妮身边。她用德语问她哪里出了问题，她是否意识到拒绝做头发会引起什么后果。莱妮对她说，我要离开弗莱德。这是打到心脏的一记勾拳。在令人窒息的一击之后，一个奇怪的波浪，在模糊中翻腾，在一记上勾拳打到下颚之前，显然，最终难逃此劫。玛丽突然想到父亲常对她描述的，一个疲劳的拳击手的进攻，她看着莱妮，努力不让自己露出震惊的样子，尝试招架。

当你介绍你喜欢的一个女人和一个男人互相认识，当他们相爱，你常常要冒一个险：如果他们分手，你们的友谊也将破裂。他们的失败总会被当作帽子扣在你头上。两个人中弱势的一方会常常应用这个笨蛋法则：这是种惩罚但不解决任何问题，也是发泄的方式但会糟蹋一段珍贵的关系。可恶的法则。莱妮可能会运用这个极不公正的法则，她变了，她也是公主，她想试试自己的权力。她沉睡了三年，现在她幻想另一位王子来唤醒她，但不是弗莱德。玛丽知道这一点，也感觉到了，因为她同时处在朋友和经纪人这个困扰的位置上，凭着本能，她知道自己应该运用一条职业黄金定律：避免被人从她的慌乱中，猜到她的失望或害怕，尤其是在公众场合，尤其是在一场顶尖的时装发布会前。现在的莱妮，习惯被倾慕，可能会说出任何蠢话，或者用微不足道的借口顶撞使她不快的人，玛丽又有什么不可以？因为弗莱德。心要变成冰、铁、大理石，一切无坚不摧的甲壳，没有纤毫的颤动。随她去，可能最后也就是不理解地撅一撅嘴？还有……忘记她的心，那只是一块肌肉，什么都不要流露，会更好。

玛丽咽了咽喉咙，说：

"会处理好的……"

"不。"

"不是弗莱德挡住你做不了头发，快去做，莱妮。"

"就是他……我没心思走这场秀，我什么都不想做。他毁了我的生活……都是你的错，你本来不该……"

"现在不是讨论这个的时候，你不觉得吗？"

"没什么'时候'。我现在说了，就这样。"

玛丽很了解莱妮。她从不对她隐藏，至少在大事情上面。她最近变得不耐烦，她无比强势，跟其他姑娘一样，粗暴，神经质。但是她身上有一个新特点，不公道。她会说伤害别人的话，当人迷失自我的时候才会说的话，说比做要容易，发发脾气，毫无根据地指责，诬蔑，诬蔑，她还有没说的，她其实想说玛丽对她的不幸负有责任，她的不幸！她过度夸张了，缺少尊敬。莱妮变得残酷、危险，像一团焰火随时会喷射而出，像找到了秘方的神秘炼丹术却令人胆寒——最后发现你炼出了炸药，像用来消遣的白粉却致命。

玛丽现在尤其不能谈到弗莱德，无论直接或间接都不行。弗莱德是个气人的话题。但是一切皆有时。现在要解决的问题是发型，今天的首要问题。在后台的对面，成百上千的人在等待。设计师也少不了要来过问。玛丽要做好准备应付所有的提问。

就像刚才那个被赶走的、被她叫做"头发的奴隶"说的，莱妮做品牌时装秀的出场费非常昂贵。最好准备应战，一桩变故，哪怕是外交变故，也维持原状。莱妮应该会百分之百地站在玛丽这一边。一家对手的模特经纪公司雇员，一直在他的小羊圈旁边晃悠，很可能会发现莱妮的恼火，去对外嚼舌根，把小事拱火成一个逼真的谎言，告诉所有重要的媒体去传播：莱妮·冯斯塔德要离开她的经纪公司，我亲耳听见的……她跟她的经纪人吵架了……谣言很快将被夸大，变成无法想象的噩梦。用不了多久，莱妮的一丁点不耐烦都会被媒体传遍、解剖、分析、报道。人人等着一场大地震横扫头版头条。玛丽不可能任其发生。

"你要我告诉设计师你要走吗？"

千钧一发。玛丽先发制人，她预见到莱妮可能会做出这样的决定。再没什么比这更能瞬间打乱她的阵脚。

"你不能这么对他说……"

"还有其他办法吗？"

莱妮陷入思考。她很不快，说：

"你不觉得这发型很可笑吗？我的头发会被糟蹋的……你知道如果做了一定会这样……"

"莱妮，我得提醒你，昨天试装的时候设计师就告诉你了。你本该早点跟我说……"

此刻，玛丽能说的只有这些。要抓莱妮背信弃义的言行，是一回事，但是现在点破她也无济于事。莱妮默不作声。

"你为什么等了这么久才跟发型师说？而且要先告诉我啊……我相信会有办法解决的……"

这会儿，起作用了。就这会儿。

"你刚才不在这儿……你刚才在哪里？"

"莱妮，我在这里……好吗？那么……我们怎么办？"

"告诉他们给我戴个假发。我再也不想让人动我的头发了，我受不了了，你明白吗？"

她又开始神经质，提高声调，攥着罩衣[1]的领子，坐直了身子，头从右甩到左。玛丽平静地对她说：

"别担心，我去看看能做点什么……"

找一顶假发……还有半个小时，走秀就要开始。但玛丽看到比这更糟的。她要按莱妮的要求去办，现在什么都不要说，而且另一个发型师已经在做了。他明白——他们这些人什么都明白——他要用假发做造型。他过去告诉设计师，但是他肯定这也会给他带来悲剧。实际上，设计师甚至有点同情他。这会儿，他毫不关心那些华丽的衣服架子们发生什么口角争执。他现在唯一在意的是这个大牌的奢侈品，是他在越来越激烈的竞争中常青的地位，是大额的财政角逐——这才是目的，是权力争斗——既使他害怕，又催生肾上腺素的分泌。

对他而言，唯一关键的就是坐在大厅前两排的这些人。他的团队已经支付昂贵的费用给明星、超模、女王和其他模特，如果没有她们，这场时装秀甚至都不会被本省最小的的报纸报道。现在她们全都在这里，证明着他的才华、他的名望和他的商业价值。她们一包二十个，从这一场秀到下一场秀，就像一包烟，一盒沙丁鱼罐头，总是这些人，永远是这些人。她们对于时装品牌的地位有至关重要的作用，说明它有钱给这些落入人间的女神，

1　罩衣，做发型时穿的围衣，为避免碎发或药水等沾染到皮肤、衣服上。

让她们在这里，纯粹只为创造家天赐的才华服务。一场时装秀付给模特们的薪金大约是十七万五千美金。

然而，只有她们还不够。对主人来说，还需要大厅前两排的精英名流。他们是幻想的另一个化名。为了他们，梦中女郎在此展示她们荣耀的身体。这些编号的座位，将百倍偿还这场秀的投资。一场接着一场，每年四场秀，每季两场，一场成衣，一场高级定制，他们永远在这里。权势男女、记者、摄影师、女演员、男歌手，懂得演出自己的生活的人，把作秀变成生意的人，无处不在的有钱人，部长夫人，迫不及待地要掏国际钢铁业和银行的钱的女客户们，还不算上陪她们一起来的男人，他们在这里为了赏心悦目地打开他们的皮夹。

最难啃的一块肉，是时尚杂志女编辑。这群新版伊丽莎白·巴托里[1]手握大权的时间还不太长，她们能树立名誉也能毁掉名誉，她们能随心所欲地决定一个时装系列的命运，如今这也无法满足她们诽谤的胃口。但是只要花费天价买下一页她们杂志的广告，她们立刻就会闭嘴，并承认这个时装品牌是她们天赐的礼物。她们掌声的热烈程度、笑容的长度，将影响到记者的论调。从平面媒体开始，到国际性的电视台，一个好的反响能够保证源源而来的订单。颂歌，就是一枚枚金币。

这就是设计师现在想到的。莱妮·冯斯塔德的发型可以改，他的心脏已经跳到每分钟一百二十下，她也不可能再影响他的心律了。好，他当然接受扑上粉的假发。昔日电影里的传统假发。多么的别出心裁。几个星期前，当他面试造型师、化妆师和所有参与时装发布会的人时，还觉得这个家伙很平庸。第一梯队万

1　伊丽莎白·巴托里（1560－1641），血腥匈牙利女伯爵，据说她相信处女的血可以永葆青春，因此在城堡中囚禁、虐杀了六百多位女子。她已成为女版吸血鬼的代名词。

岁！他用一个垂死的人的声音，对过来告诉他这个消息的造型师说，莱妮是个婊子，他受够了她的胡搅蛮缠，让她和她的神经病滚蛋吧，这是他最后一次被这个只有蜗牛智商的婊子烦。但是发型师不会对莱妮重复这些话，因为她不会相信的。设计师那么爱她，他甚至让她穿结婚礼服。如果他讨厌她，又怎么会给她穿呢？

结婚礼服，是一场加冕礼，是模特的护身符。穿上它就意味着一场神圣的仪式，她在设计师眼中的重要性得到了承认，她在时装界和全世界得到了承认。在时装秀开始前，有一句话在大厅里一直流传，就像蒸馏瓶中的酒精。你觉得谁会穿结婚礼服？穿上洁白无瑕的礼服，是个无与伦比的礼物。礼物，送的时候没有后话。但是这个礼物恰恰相反。结婚礼服不会随便给谁穿，姑娘们可以为这个特权做出任何事情，她们时刻准备散布对手的诽谤和谣言，为了让自己出现在新闻里，让全世界都知道自己，她们可以和任何一个丑八怪上床。为了这件洁白的裙子、他作品的完结篇、献给上帝的贡品，创造者将选择的这个女孩，要拍过最大幅的杂志封面，要最懂得引起轰动效应，像蜜蜂采蜜一样。如果他的新娘的行情一直看涨，她就可以保留裙子穿几个季度，裙子让她享有盛誉，但是如果行情看跌，他会毫无表情地把它给另一个姑娘。幸好，设计师对姑娘们没什么性趣，否则为了这十米布料，她们一定会毫不犹豫地跟他们上床。它的长度、材料、怎么穿和为什么穿在肩上，都无关紧要，重要的就是能够穿上它。穿上它的姑娘，是最后一个走上 T 型台的，最后一个被看见，被拍得最多，她是整场演出的高潮。结婚礼服为她装上了翅膀，让她触碰到了天堂。

32

　　莱妮第一个走上 T 台。单独一个人来开场，整个舞台都是她的。没有脸上搽了厚厚一层粉的假扮的贵妇跟在她后面，不需要给出任何忠贞的表示，因为她就是皇后，这一天的皇后。整个厅的人都鼓起掌来。服装设计师和他的那些在无把握的情况下创作出的作品一起黯然失色，他周围的那些人忧虑不安、焦躁而痛苦且神经紧绷，又不能为此抱怨什么，只是在他背后说三道四一番。他那一百四十款连衣裙，短裙，女式长袖衬衫，长裤，西服套装，大衣，羊毛开衫，短背心，无带胸衣，缠腰纱巾和教士长衫，人们算是看到过了。人们尤其看到莱妮把它们穿在身上。或许他会为此而感到有些嫉妒，因为他们是来看她的。这个上天的造物，她是不是比那些比别人美的姑娘更美呢？为什么会更美呢？怎么更美呢？比谁更美？她戴着林登女士式的假发亮相，那林登女士嫁的是一位看透世事的花花公子，而其实……她自己也差不多是这样。法兰西喜剧院剧团的一个服装师自愿把这套行头破例借给她。所有跟在莱妮后头走在白地毯上的姑娘都顶着鸟巢般繁复的帽子，看上去就像是跑龙套的。人们甚至能发觉，一些模特很讨厌她。她是怎么做的，怎么就总是能得到她想要的东西呢？她们其实倒可以将这堆乱七八糟缠绕在一堆的饰物拿掉，以免被人认作是些无所事事的疯女人。

　　莱妮活像只天堂鸟，而人们正是为秀场的这一巅峰时刻而欢呼的。那么多的衣架子雕塑中的一部分是以怎样的神力来化为真身，并有了属于自己的身份，一个名字，然后是家姓，重起的名字，甚至能造就一个传奇？那是在一些公主身上看到的款款身姿，出身名门的人流露出的优雅，围绕着精英们的迷人光晕，某种激发装置，所谓的多那么一点儿的东西，让人不可思议。而且还是外来的。肯定是外来的。

特别是，她们又在干什么呢？不计其数的照片会被人们忘记，杂志封面也会不复存在，空洞而没完没了的采访也不会感染任何人。人们希望看到这些瞬间闪耀的流星能在某个协会的安排下为某个人道主义的活动做些什么，她们的光芒至少能因而起到作用。全是无用功。同时是浪费时间，她们照顾自己就已经很花时间了。她们倒是很想在早晨五点起来去丝绸般柔软的沙滩上拍裸体挂历照，或是从一个大洲跳转到另一个大洲，从高级轿车到乘坐私家飞机，去参加一些摇滚歌手的演唱会，那是另一些不会爱上她们的吸血鬼，然后又穿得富丽堂皇地坐高等包机去奥斯卡现身，人们却不会给她们颁任何奖，再就是穿着比基尼泳衣跳进满是冰块的游泳池里拍一组最新款设计的春夏季广告，为了拍Bazar 或是 W 品牌的不知第几个封面而在烈日下穿着貂皮大衣大汗淋漓，换时区就像换衬衫一样频繁以挣到更多钱，在一些马球聚会上和王子们合影以确保他们的广告效应，从私人约会到试衣约会，不惜弄痛脚趾而为了那些能确保她们名声的剪裁师在 T 台上大步流星地走上几公里，名声这东西可是比一条金腰带值钱，她们已经有那么多腰带了，但她们不会去照顾别人，连五分钟都不会。应该要懂得压低自我意识而去聆听自己的心。不可能什么都去做的。

莱妮一般情况下总是笑盈盈的，这是她表示她很高兴的方式，这不像她那些看穿了一切的女同仁那样看上去一脸的不乐意——这是个可怕的职业，它会从内部侵蚀着人身，一切都在控制之中，可不能觉得人们每天都是在嘻嘻哈哈的，为什么要用微笑来使自己变得美丽呢，这不是礼物，远非如此，这完全是一种让人相信自己做这行是幸福的艺术，还是一天十六小时工作制的行当，它规模巨大，却又不能让人察觉到这点——她直视前方，对自己的权力满是信心，"不管怎样，他们是为了我而来的"，一边像个俄罗斯士兵一样迎向在 T 台尽头等待她的那片闪光灯，她不会像只母猫似的摇摆不定，也不会去像那些叫着她名字的人们转过身去，或者是像往常一样去朝台下的摄影师抛媚眼。

离幕布不远的玛丽听到了剪裁师有些尖酸的评论。"这德国妞屁股里撑了伞了还是怎么的？去给我把玛丽找来，"他对他那不知是第几个助理这么说，"我得跟她谈谈……"玛丽就在旁边，也就一个手臂的距离，可他却假装以为，不，她不在那儿。这就是这个圈子的行事规则，从这捉迷藏的游戏里就可窥见一斑，剪裁师不能当着玛丽的面把这污言秽语抛出来，他也不会胆敢去引发冲突，因为他怕把她惹恼了，怕她对他的时装秀说不，不，莱妮没空，既然你瞧不起她，她就去给一个竞争对手的时装秀拍照，这才叫可怕。时装界的权贵们也能推出一个新的可耻的姑娘，他也不会像这样朝莱妮当面砸出这恶毒的话，因为不管是不是婚纱，莱妮这会儿也还若无其事地把他这个大师拿捏在手。只要她是大家谈论的对象，掌控者就是她。她需要他这个著名剪裁师的名字所带来的权力，他则需要她这个明星的声望。时装界的人都处在一条颠簸航行在暴风雨里、持续大浪间的大船上，要紧紧抓住桅杆才好。不论一切信息是不是都被歪曲了，一切匆忙而下的评论都可能迅速引发一场纷乱的争斗。

而就在这一意见提出的几秒之后，便响起了持续不断的掌声，莱妮则往回走向后台，就好像观众不愿意相信她正和他们赌气似的。他们想请求原谅，可他们又做了什么来配得上这被遗弃的耻辱呢？人们把她的名字叫得更响。那些"莱妮！"间杂着口哨声向她致意，就仿佛她是个皇后，而这也让她的坏脾气显得合情理了。她从手中生出些飞吻，朝周边飞撒过去，一边舒展开她那翅膀似的雪白手臂。观众们欣慰不已。这位偶像原谅了他们。回到后台时，莱妮重又露出了微笑。

"你听见没？你听见没？这真是棒极了，不是吗？"她这么对玛丽说。她几乎就是喊着说话的。"棒极了，"玛丽回答说，"他们今天似乎倒真的是挺来劲的。"莱妮跑去她的衣架子那儿换衣服。她差不多只有三分钟时间。人们帮她脱掉服装，她焦躁地指手画脚了一番，把那几千美元的衣服踩在脚下。没关系，我们会重做一条裙子的。说到底，这不过是些碎布。没地方、也不是时候来对尊重工作和事物价值之类的事来多加考虑。

发型师在她的假发上迅速打理着，化妆师往她脸上吹着气，一位服装员在调整她的新服装，一位助理在把她的鞋子扣上带。人们对她说，她真美丽，如此美丽，百说不厌。然后她奔向布景尽头，那里藏着另一个登台口，这疯狂的马拉松式走台并没有结束。当她终于穿着新娘礼服走在台上时，她眼里有了泪水。剪裁师拉起她的手亲吻了一下，并对她说，她是女神，绝对的女神，他重复着这个词，而她随即便被闪光灯和强光灯的光亮给包围，卷入这对于荣耀的征服之中。他则走在她身边。

一切都已落定。剪裁师正在玛丽身边，玛丽则紧挨着莱妮。他知道玛丽是知情的，知道她听到了他方才说出的那些恶意的话，并且人们也巧妙地向她透露了一些陈年逸事。他的残酷不过就是在坏脾气上，这是应当忘记的，他也已经忘记了。他也知道玛丽当然是什么都不会说的。因为莱妮将给这家时装店作下一场广告秀。三天的工作会有太多的钱进账。谁又会生生地截断他的财源而让他完蛋呢？

她真是美极了，不是吗？她总是这么绝美，我爱死她了！你知道，这个广告，我们要去多维尔，在一辆沙滩帆车上拍，我们会开心得像疯子一样，照片也会很棒的！他就这么大气不吭地从"蠢妞"到"美极了"再到"太绝了"。在时尚界，人们既没有时间拉近乎，也没工夫去上上下下地爬那通达天堂和凡间的雅各布天梯。能径直快速地通天，因为没什么东西是长久的。莱妮容光焕发。弗莱德算是被忘记了。三年被清扫一空。不再执迷于其中的失恋，并且有美元来聊作安慰，总是这个最吸引人。

玛丽松了口气。总算是避免了最糟的后果。说到底，尽管她知道莱妮是有些夸张，有时也对她显得粗鲁，但她为她而高兴。实际上，莱妮高兴时她就觉得高兴。她的意识就活动在这样一种悖论中。而这悖论就杵在那儿，甚至整个儿占据着她。当莱妮受到妨碍时，玛丽也会觉得不顺。什么叫"这真棒，他们今天似乎是挺来劲的"，那愚蠢的回答，扭胯站姿里被欢呼追捧的天赋，头发的颜色，性感吸引力，某个遗传基因的偶然，都不过是又一种故弄玄虚罢了。

玛丽这么说是为了让莱妮平静下来，因为在她的所有专长中，她尤其为当她的守护天使而感到满意，这可是她所偏爱的，当个天使，在天使飞过其路途时成为其翼膀，并看护她的生活。不只是她的谋师，还是她给对手的秘密一击，她不可或缺的武器。在充满热情的坚持不懈和对她的小甜心的尊重之下，玛丽觉得很有荣耀感，也知道自己是为她所喜爱的。莱妮很漂亮，但漂亮姑娘，在这一行，还有很多别的。没有一个不靠帮助就能成功，也没有一个受到过这样的帮助。莱妮她是有个引领者的。她出生了两次。她的美貌，那是天意；她的成功，那是玛丽的作品。今天，她想要保护她的作品。尽管她怪罪她离开了弗莱德，而且似乎这么快就把他给忘了，就这么忘了，还是在那些掌声里。但这肯定只是表面的假象，莱妮实则感到心慌意乱，人们很容易会这样的，结束一段初恋就是这么具有破坏性，玛丽得使她安心，只有她有这种能耐、这等权力，莱妮不听其他任何人的话，连她母亲的话也不听，除非是关于弗莱德的，她在对他不断加以折磨后终究是赢了。

33

自从莱妮离开弗莱德之后，她就像丢了魂一样。在和他断绝来往之前她就已经开始背着玛丽偷偷地吸烟，和他分手之后她继续如此，但现在却是当着玛丽的面，甚至是在她工作的时候。此外她也吸烟过多，可是目前还从没在马路上或是公众场合吸过，那些记者还没把她逮到，也没在后台或是采访时吸烟，没在任何地方。她也开始喝酒，喝香槟，就像玛丽莲那样，这更别致。她去酒吧时每次都戴不一样的假发，而别人认出她时，她就说她只是想换个脑袋，可是不，这是因为，说到底，她讨厌自己正在成为的样子，和人家一样成为容易接近的女孩。但她也会加以注意，她说她曾是个模范小女孩，可是持着些名望的，要不怎么会有粉丝俱乐部呢？这是由于她有人追捧，也有一个她母亲照管着的俱乐部，就是由她来答复那些女孩和男孩，女人和男人，病人和囚犯们的信件，这些人需要认为莱妮是完美的，认为她不吸烟，不工作时每天晚上八点就上床睡觉，需要相信她所说的一切，因为她是个德善的楷模。

玛丽认为暂时还是让大家相信她那些谎言比较好，莱妮正在经历一段低迷期，但所有明星都会经历低迷期的，一切都会好起来，而且有些幻想出的传说本无需去破坏。它们是些顽固的念头，有自己的一个灵魂，以及一个几乎不可分离的身体。就算人们能破坏一个身体，他们能否摧毁一个灵魂呢？

玛丽约了莱妮到那些缠人的记者们不知道的一个巴黎小餐馆见面。她们很久没有亲密地一起讲话了，在弗莱德离开后肯定还没好好聊过，到现在已有好几个月，玛丽本可以提议去她的公寓，但它并不能用来共进晚餐，不能用来过懒散的私密生活，玛丽总也只是短暂逗留，或者几乎如此，她总没有时间去把公寓好好布置一番，她想要、并且也已经被莱妮所带起的漩涡卷着走，她的莱妮似乎从来都比一张桌子、几把椅子以及配套的餐具重要得多，而来睡过一觉的莱妮也不再来了，自从她和弗莱德在一起后就已经不再来了，这很正常，可在他之后，她也没再回来，这比抛弃更糟，这就好像莱妮对她感到害怕一样。

玛丽想到这家餐馆是因为这地方安静，也很亲切好客，她认识那些服务生，别人不会打扰到她们，而且万一有摄影师来找到她们，他们会立即就被赶出去。已经九点半了，莱妮还没到那儿，先前是约了八点的，玛丽很希望莱妮就能赶到，她明天很早就得开始工作，那是一个要在整个拉丁美洲进行的巴西皮鞋的广告宣传，别人付给她一笔巨款，而整个广告也显然是把重点放在她那双腿上的，冲洗照片要花费很多钱，合同的条款也定得很苛刻，客户只能拥有一次性刊登五张照片的权利，其他任何用途都将不被允许，什么用途都不行，全不行，那巴西人顽固得就只要莱妮，除了莱妮谁都不要，他简直寸步不让，他的幻想所生成的价格并不让他害怕，他这么对玛丽说，玛丽则对他将信将疑，他为了这个梦想所支付的代价太过高昂，您这是可惜了，但他毕竟是答应了，我会保留所有底片，甚至那些废片，它们将属于我一个人，如果我能用钱买一些永恒，那么我不在乎价格，罗贝托·梅内姆再次说道，他还是紧咬着莱妮不放松。玛丽对莱妮答应穿着各种衣服在巴黎街头让人拍她的腿感到吃惊，这却也是情理之中的，莱妮还想要和罗贝托见面，整个会面期间她直盯着他看，就像蛇看着它的死对头獴一样，她用西班牙语问是不是有很多美元和管制，她想确定这个如此慷慨的客户是完全为她所着迷的。当他在几秒钟内回答说"是的"，并要把真实场景里巴黎的那些桥换成布景室里埃菲尔铁塔的幻灯片时，她明白她可以向他提任何要求了，他那副斗牛士的架势根本是徒劳，他实则成了那公牛。

莱妮终于来了，那时已是九点三刻。她一走进餐馆，就让那些服务生喜形于色，纷纷上前去侍候她。她穿着那件亮绿色麂皮大衣显得很美，大衣紧贴她的双肩和髋部，她的头发在脑后扎起，形成一道缓缓的波浪，一条暗玫瑰色的丝巾像蜀葵一样绕在她的脖子上，但她瘦了很多，她的感性气质也有了变化，似乎是衰弱了一些。

"对不起，玛丽，但都是因为那个叫罗贝托什么的，他根本不放我走……我强烈希望那广告快点拍完，我已经受不了他这么纠缠了……"

她吻过玛丽，在解下围巾、脱掉大衣时向她散出那香水的气息，总是这好闻的香粉和棉花糖的味道，一种令人宁静的爱抚。晚餐或许会比较顺利。

"为什么你把你的电话号码给他了？这家伙人不错，其实可以说是比较好说话……他爱上你了，就这么简单……"

"我就知道你要对我说这个，你啊，你只喜欢那些优雅体贴的男人，但是体贴的男人对我来说，让我提不起劲，况且我也没打算和他出去……"

"那又为什么要去挑逗他？"

"我没挑逗他，我是在谈生意。"

"我不喜欢你这么说话，以这种方式谈钱对你不合适，这让你显得不那么美了。"

莱妮显出一副固执的神情，并点上她的第一支烟。玛丽咽了口红酒。

"另外，你跟另一个人出去以后越来越多地谈起钱了……那个演员，何况也没见他演过什么了不得的戏……"

"我肯定你想跟我说的是狄克……那要是这样的话，我希望你别干涉我自己的事，玛丽。"

"我不想干涉你自己的事，我是想保护你。我毕竟还是听到他对你说，'小心点，姐们儿，你的屁股上在长肉。'你怎么能让他对你这么说话？怎么能这样，莱妮？"

"可能是因为他不会对我撒谎，假如这不是真的，为什么他要对我说我的屁股上在长肉呢？他至少能本真地看待我，能本真地爱我。"

玛丽立即就想回答说完全不是这样，她根本就一克都没长，臀部没长，其他地方也没长，这算什么无稽之谈呢，她觉得自己简直要喊了，她意识到自己甚至能变得更焦躁，莱妮该不会蠢到这个份上吧，要被那些无聊而不怀好意的家伙欺负，自弗莱德以来这已经是第三个了，那么她没有发觉，所有这些家伙都一点用都没有，那些狡猾而玩世不恭的小青年就是这样玩弄像她一样的姑娘的，并且让她们出丑，因为他们其实不爱任何人。而莱妮继续说：

247

"你又为什么不跟我说，我屁股上长肉了？"

"好了别说了，就是因为这不是真的。要是我对你这么说，我就是撒谎了。那为什么我，我要对你撒谎呢？我可从来没有这样对你过。"

"你要是不告诉我一些事，就不会帮上我。"

"可是什么一些事啊，我的天……什么事？"

"真相。"

这下轮到玛丽闭嘴了。现在该说什么呢？关于什么的真相？莱妮并没有躲藏在她那公认的、却遭到嫉妒的美丽后头，不，这美丽一点都没有保护到她，当然也就没能避免让她陷入对自我的否定和童年时缺陷的阴影。莱妮能挣上几十亿，但她永远也不会快乐，说到底，她永远也快乐不起来，她让人觉得负担过重，完美的形象对她来说还远得很，她的腿从来都困扰着她，今天是她的屁股，明天是所有很容易长肉的余下的部分，她或许本该倾向于永远不向这一极端状态有所打算，要是从未想过要达到这样的完美状态，她的生活或许本会更轻松些。

莱妮点上了第二支烟。

"你什么都不说？"

"你是因为我才抽烟的？"

莱妮有些窘迫，她腼腆地看着玛丽。

"别夸张了，抽烟能让我平静下来，就这么简单。我母亲像个抽泵的一样抽烟，你是知道的，我没更早些抽烟才有些不可置信呢……"

"你不还说过你之后永远也不抽了……然后喝酒也是，因为我吗？"

"你现在在胡说些什么啊？首先，我不像你想的那样喝酒，我只是喝一点而已……"

"也是为了放松你自己……你知道……我在那酒吧遇见你的时候……我以为……我不知道，你看上去对自己那么确信不疑……我总是记着这一刻……我以为我能……"

"以为你能干吗，毁我的生活？"

玛丽暂时忘记了莱妮那不完善的法语，并且感到难受，人们怎么会觉得成了偶像就是毁了自己的生活呢，她怎么会觉得……但莱妮马上就收回了自己的话，她说，我想说的不是这个，不是的，该怎么说来着？把我的生活毁了？

莱妮说这个是开玩笑，这倒是真的完全不同，甚至更好笑，当然是"把我的生活毁了"……

"我只是希望你不要去管我跟哪个男人出去。"

"即使他们要对你不好？"

"可是你这么说的。"

"像他那样的家伙，我可认识很多，随便哪天他们想要测试一下他们的权力了，就会把你带到很远的地方，我也就没法来接你了。"

"我不喜欢你这么说话，你让我觉得害怕。"

34

1995 年 4 月 15 日下午两点，德国汉莎航空的波音飞机从巴黎起飞，玛丽在座位上面色紧绷。一阵潜藏着的焦虑感慢慢占据了她的意识，让她几乎不能呼吸。然而，她并不想死，就像在九年前，在汉堡的飞机里那样。这种疯狂已经去往别处了，去到她不想再拜访，几乎是不再去的另一处。

玛丽要向莱妮母亲交代的话并不很容易。这一天，她并没有和皮埃尔一起，但她就是想单独一个人来把她要说的那些话说出来。不管怎样，皮埃尔已经很长时间不再陪伴她了。他更喜欢去陪他的那些妖精，酒精，毒品，性以及缺失感，缺得越来越多。在混乱中对一切的缺失。现在则是他的生活陷入混乱。就在几天前，人们在迈阿密的一个危险街区将他重新找到。在他那些荒糜的夜生活之初，他先是去了考林斯大街或是华盛顿大街的一些热闹却规矩的酒吧，那里人们还不至于冒着搭上命的危险去做某种迷幻旅行，之后他最终径直去了迈阿密的"椰子林"街区，就在美国一号国道和梅菲尔中心之间，一个真正的危险地带，那里的信号灯不断闪烁着，却总也不会跳到红灯，因为如果它们跳成红灯，并且你停下了，你也就死了。皮埃尔就差点有这种遭遇，那是一个星期日早晨的四点，还是在他服用了很多可卡因之后，他的面相不堪入目，警察本想拘留他，差点就要把他驱逐出境，但他又成功脱身了，这还是多亏了一个性情宽厚的女孩，她像他一样嗑药成瘾，但她爸爸有不少关系。

玛丽今天有些不安，但不是为了皮埃尔，他真是太离谱了，让他自己搞定一切好了。她去冯斯塔德家的时候总也会心神不宁。也就是她被莱妮的父母"召见"的时候。玛丽在进行这些拜访时所持有的就是这种印象。奥地利式的约会给她一种定期正式集会的感觉，人们不能违背它们，要不就会遭到责备。她去的时候觉得恐慌，离开的时候也并没有更安心些。

首先是由于那目的地的缘故。维也纳，奥地利，和德国的情况不同，玛丽从没到奥地利居住过，当然是因为她父亲，对他而言，奥地利尽管有阿尔卑斯山脉，却因为空气流通不好而散发着腐臭的遗味，山间的清新空气并没能让这遗味完全消散，他永远也不会忘记这气味，因为奥地利，这是个暴君和疯子的国家，扫荡希望的国家，希特勒的祖国。无可救药。

玛丽也会想到这点。当她告诉父亲说她在德国找到一个美得发疯的奥地利姑娘，并要把她培养成明星时，她父亲评论说，德国和奥地利，那是半斤八两。99%的奥地利人都在1938年的公投中赞成德意合并。你觉得这是为了什么呢？为了在1945年要求取得中立地位。另外，我还得提醒你，这是中欧唯一一个没有实现人民民主的国家。事实上，他们甚至要比那些德国佬更糟，谁让他们养出那条病狗。奥地利人的走狗，人们在营地时都这么说……小心这个姑娘。那些人总会突然狂怒起来，你瞧吧，有一天，她会来咬你的手。爸爸，拜托你停下别说了。关于奥地利姑娘，你可是答应过的。我可从来没有答应过什么！你胡说些什么哪？听着，爸爸，我的职业就是找姑娘，满世界地找，美国姑娘，德国姑娘，奥地利姑娘，对我来说都一样……啊！你看……你承认了吧！我不是这个意思……

她稍稍喘息了一下，和她父亲说话，就得找准词，要不然，这种词汇的拳球练习就能持续好几个小时。

"我想说的是，那些姑娘，比如瑞典姑娘，丹麦姑娘，挪威姑娘，那些北欧的姑娘，都是很认真、很勤奋的。她们不会像那些美国姑娘或是加拿大姑娘一样任性娇纵，也很少会为一些小事抱怨……反正她们是头脑清醒的……"

"嗯……伪善者的那一套。太过礼貌却不正派……"

"你说什么？"

但她父亲并没有重复。他仍是停留在他的矜持中，禁锢在他那关于生命和人类的沉重思想罩壳里。那些想法倒真是带着一种很难轻易忘却的色调。对于所有像他那样的人们来说，一些想法在世界历史的某一时期由褐色变成黑色，一些想法让人痛苦而需要改变，却不可能将记忆从中摆脱出来。玛丽为他不能从敌视德国的创伤中痊愈而感到遗憾。她有时会觉得她父亲缺乏智慧，智慧，它也是一个活着的人适应新环境的资质，不是吗？而新环境是有的，新世界可已经存在有五十年了！但她也思忖着，她父亲不愿意把一切都忘记也是对的，忘却，这说得容易，但有些东西，人们是不能、也不应该抹掉的，这会是一种可怕的不尊重，或者更糟，一种对于那些无故丧失生命的人的卑鄙蔑视。

应该怎么做呢，是应该抹掉一切，还是不惜一切代价地铭记在心，一边带着那犹如沥青般黏着、又妨碍生活的怨恨感，心中充满苦痛以及让人厌恶的憎恨，永不宽恕？毕竟，她去维也纳的时候还是会想到她父亲。她身处维也纳而感到的不安困扰着她，尤其因为冯斯塔德家最近的态度表现，和蔼可亲的同时内心紧张，对谈中略显傲慢和阴险，几乎就要故意找茬儿，但又并非如此。

今天，玛丽可感觉到了，冯斯塔德那家就像是发动猛攻前的敌人。玛丽得集中精力来思考。就像在一些无关紧要的胜利之后、在法国战役之前等着施瓦岑贝格和布吕歇尔将军的拿破仑预感到、却还不承认失败那样，玛丽仍然精心修饰着她的行动计划，准备要孤注一掷。

她得谨慎行事。莱妮是个知名的、公认的、受到赞许、尊重、谄媚、嫉妒的、受到各种声音的欢呼乃至颂扬的国际名模，有时也会被人无聊地议论一番，却并不多，也被别人糟糕地呵斥过，但躲藏在他们那坛子讥言讽语里的笨拙刻薄的话并没有伤及那颗炫目的明星。

她出现在四百多本杂志的封面上，其中一些并不是女性刊物，有些是推销摇滚乐的，还有些是关于国际冶金业的，那是发大财的成功之道，权贵人士的全球性游戏。人们此前还从未在这类杂志上看到过半裸的美女照。一家针对性更强的媒体，也就是那种搜寻在随便哪个行当里事业成功的人士，并向他们臆造一些私密生活的刊物，愈发缠上了莱妮。她上了世界各处为数众多的电视节目秀，只因为她很美丽。别人支付给她高额的薪酬，让她来在那些富有电视台的嗜人摄像机前被人爱慕，人们想知道她的美是否存有一个理由，还有就是，一个漂亮姑娘说着话却不知所云，会是怎样的情形。当然了，有了这样的成功，却是除了甩甩头发，始终面带微笑并对脱光衣服满不在乎外其他什么都不会做，的确会让人想要问问她如何能达到这地步。然后人们又会对只在她身上存有这种偏好而略感自责，这种迷惑力，喜欢她仅仅因为她很美，其中肯定是有原因的。只是，人们都会认识那么一个肉店老板的表姐妹或是看门人的女儿，她们可能也生得怪俊俏的，那为什么是她呢？其中或许有某种窍门，某种人们应当是可以仿效或者学得的东西，就像溜冰一样？

什么杂七杂八的事，人们都要向她征询意见。莱妮已经是个有数百万财产的大富翁了，她却只有二十七岁。玛丽让她和一个国际化妆品品牌签了一份漂亮的合同，再没有更好的了，模特的生命险，被唤醒的梦想，触到了本不可企及的星辰，一颗巨星消融在另一颗中。莱妮只需要张嘴露齿微笑就行了，露出她那偶像式的微笑，一边摆弄一下她那经由品牌产品打理的头发并扭转身子，身上穿的是珍贵的衣料，面前的摄影师每隔五秒钟就会说起她神样的魅力，为的是不让她失望以及分心，人们不想笑的时候偏要笑出来是那么难，以二到三万美元一天的价格，这还要根据时间算，然后经常还要到一些世界尽头的偏僻地方去，旅行也是很累人的。有了这么一个合同，她们就能喘口气，做些其他事情，甚至停工。可是喘口气，做其他事情，对于莱妮来说，就是浪费。而停工，那就是去死。她常常说，我不愿意"丢了我的脸"而不是"丢了面子"，她忘了翻译的微妙所在，却没忘记去用些复杂难懂的词组，她过于频繁地使用它们，就像是一种顽念，也许是因为，她的脸，就是她所有的一切，她明白这个，而这让她感到害怕。

她成了一个工作库，一个关于名望的工作库。她近来在使出浑身解数来让人们总是说起她，每天说起她，哪怕是为了一些无关紧要的话题。她证明了安迪·沃霍尔的看法是有道理的。名望这东西，就像是花生米，人们把手放到上面之后，就再也停歇不住了。有一款香水就叫莱妮，一系列鞋款叫冯斯塔德，一些胸罩和内裤，儿童用背包，塑料手表，甚至连雨伞都带有她的名和姓。她在传媒界编出些真真假假的爱情故事来引起全球性的轰动，那是和一个没出息的演员一起，他最终是离开她了，就像一个到期的合同一样，她对他来说再也没什么用，他找回了一小点成功，但却并不长久。接着在他之后，是一个酗酒的舞蹈演员，一个名不副实的电影制片商，以及一个无能却喜欢追女人的政客，这些人都徒有其名而平庸无奇，也是因为，说到底，她没法爱上任何人，她就是没选对，才和他们保持了距离。她在那些瘦身录像里指手画脚一番，来嘲弄女人们，她穿着浸湿的泳衣为那些有挑逗意味的挂历照摆造型，好让卡车司机们能在他们那孤独的坐垫上心满意足地哎嘀几下，她也想让他们存有梦想，她想让每个人都存有梦想。什么时候能变成个可充气的娃娃呢？那可就不再是梦想了，那是精神中毒。

35

　　莱妮完成了大量工作。现在她是做得过多了，空气里弥散着丑闻的气息，一种挥之不去的夸张基调，她正在超越界限，这就是玛丽要来对冯斯塔德家说的，应该要让这些停止，让莱妮休息一下，她太过分了，这能看得出来，能听得出来，现在也到处能读到。这也是玛丽的过错，这种放纵，她是有所意识的，她将莱妮的聪明估计过高了，她想让她与众不同，她也做到了，玛丽却发现这样也有可怕之处，事实上，她制造了一台机器，它一旦开始按一定节奏运转起来，就再也不知停息了。

　　但这却也让她觉得有趣，这么多年来，这种迷恋，狂热的赞美，极度的恭维，最高级的修饰语，奢侈品，观察所有这些人听由明星们耍性子，甚至还以此为荣，和莱妮一起，她时而能用人类学家的眼光来看待这世界。而且玛丽喜欢这一切。那些老式轿车，司机，贴身保镖，头等舱旅行，还有，在协和广场，参观那些皇宫，在王子们的宫殿里度假，马戏和戏剧的第一排座位，参加舞会和首映式的邀请，那些博物馆在节假日开放，就只为了让她们参观。那些豪华游轮，快艇，奢华别墅，和国家元首们的私人午餐聚会，剪裁师、珠宝商以及同类人等的奢侈礼品，那是她们的真实生活。但说到底，这并非是生活，并不完全是她的生活。听到掌声，这并不是受到鼓掌欢呼。玛丽总是能加以区分。待在她的位子上并教莱妮来享受这一随时都会消逝去的荣耀。莱妮说：我明白，我会享受，你不用为我担心，然后她却崩溃了。她从惊讶到惬意享受，再从漠不关心到无动于衷。然后玛丽就再

255

也理解不了她了。

还是前不久，在莫斯科，一个俄罗斯女记者对莱妮说，她长得像玛丽，好啦，承认吧，这是您母亲吗？这算什么独家新闻！莱妮说不是，但也是……玛丽也是我母亲……

"你干吗跟这女记者说这个？"

"为什么不呢，我让人觉得羞耻了？"莱妮迅速回答道。

"问题不在那儿，你是知道的，我希望，往后，你不会这么说。"玛丽一字一顿地吐出这些字，就像在一记重拳出击后所说的那样。

"那为什么不呢？"莱妮顽固地说，"对我来说，你也是我母亲。"

"一个母亲，有一天人们是会离开她的……"

"不，不是非这样不可的。"

莱妮的坚持让玛丽感觉像是接了颗定时炸弹。

"你不知道你在说什么，我会装作我什么都没听到。"玛丽回答说。

莱妮还在继续固执。

"为什么，是你不想？"

"你这么说就像是你准备要送我一件毛衣或是一个手提袋一样。莱妮，你刚才说的这些，是很严重的，再说，你觉得你母亲听到这个会高兴吗？"

"我母亲才不在乎这个。我以为这会让你觉得高兴。"

"让我觉得高兴的，就是你能听进我的话，而不是让你顺从我，你能顺从你母亲，但是你可能听不进她的话。"

人们可以离开赋予自己生命的母亲，然后重新见到她，这是极其自然的事。这是一个关于爱的问题。但人们是否能重见到一个象征性的母亲呢，人们是否真的能重新回到这个与他们所认定的某个理想形象的化身相混同的人身边呢？这并非因为人们已经选择了自己的家庭，也必定会更喜爱它。选择并不存在。不管怎么说，还是得忍受一下这种不幸。

这是莱妮第一次使用"鹦哥语"，玛丽在她们单独一起时用了这一说法，以提醒莱妮那些并不考虑他们在说什么，却嘟哝个不停而催人欲睡的奉承者的腔调。他们甚至不会躲藏在一件彩色的衣服里。鹦哥可是些灰色的鹦鹉。我永远也不会离开你，我永远也不伤害你，莱妮柔柔地说道。大家都在相互伤害，这只是时间问题，玛丽轻声咕哝。

"还有，别像只鹦鹉似的说话，你以往从不这样，请你打住吧。"玛丽抬高声音应道。

"我想什么就说什么，你知道我一直是想什么就说什么的，人家永远也不知道怎么才能让你高兴。"

玛丽再没有回嘴。什么都没说。没说。没说。没有应答。人家从来也不知道怎么才能让你高兴？玛丽不想再考虑这个。但是这些棘手的词句在玛丽脑中造成了噼里啪啦的塑性爆炸，她感觉身子的整个肉体部分都像在慢慢地被上千颗钢珠扯碎，除此以外，这一天，在她们之间产生了巨大而忧伤的撕裂感。应该要摆布好一些词，就像人们用镭元素时一样，他们将灵魂一下子焚毁，肯定也会将残余部分慢慢耗尽。

无论从哪种惨剧中幸存，它都能予以那些曾是其中角色或是见证者的人们某种神秘而可怕的光晕，这些光晕让他们被当作一些非比寻常、能够理解一切的人，一个无法企及的模范，或是需要多加提防的人，因为人们会对那些能把自己的手压断的强者心存害怕。这一超自然属性所引起的异常效果就是，人们把这些重

257

生的人当作不可摧毁的造物，而既然他们已经是从地狱回来的，也就能让他们遭受任何东西。

莱妮或许并不知道她震动了玛丽。这是她第一次用那些词以那样的方式来说话。莱妮自打弗莱德离开后就说过不少怪话。事实上她开始说越来越多的奇怪话。在最初说话不多的时候，她肯定是多加注意了的，要掌握一门语言的微妙所在，一辈子都不够用，她也怕闹出笑话，或是遭受批评，但自从别人向她询问对于天色的看法，以及圣诞节是不是会下雪的问题时，她就开始胡言乱语了，也没人阻止她。她终究是造成了无缘无故的伤害，就只是这样，靠两句话。一边说话一边伤人，这很容易，而且在没人对那侮辱作出回应的时候也毫无危险。人类很容易就会接受压迫，因为他感到害怕。掌控他的也正是这种害怕。怕抵抗，怕变得滑稽可笑，怕一切，完全的害怕，尤其是一个漂亮姑娘的害怕。谁又会敢于去冒犯美丽这一天赋呢？这又算是哪种灵长类动物？

36

玛丽在飞机里想到了最近在纽约发生的那段事。莱妮当时正给一个著名意大利剪裁师 V. 拍成衣照。那是一个极为著名的摄影系列。这位高高在上的模特正处在紧张状态下，肯定是因为她最近一个男朋友的缘故，达蒙·赖因费尔德，一个危险的、正在老去并不再填补马戏团空缺的杂耍演员，极富的业余爱好者，却想方设法要为自己求得名望。当人们不能和向往的一些人一起消费时，钱并没有多大用处，这个冒牌艺术家普普通通却不怀好意，他极好地展现了波德莱尔的那些诗词，**在生活中，自然中，总有些陈腐的物和人，也就是说，这是人们对于那些物和人所生成的粗俗而平庸的想法的概述**。尽管尽了一切努力，达蒙总还会拖沓着一股令人恶心的脚臭味，那气味常是隐约地一阵阵袭来，并扰乱思绪，他似乎是注意打扮过的，但他的脚却发出臭味，这实在是可怕。他还顶着一头上过蜡似的油亮毛发，这能暂时让他避免一些植插物，但一些不那么谨慎、且有报复心理的酒店雇员就会窃窃私语一番，并到处讲些伤天害理的话。这可真是个奇丑的漫画形象，莱妮怎么会爱上这么一个家伙？

他也不是第一个欺负她、不跟她重复说她真是绝妙极了的人了，但是他呢，真是很唐突，活脱一个精神解构学的门徒，他对她说了，他说你就是个和别人一样的女孩，甚至还不如别人，我可有过些比你更美更带劲的女孩，甚至在她准备要出去的时候，在她问他觉得一件裙子或是她的口红颜色怎么样的时候，他就觉察到一些令人恼火到简直想吐的东西，但他是唯一一个对她说起她腿的男人，这个忌讳的话题，这个其他任何人都没敢涉及的话题，他说，别显出你的腿，你的腿并不是你最好的那部分，你很懂得把它们藏起来，但我呢，我看到它们了，以及你的蜂窝脂块，暴起的青筋，这些我全看到了，你所藏起的一切，还有，你也别往脸上抹过多的东西，你化妆时看上去就像个婊子，可我还是爱你，小亲亲，小娃娃，我爱你的本来面貌。他就这么对她说话。

仿佛要是爱别人的本来面貌就必须向他们掷出些关于他们缺点的话语一样。生生的真相具有强劲的力量，这是一种作风。于是莱妮就像别人一样了，她把达蒙的真诚当作了正直和真爱。当人们爱的时候，就不应该撒谎。可她为什么感觉不到，恰恰就是在人们爱的时候，人们不说出口的话并不是省略掉的谎言，而正相反，是一种鼓励性的构建，如果人们将对方的敏感踩在脚下，蔑视对方以更好地压抑其心灵，就无法实现这一构建。

莱妮特别喜欢这个江湖骗子是因为他让她依稀看到一种充满异国情趣的未来生活，到美洲去当女演员，那里一切皆有可能。可是莱妮，你已经是世界级的明星了，大家都知道你、认可你，每隔五分钟就向你要亲笔签名。是，但要是我成了女演员，别人就会更加尊重我的。玛丽又怎会没有更早考虑这个呢，关于尊重的层级，关于仰慕和认可程度的里氏梯度，这么多年以来，人们真的就只是像对一只羊驼一样朝你脸上吐唾沫吗？不，可是他呢，他为我展望得更高，他有朋友圈，有特殊关系，有那种"你想要就给你"的本事。他对她说过，直到现在，你都还只是颗美丽的星星，有我的话，你将成为永远闪耀的绝色明星。哦是吗？除非点灯人已经确定无疑地丢失了开启灯塔的钥匙，除非向玛丽宣布要赶紧去参加一个美国电影诱人却迟迟不来的试镜仪式的莱妮终于大发雷霆。

妆面和发型已经打理完毕，她就像一张弓一样绷紧着。当摄影师总算对她说出"我们走吧我的美人？"时，三个小时已经过去了。但莱妮还粘在她的椅子上。玛丽看着她，等着她对她开口说德语，那是时尚界的难懂中文，她们两个的沟通密码，在感觉不对的"紧急情况时使用"的语言。"今天拍几张？"[1] 莱妮说，一副不乐意的样子。"我不知道，"玛丽回答说。"那就去问呀！"那就好像是在说你还等什么呢蠢货，而玛丽什么也没说，她甚至不对莱妮说她用这种语调对她讲话是太过分了，她本已经懒散地起身要去询问，这么一来，如果她真是她母亲的话，她早就一巴掌搧过去了。

1　此处对话原文皆为德文。

"被当作明星一样对待"是什么意思呢？除了尊重和认同以外，一个明星又真的能苛求什么呢，既然人们已经作了一切让步，他们又要有什么新的苛求呢，两个发型师，两个化妆师，这还不够，那你要几个，三个，四个？可是当然了，要上四个吧，四个，就是要这么些，还要一个助理，对，你得要上一个助理，来做什么用呢？来给你拉上快速拉链并给你做脚部按摩？可以的，然后再要上一个来给你提那些沉沉的装了仰慕之礼的包，啊！皮衣和连衣裙，你要那些皮衣和连衣裙吗？留着它们吧，一切都是你的，还有鞋子也是，为着那鞋子去吧，还有那些让你的兄弟们、你父母和你最好的女朋友白住的酒店房间？是啊，当然了，还要一辆老式小轿车来供你四处去散步，为什么不呢？

在所有这些之后，又剩下了什么呢？灌满了泉水的浴缸，被扔到街沿的波斯地毯，铺有幼海豹皮织毯的房间？尊严在哪里打住，对明星心存害怕、又对他们的心血来潮不加限制地予以应允的人们，他们的退让又是从哪里开始？毫无羞愧感地提出过分的苛求实为一种对悲怆境地的哀婉招供。对内心怯懦的可笑见证。一个弱者会因为他预感到死亡而苛求些东西，一个真正的强者是不会去命令什么的，因为他的力量是一种不倚靠任何凡俗利益来获取滋养的荣耀。

玛丽向衣架走过去，那上面悬了些为这次拍摄而选用的服装，和相配的丝袜以及鞋子挂在一块儿，在他们那些编了号的大塑料袋里候着。她数出七件制服，也就是说，摄影师最多会拍上三件，但也说不准。莱妮却是得试一下所有的衣服，以使杂志编辑能和服装店的设计师一起选出最能衬莱妮身材的那几件。

玛丽让桑德拉，就是那位设计师，给她看一下选好的几个理想款式，以把它们推荐给莱妮，她也得了解一下一到两套其他可能用上的款式，以防她到时觉得不满意。莱妮还在等着，朝镜子里看着自己，一动不动。一般说来，人们不会要求一个模特去选她要穿的衣服，广告商拿钱就是来确定拍摄选择的，而服装店的业务代表也很明白他们想要将之商业化的是哪些模特。但所有那些参加过一场时装拍摄，并暴露出权信危机，甚至冲着那些把自己的形象搞糟的顶级模特歇斯底里一番的工作人员仍然会悄无声息地就这么发作。那么就干脆让这些夸张声势的人认为是他们在控制一切好了，要不然这场拍摄将彻底破灭，尔后就得靠长时间地加班来把因为无端推诿而丢失的时间补回来。丢失的时间可是能值上太多钱。

> 用梦幻让国王们高兴吧，
> 奉承他们，支付给他们令人舒心的谎言
> 和一些能填补他们内心的愤怒，
> 他们就会上当的；而您将成为他们的朋友。

与其扮一个白痴，不如把自己当成个骗子来行事。玛丽重新走向莱妮。她感觉到这小可爱的极度焦灼。拉方杰，那个寓言里能对城市里的老鼠施展法术的巫师，一直没有发出召唤。

"你喜欢桑德拉选的那些衣服吗？"

"喜欢。我讨厌这女孩。然后我可先提醒你，我只拍三张照。一张都不能多。我受够了这个愚蠢的行当了。我想做电影。"

"可是拍照片是你的职业，莱妮。你这是怎么了？你是模特，还是个著名的模特。你还想要什么呢？"

"你是知道我想要什么的，为什么你又问我这个问题？"

"为了电影你已经尝试过好几次了，又都没成功……你知道，与其在罗马当第二，不如在乡下当第一。"

然后莱妮就说了，这些留在乡下或是去罗马的废话都是些什么东西，而告诉她这是值得她好好思考一番的尤利乌斯·恺撒的一句箴言已经没有意义，因为莱妮现在是双重闭塞了，能看得出来，她什么也不想明白。玛丽安排她在巴黎和一些电影圈的人见过面，甚至都和一个著名法国演员匆匆见了一面，他没想要她，但还是让她试了一小段镜，可他不喜欢她的声音，他也只是想泡她，就像其他人，就像玛丽经常听到男人们说的那样，还是那样，但愿她讲话时不是那种走调的声音，他就这么说的，她那种走调的声音，而且她不懂得表演戏剧，她也不会懂，他料想她不会拥有这么份事业，我知道您在想什么，她能上些课，并发展出一种潜能，就像人说的那样，但他并不相信，不，那个女孩没有潜能可言。您这么说是因为她过于美了，您为此责怪她，就是这样，可是您知道，要说她长得美，这并不是她的过错，玛丽辩驳道，但他又回答说不，这女孩身上什么都没有，什么都没有，您知道，人们是无法把他们所没有的东西藏住得。而玛丽还没有讲述那次意外邂逅，这活生生的真相，听了简直让人难以承受，就像所有真相一样。于是莱妮回答说，反正巴黎落伍了，法国电影落伍了，法国的所有人都落伍了，甚至在她的国家，甚至在欧洲，欧洲也落伍了，她所垂涎的当然是美国电影，那里，她会有一切机会，这可是达蒙对她说并向她承诺的。

　　玛丽提醒莱妮说，她也是给她介绍过在美洲的人的，其中有一个备受尊崇、甚至被过度追捧的导演，有时还被颁发奥斯卡奖杯，那是个魅力遍及全球的牛仔男，他也表达了同样的意思，或者基本差不多的意思，但实际上却更糟，玛丽这回是想起来了，他说，这么漂亮真是糟糕，但这也几乎是一种天才了，您知道，这就像被当作一件艺术品来看待一样，单她本身就已经足够，默默无言而超越时间，她通过别人的仰慕来生存，还是无故地仰慕，为什么要求得更多呢？没有解释，除了凝视她、被她迷住之外也再无其他目的，应该要让她待在家里或者到博物馆去，然后没完没了地追捧她，要不然，这就像坐着劳斯莱斯到布朗克斯去兜风一样，是一种让人羞愧的异常，她最终会面容损毁而一蹶不振。美是没有出路的，它只有作为无法企及的目标时才能为人所承受，要不然这就是又一种极端的残酷，就像是人身中间忽然有一段大象的躯干，她让人害怕。而玛丽则建议，您就不愿尝试一下，给她一次机会？于是另一个偶像就回答说，我不知道该怎么对您说，但是……此外，她也过于有钱了……我的意思是……太过习惯于荣耀和礼遇，习惯于红地毯……刚开始发展的演员，您知道，他们都对此目瞪口呆，这能从他们的眼神里看明白。那个女孩，她拥有了一切，这也能从她的眼神里看明白。我祝愿您和她一起有好运。

他客气地说了"好运"二字，温和地，但他那预言就像人们会朝着走向断头台的人抛过去的空话，而且，玛丽又一次没能把真相告诉莱妮。她清楚意识到，没有人再重提此事，那些约见也并没有下文，而莱妮也没过问，除了为美国导演的事，为了他，她可是超越了自己的羞愧感。当她向她问起，那么，你认为他会打电话给我们么，你认为我中他的意吗？玛丽就说，我不知道，但是……这又是一个肯定想娶你的人……

但为什么玛丽从来都没对莱妮说出这一切呢？为了避免她遭受什么呢？人们会不会为了帮助他们所爱之人而不将真相告诉他们？撒谎，那是使对方变得幼稚可笑，变得有依赖性，变得怎么样都好，就是不能看到他遭受痛苦。甚至要过度地保护他。因为人们害怕他会离开。这是一种充满母性的态度。玛丽觉得自己成了母亲。成了莱妮的母亲。

"你不相信我能成为演员，这，就是问题所在。"莱妮说，

"达蒙他就相信我。"

她直直地盯着玛丽的眼睛。

"我觉得你再也不相信我了。"

试镜开始了。一切都基本运作正常，女模们都习惯性地在整个试镜过程中和发型师以及化妆师交换着意见，评论着她们长出的十克肉，别国来的第六十套独特节食菜谱和杂志里其他模特必丑无疑的近期照片。这基本是唯一一个她们了解、开拓、不断感兴趣并为之疲惫不堪的话题范畴。我，我的，在我看来，我自己。要是还剩些别人，或者为了更好地挫败别人，别人都是附属的饰品。附属饰品。而莱妮很熟练地就准备投入游戏了。

她接连穿了那个设计师的三套衣服。就她这方面来说，这是聪明的。这样或许就不会有因为任性而导致误导人的丑闻了。然而，这样容易地试衣并不合她的习惯。莱妮先前总要让人明白是她在指挥航向，她也不听从命令，我不会试这条裙子的，您很清楚它不适合我的，这破衣服也不用试，没我的尺寸，这双鞋也不行，别碰我，我自己一个人会穿衣服。玛丽心想，为什么莱妮这会儿又那么温顺了，她可是刚刚才向她耍过威风。

摄影师准备要拍摄第三张照片了。他的助理之一用光电管测了一下光，并报着数字，八……等等……不对……八点五……四把固定在活动撑脚上的伞已经在发出它们的白色光芒。莱妮耐心地等着，腿绷紧着，手背在身后，眼睛盯住地面，一副游离出神的样子。莱妮，一切都好吗？她沉默着没说话。莱妮？都好，她终于应道。但她对玛丽说，我觉得累[1]。成百卷胶卷已经安放在那些盒子里，摄影棚里到处都是。一个助理架上了哈苏数码相

1　原文为德文。

机。他把机子递给摄影师，而这一位则想把主题色给换了。他说，我受够了米色背景了。他们于是想试一下胭脂红的背景。裙子的绿色图饰更好地显现出来了。

得暂时停一下，莱妮就去坐下歇着。有些焦急的玛丽略往边上挪了一些，去打电话给她的公司，并说起她助理的事，一边慢慢地在摄影棚的尽头沿着横向走着。莱妮手里拿了一个纸杯。然后一切极快地发生。玛丽看到她起身，很快将那液体倒了一些在她的座椅上，然后若无其事地重新坐下了！然后她听到莱妮开始咒骂桑德拉，说她一定是把咖啡倒在她座椅上了，并损坏了她的衣服。

她于是去和摄影师低声说话，离他的耳朵那么近，那摄影师被悲怆女英雄的嘴弄得醺醺然，已经是一副视死如归的架势了。什么都能答应，只消她把她那晶莹洁白的手臂重新放到他肩上，并用她的香氛来始终让他心满意足。然后他和桑德拉窃窃私语了一番。裙子被送去清洗，玛丽则看到那设计师眼里噙着泪水，试图推荐另一套服装。但那被迷住了魂的男人并不心软，原本那么温柔的他这就这么干脆利索地把那不识趣的姑娘给解雇了。时间已经太晚，拍摄不得不停下来。莱妮可高兴坏了。很显然，她再也不愿意干活了。玛丽问她为什么施用这种滑稽可笑的计谋，她说她就是不喜欢这件裙子。再就是这女孩讨厌我，我想教训她一下……

玛丽看着那个因为一个愚蠢的决定而形象大打折扣的男人，为什么要为这么点小事就把人给辞退呢，还是被一个新的权威者给带动的，而那实则不过是他内心懦弱的替代表现。在答应莱妮这一苛求时，他或许已经想着要把她一直引到他房间了，然后再表现出他才是主宰，可是，那个下午，他有的却是狗一般鄙俗的嘴脸。玛丽觉得莱妮绝对是太过分了。即便是累，人们也不能因

266

为一条裙子就去侮辱谁……她愈发在每个人身上测试她那卑贱女人的姿态了。说到底，莱妮是在伙同她那些走狗男朋友们来为自己的弱点进行报复。但要说有什么新鲜的，那就是轻蔑。倒也不至于是新鲜，那实为一种像硝石一样嵌入其中的邪恶倾向。

37

　　凌晨一点。已经站了两个小时的玛丽，眼睛盯着照布镜，集中精力，还在看莱妮穿着泳衣在经纪公司的明亮桌前拍的那些照片。十八卷 24×36 的爱克它克罗姆彩色胶卷，每卷摆了三十六个姿势，桌上是五百四十八张幻灯片。这是要只留下大约六十多张，然后当然还要再提炼一番，按莱妮的意思，只留下十张最好的，最成功的，美得就像加冕礼时拍的一样。选好看的，并不完全是这样，应该要给出更多的圣洁感，并给予这完美庄严、时间凝止于其上的肖像以一定的成因。那些爱克它胶卷就要在这个使生命凝固的暗房里被胡乱切割一番了。

　　已经很晚了，但玛丽答应莱妮会为她来把这事做完。照片筛选的事总是由她来做，莱妮也总是信赖她，但现在不再是这样了，她想全部重看一遍，她自己来选，玛丽思忖她为何要去完成这个愚蠢的任务，这根本毫无用处，而几个月来慢慢在她的思绪里扎下根的顽念，这天早上便像荒废花园里的一棵榉木一般杵下不动了。玛丽心想，她或许应该停止照管莱妮，停止当经纪人，朋友，姐妹，母亲，女情人，不再成为那个最爱她的人，那个成为奴隶的人，爱和尊重是双向形成的，否则就没有意义。是的，就像她父亲事先说过的，在莱妮咬到她的手之前停下一切。

幻灯片上显现出穿着各式衣服的莱妮，她任自己的眼睛游弋在那上面。暂且是这样，因为在暗房的工作之后，它们就再也不能揭示出些什么了。

玛丽开始哭泣。一边想到那个酒吧，想到疯狂的大笑，想到过去。眼前看的却是如今的照片。

莱妮成了她自己拒不接受的复制品，就像是一张壁纸。除了将她包藏起的那些衣褶和折裥，皮肤上再没有任何皱起处，任何细小皱纹，任何标记，没有任何东西重又把莱妮变成一个活的生命体。甚至她的头发都像是一幅细描画。

的确，所有这些明星照都是重新润色过的，但到这个程度，就再不是照片了，而是些仿佛从一个机器里生成的画，甚至连这个都不是，是画，但没有灵魂，那是生命的一种凝固再现，这更甚于讽刺漫画，讽刺漫画至少还是挪用了模特的性情的。玛丽对她说，你或许不应该润色，你在所有照片上的脑袋是一模一样的，而你的身子却像洋娃娃的身子，连你皮肤的颜色都像是假象牙，这实在是荒唐，人们是知道你有缺点的，知道你不完美。莱妮却是什么也不想再听了，她说不，那些人不知道我有缺点，他们觉得我是完美的，他们也想要认为我是完美的，要是他们看到我和他们一样，那成为偶像就一点用都没有了，人们不会去仰慕和自己类似的人，还有，不是你跟我说真相是可以加以处理的吗？是你教会我这个的，不是吗？是，我是说了可以加以处理，但不是把它们忘记。永远都不要忘记。还有，现在已经晚了，你先是把你的缺点当儿戏，现在又被它们困扰。再要不了多久，那些润色也不能再满足你了，我肯定你会去挨刀子整容。

莱妮的合同越来越像是付款令。那些客户根本没有任何操纵的余地。他们付出高额费用来拥有明星莱妮·冯斯塔德，但他们只是在为她的名字付钱。她已经有很久不再给他们任何东西作为交换了。只有她的名字。并不需要多大学问就能看出最初面带笑容的照片之间的区别，笑能予以润色，在每张底片上都能看到生活之乐。这更甚于一个年轻女孩到女人的自然过渡。这是一种逆转的变形，就像一只蝴蝶重新变成毛虫一样。一种裂变。在十年间，她仍是那么美丽的面孔就像一棵缺水的植物一般干涸，她的性情则成了一片再出产不了什么的干硬土壤。那酒吧里的诱人尤物几乎已经不剩下些什么了，美人鱼有了雕塑般的仪态。

大约一年前莱妮父母来访的时候，玛丽是尝试过拉响警钟的，在她母亲这方面。在这位莎宾娜母亲这方面。她这几年来也变化不少。失落而蛮横的女人长期以来只是对于她女儿的职业表露出一种高傲的好奇，并越来越显现出她的干预态度。她先是在几个月期间插手照管莱妮的粉丝俱乐部，然后又来安排她的旅行和她的钱财管理。能感觉到，她存有更大的企图。在那个名叫达蒙的魔鬼到来之前，她曾是莱妮暗地里的谋士。后来她总算对自己的主教地位感到兴高采烈。

在遇到玛丽之前，她从没有为莱妮考虑过一个模特生涯，因为她从中看不到任何拥有权势的可能，此外她也没有为她女儿构想过任何东西，美容学校的事对她而言就已经够耻辱的了。她两个年长的儿子，他们父亲的苍白复制品、平淡无奇的学生，当时还在无精打采地做一些模棱两可的家族生意，以便为阴郁的未来做准备。

总的说来，对于她的孩子们，她并没有指望他们有多了不得。这也是她以一种尖刻口吻像个科学家似的来谈及这些的原因之一。精准而冰冷的字句，丝毫没有幻想。几乎就是没有希望。她原是想要造就些国王和王后，作为她对他们父亲的报复，也作为对那在她看来同样有失公平的遗传性征的报复。她只有些普普通通的孩子。对一个被丢弃在旁的女人来说，平淡无奇本已就是一种痛苦了。在为无法实现的梦想生活而深感失落和自尊心受到伤害之后，她便转而享受起生硬粗暴和冷漠的乐趣，也是亏了这些，她塑造出了另一个社会范畴，使她能在其中管控好她的家人们。他们在这个激越而聪明的女人面前深觉不知所措，同时感到诚惶诚恐。她和并未过多招惹她的皮埃尔一起时倒是显得亲切的，她把男人们都当成了滑稽小丑，再不就是信用卡。相反，她把玛丽看作一个有权势的女人，并且嫉妒她。在最初的几年，她决定要退守在一边时，她确信这样能够更好地行使她批评的权利。但她也在伺候着她的时刻。莱妮那迅如闪电的成功唤醒了她对于权势的本能念想。玛丽发话了：

"莱妮变了。变了很多……"

"她当然是变了，您想说什么呢？她长大了，该不会是这个让您觉得尴尬吧。"

"不，不是这样的。她做了一些事……"

"您是想说您再也不能如您所愿地监督她了……您知道，您总是在告诉她得去做的事，或者不如说是她应该做的事，她现在二十岁了，您应该对此有所考虑……"

"监督员？可完全不是这样的！我照看她、守着她，我让她成了我答应她会成的样子，为了这个，总得稍微监督一下吧，不是吗？如果是用词上的问题，是，我得监督她的工作质量，但也就这么多。我引领她作出选择……她总是来询问我的看法，总是这样，我可从来没强加给她任何东西……"

"您想要我怎么样？"

"她成了，我不知道……几乎是恶毒的……比如说，吉尔这会儿正处在有些困难的阶段，要是莱妮重新和他一起拍些照的话能帮到他很多，但她好几次都拒绝了，他就来向我抱怨，说莱妮自私，并且只有短时记性，他毕竟是给她拍了最初的那些照片的，在她的起步阶段他也和她一起合作过很多次，她总得努力一下吧……"

"抱怨?! 这太过了吧! 她可以选择想要谁，她才不会搭上地球上所有的废物。要说他没能保住他的位子，这也不是莱妮的错。他还是停止抱怨赶紧干活的好。我女儿才能抱怨，我亲爱的玛丽。您给她介绍了您最好的朋友。私底下讲，这并不是您做得最好的地方，她浪费了好些宝贵时间，可是算了，好在这一切都过去了，这个年轻人或许是很有才，但怎么这么意志薄弱，一点没野心。总之……您这是在对我说人们的想法? 但我才不在乎别人怎么想。而且其他模特呢，您就不觉得她们也是夸大其词了? 莱妮是个明星，您知道，她想做什么就都能做，三十年后人们还会谈论她，您就瞧着吧……让她去生活吧，您毫无疑问是过于强硬了。"

说了也是白说。还是听不进话的莎宾娜说的。玛丽在这等狂傲和自命不凡面前惊愕不已。要是玛丽知道莱妮是个明星呢? 这是太过了，莎宾娜·冯斯塔德当真是给惹怒了。说说弗莱德吧，他可已经被遗忘了这么长时间了，但似乎也并不是这样，那还是一揭就疼的旧伤疤。还要感谢他这段懦弱的过往呢。尊贵的弗莱德离开去了非洲而不是把他的莱妮给杀了，他该是经过了一番激烈思想斗争的，他什么都不想知道，却讨论起所有爱情传说，罗密欧与朱丽叶，特里斯丹和伊索尔德，保罗和维吉尼，马克安东尼和克丽欧佩特拉，海洛伊丝和阿贝拉尔，人们徒劳地对他说，所有这些情人可都是两厢情愿的，是到了极致的激情，是两个灵魂的融为一身，他却什么都不想知道，然后他最终出发去了金沙萨，心痛欲裂，心窝里还淌着血，去了这个消沉而靡弱的城市，在那里美貌完全起不到保护作用，那里既没有愚蠢的等级观念，也没有美丽的值得热爱的身体，只有需要拯救的生命和一些真正的掠食鸟类，它们时常不怀好意地绕着帐篷飞转，帐篷则弥散着死气……

但是很显然，这位母亲正在算着她的账，玛丽便决定不去理会她的冷嘲热讽。监督，夸大其词，莱妮浪费了时间，莱妮想做什么就都能做，三十年后人们还会谈论她的，又能拿这些毫无头绪而乌七八糟、言语间还带着冷冰冰暗示的论调怎么样呢？不来感激一番，或是变得和蔼可亲些，感谢您让我那平淡无奇的女儿成了明星，诸如此类，这位母亲跟她说要重看一下莱妮之前付给经纪公司的佣金总额，5%这还是太多了，您是明白的，工作赚钱的是她，莱妮在考虑不再支付任何费用，这母亲还不敢承认这种恶意之言是从她的牙齿缝里蹦出来的，现在，您明白，是我女儿在给你们做广告……

玛丽简直太明白了。莎宾娜自觉强势，因为冯斯塔德一家已经慢慢将它的触手粘到那女孩身上，像章鱼用毒汁把其他软体动物麻痹，然后心满意足地将其吞噬一样，父亲管金融，母亲管经营，兄长管那个被母亲抛下的粉丝俱乐部，弟弟管她姐姐和那个汉堡酒吧的已婚丈夫买下的那些公寓的维护保养，那已婚丈夫此间已经离婚，并自认为是姐姐未来的夫君，因为她有一阵在会计方面将他着实安慰了一下。莱妮再也不是模特了，这是个家庭公司。对于每个人她都得是有利可图的。

这么一来，玛丽震惊了，她已经顾不上去谈那个江湖骗子了，又一个"这就是我生命中的男人"，她只是来得及问，那么您觉得达蒙怎么样，他引领人的本事又怎样，他想教莱妮些东西，可这么一气呵成让我有些害怕，您不觉得吗？她也立即明白了莱妮还什么也没对她说。她像看一个不名誉的人一样直直地盯住莎宾娜·冯斯塔德的眼睛，她看到对于未知物的害怕，尖厉的耳光，人们从一栋失火的大楼上跳出去时应当能体会到的那种无力感，对事物的监管控制在晕眩中的丧失，以及耻辱。

38

一个名叫柯农的农民来到路易十一世那里，将自己最美的一颗萝卜赠送给他。那蔬菜个头极大。国王很高兴。作为感谢，他赠给农民一个装满了金币的钱袋。一个有钱的朝廷大臣见到这一幕，就心想，如果国王为了一颗简单的蔬菜就用这么漂亮的方式来回报那个农民，他一定就要把马厩里最好的一匹马来赠给他。大臣于是决定牵着他那最好的牲畜去他的陛下那里。陛下表示高兴，并且为了感谢他所青睐的大臣，就把萝卜转送给了他。

一颗萝卜换一匹马。还不是随便哪匹马，而是奉承者所拥有的最好的那匹马。这是15世纪时为勃艮第公爵菲利普三世所写的一本百则短篇故事里的一则。是个陈旧的故事，一个美丽的故事，关于让人不安的道德问题，而这让人想到莱妮。事物的价格是怎么定的呢？事物的价格又是什么呢？人的价格呢？人是不是也会有个标价？为什么标价呢？然后又用哪种货币来交换？价格和价值——真正的价值，因为肯定还是会有这么个价值的——之间的合理比率在哪里？拍些照片，一天收取两万美元，两万美元，这算是工作酬劳，算是贩卖美貌，那要是收取五万美元，那又是什么？要是人们连带把灵魂也卖了的话，那应该开价多少？

一个名为"天真者的乐园"的协会找到玛丽，想让莱妮去当众递上一张支票。这是个新近成立的机构，他们为遭受虐待的

273

孩童筹集资金。仪式将在巴黎、在一个新入行设计师的服装秀之后进行，这位设计师同时也是机构的慷慨捐赠者，他不仅进行了媒体宣传，还把大家都集结起来，援助那些被太多无耻的成人们伤害的儿童，所有女模都将免费走秀，更好的是，她们每个人都会捐一笔钱，刚起步的，顶级模特，超级模特，所有级别都混淆起来，那是个不存偏见而为了同一目标来斗争的真正的共和国，这实属罕见，所有时尚界的名流都会在那儿，电视台也会在，尤其要是莱妮来的话。

　　但莱妮完全没有被说服。更糟的是，她拒绝去走这个新的布料收集者的服装秀，他会毫不费力地做成广告，而这是多亏了我，亏了我的名字，他才能去上电视，我是莱妮·冯斯塔德，你似乎倾向于忘记这点，我可不能随便什么都做，这又能给我带来什么呢？我是不能让自己免费工作的，而且还要递一张支票，多少钱的支票？你可是知道的，她们都捐些什么吗？对刚起步的来说，捐赠是很容易的，但我呢，你觉得我得给他们多少钱的礼物？另外我还可以肯定，他们是想我给他们捐上他们本该付给我的十万美元，他们就是为了这个才要我的，我可先提醒你，这根本没门，那事儿或许在六个月后就已经不存在了，不行，就是不行，我得考虑我的未来，到时所有的慈善事业都要落到我头上来了，然后就没完没了，我还太年轻，可不能去发钱，再说，要我照顾小孩的话，我还没到奥黛丽·赫本的年龄呢，然后还要拿着张支票摆姿势拍照，这真是荒谬可笑。你只消跟他们说我不在巴黎就是了。

　　但是她在胡说些什么哪？玛丽回答说，这个新设计师可能会请她去下一场时装拍摄，这挺好的，这一僵化工业中的新鲜血液，这是可以展望一下的新客户，就是应该这样来看待事情，而且他自己也曾经是个受过苦的孩子，也是为此他才耗费心力，我们不能没止境地轻视所有人，这既累人又是徒劳，也不会让任何人变得更美好。再说了，这其中和莱妮的未来又有什么干系，为什么会觉得多走一场秀就会遭受威胁呢，所有这些女模却都是优雅地来走这场秀，它只会给那些迷失的孩子们而不是其他任何人带来好处，只会给那些比他们大不了多少的女模们带去帮助他人的乐趣，这只是半小时的时间，如果不是得去做些有用的事，那根本就算不了什么。我永远不会忘记你是谁，莱妮。你首先就是我的小莱妮，我也会总是保护你，但现在，你并不是在遭受危险。你的名字，就像你说的，恰恰就是这些人所需要的，当然了，为了给他们多一些机会，一些成功的机会。而钱呢，交点钱真的会成为问题吗？其他像你一样的明星就会去走这场秀……莱妮却打断了她的话：

"这些钱，是我赚来的，又不是别人送给我的，为什么我就得像你说的那样交出去？"

"我不是说要交出去，这只是一种说法，一种比……"

"你又怎么知道这家伙是不是真的受过苦？"

"是机构的负责人这么说的。"

"喏……你瞧，玛丽，所有这些当中最严重的问题，就是你觉得我和别人是一样的。"

"我以为你还能受感动。我弄错了。"

玛丽于是得再去找那些天真者，在他们那个花园里，忽然就有缠成一堆的麻烦事涌过来，她是没法摆脱开了。她试图向代表组委会说话的负责人解释，但他什么也不想知道，他们就是要莱妮，不论代价多少，要是她不愿意捐赠，不要紧，她终归是只要来走一场秀就行了，我求您了，我们求您了，他们就是选定她去那个别的美人都走过一圈的秀台上呈交那张支票，支票金额会放大六百倍，它会像一块大布告牌一样，他们说这是一个象征，就好像那拿在手里的感觉是沉甸甸的一样，像它所代表的金钱数额一样地沉甸甸。

发件人：coralieduval@ aol. com

收件人：marievanneau@ aol. com

主题：FBI

嗨玛丽！

那个贱人的母亲打来电话了，还想跟你亲自谈谈。紧急。我尽量试着言简意赅，你来决定吧。

妈咪打电话给那个孩子们的协会了，她还为她女儿要了两万五千美元！你可读仔细了！为了这个价钱，她甚至还不想走台，只是去交一下支票。想想花了这些钱都是给了她的！！！！人家捐银子可是为了那些小孩……要是他们知道这个！！！！我真觉得恶心……这简直是发疯……最糟糕的，就是他们接受了！！！！那母亲会照管合同的事，还有些保密条款，真叫人垂涎，她似乎还决定要跟他们谈谈，好让你可以省些麻烦。这些都太让人绝望了！

你一有空就马上给我打电话。

回见。

柯拉丽

发件人：marievanneau@ aol. com

收件人：firstvenus@ wanadoo. com

主题："天真者的乐园"协会

莱妮，

小心点，我恳求你当心这个协会。这个活动会有很多媒体关注。我怕他们拒绝接受你母亲在最后一刻提出的苛刻要求，并相信能让你改变看法，他们同时还会去通知媒体。

然后即便你决定免费去做了，别人也不会再相信你。

最好的，是把它取消。

是的。把一切都取消。不要去。

这不会给你的事业带来任何改变。你不需要这笔钱。

我热烈地吻你。

玛丽。

又及：我有些很重要的事得对你说。

发件人：firstvenus@ wanadoo. com

收件人：marievanneau@ aol. com

主题：答复你的邮件

我决定去了。我不会改变看法。你之前是希望我做这事儿的。

你那很重要的事是什么？我知道你要见我母亲。你只需跟她说就行了。

莱妮。

发件人：marievanneau@ aol. com

收件人：firstvenus@ wanadoo. com

主题：你在哪儿？

莱妮！我之前没想你是在这些条件下做这个事！

我们得谈谈。你和我。就像从前那样。

请你打电话给我。你在哪儿????

我很热烈地吻你。

玛丽。

发件人：firstvenus@ wanadoo. com
收件人：marievanneau@ aol. com
主题：你让我恼火！玛丽！！！！

我受够了你这么给我说教。要是我不来做这个慈善事，就会是另一个顶级模特来做。你也知道会是谁。让这个女模做足全部的广告而不给我做，这根本没门。我绝对是要做这个的。可是有很多钱的！

而且这也已经太迟了。他们已经签了合同。我在康涅狄格州。达蒙明天会开他的私人飞机带我去纽约，好让我能及时赶到。我不想错过后天上午的协和式飞机。

莱妮。

39

人类都生活在一种漫散的焦虑之中，这种焦虑源于他们不愿接受却无可抗拒的终结感。由于他们也不知晓终结的日期，一些人想要积累荣耀和认可度，认为这样就是藐视极限，并能因而逃脱一些不可避免的结局。另一些人则让自己暴露在他人的论断中，让自己蒙受批评或是欺压——这都是些软刀子，就仿佛他们想让自己提前领略一下死亡的滋味一样。就和公牛在致命一刺前忍受着插在它那绞索棒上的投枪一样，人因而觉得是在慢慢地对他的苦痛和毁灭习以为常。

在波音飞机的座椅里，玛丽考虑着她即将要对莎宾娜·冯斯塔德说的话。以及她将怎样对她说这些话。是不是真的有三十六计呢？她的脑子里回想起那些电子邮件。她都能把它们背出来了。没有亲爱的玛丽，我的小玛丽或者只是简短的玛丽二字，也没有亲吻。那些意思明确语调疏远的信就好像是警告令一样，其中玛丽是不存在的，她被莱妮整个儿取代，被她那狭隘的意志和那么让人悲哀的自大所取代，我决定了，我是不会改变看法的，我受够了，根本没门，去见我的母亲，口吻坚决的词形成的突兀句子，听来就像是为它们的合谋而敲响的丧钟。

但玛丽不能把这个跟莎宾娜说，这位母亲既看不到她女儿字句中的残酷，也看不到玛丽的字句中所透出的担忧，这是又一笔不该怀着情绪来处理的生意，她也让玛丽明白，她可有太多担忧了，她女儿不会总是才二十八岁的，她没有时间可以浪费。人们会不会因为仁慈而浪费时间呢？玛丽想到这个让人崩溃的念头时感到极度心痛。

您在写下"模特都是些歇斯底里，精神有问题，自我为中心，自命不凡，爱说谎的女人"时或许就是仁慈的吧，莎宾娜让人把很久以前发给弗莱德的那封传真里的所有这些词都翻译成了英文，好让玛丽明白，她会将她那平淡无奇的计划进行到底，将她的坏脾气进行到底。还有其他一些说过的话，她可以辩解说自己并不真的这么想，可是写下来的呢，但这些都已经过去这么久了，玛丽什么都没能回答，而且这还是写给弗莱德的，又不是给莎宾娜和她的公诉的。她怎么竟敢这样加以利用，您不知道我为什么会在我生活的那个阶段写下这个，您对我一无所知，然后玛丽就再也回答不出些别的什么了，她挂了电话，而不是哭泣，但在心底，她清楚得很，有那么一天，人们发泄时所说的话——那是为了避免去掐死那些以他们的委琐行径来折磨人的人，那些话会重新被抓住并来进行报复。词语都是鲜活的思想。

也是为此，玛丽决定放手。她放弃不管了，宣称弃权，她要打住了。停下。她就像是面对着一座人们或许可以以勇气来抬起的高山，但玛丽恰恰就是再无任何勇气了。还有信仰，信仰不也是能将高山抬起的吗？可是信仰，那是希望，而希望，那是各种幻觉的精粹，是玛丽所丢失的一切。然后又要抬起什么为了什么而抬呢？莱妮是跑得太远了，跑到那些干涩寒冷的地方，那些会计们待的地方，那里人们再也感觉不到什么。

玛丽知道她输了，她和莱妮一起输了。她或许本该任她留在那个酒吧，说到底是任她去顺从一个想把他朋友的妹妹假扮成妓女的未来前会计的性游戏，在这方面已经就是一种有计划的贬值了，男人的贬值，钱的贬值，都一样。她为莱妮展望了一种有尊荣的生活，有值得推广的价值、原则、真挚感情的生活，是的，一个代言人，为什么不呢，她本能够成为一个值得追随的典范，当然这并不是让人在这个极度可笑充满谎言并要往脸上抹料的世界追随她那成套的身体，以及她那些小内裤的品牌商标。而她却只是让小女生垂涎三尺目瞪口呆，让男人们神魂颠倒，我要化妆成莱妮的模样，我想要她的裙子，一样的发型，她用的是什么洗发水，我想要有一样的胸，是谁帮她塑出来的？她的秘诀是什么？我想要一个长得和她相像的老婆，她就这么什么也没给就把自己赠出去了。变得美丽有其他很多方式，她本能够消融在这优雅背后，并听从自己的内心，以此为武器，一个强有力的武器，来杀死冷漠无情，她却更偏爱钱，只能买物品的钱。

玛丽很明白，有些词是太重了，太滑稽、老套，太有说教意味，我受够了你这么给我说教。这可正凑巧，玛丽现在也更希望离开去别的地方，她能找到自己位置的地方，没有时尚，也没有滑稽可笑的潮流要跟，不用向那些劣等狄俄尼索斯说些夸张的溢美之辞，一个没有偶像的地方，偶像实在是太累人了。她和皮埃尔谈过了。她要走。

"不行，这根本没门。"

"行的，皮埃尔。"

"不，玛丽，你不能这么做。你要是停下不干了，她就会赚……"

"可是她已经赚了，皮埃尔，我走也好留也好，我都已经失去她了。"

"不对，是你想要抛弃她，也抛弃我，抛弃一切，这些都是因为她不按照你的意愿来做。还有其他那些呢，那么你也是不在乎的，我才不信你……真是懦弱。再说她也需要你。要不然谁去改变她？"

"我尝试过了，但你知道，我们从来不能改变任何人。从她那个喜马拉雅的高度，她确信是再不能从我这儿学到任何东西了。我相信对于她我是无能为力了。我宁可放弃。"

"这不就是我说的，真是让人恶心……"

小姐，您得扣上您的安全带。再过几分钟我们就要降落了，说这话的空姐很漂亮。玛丽在登机时就立即注意到她了。她有着蒙娜·瓦娜[1]的神情，那是又一位没穿长裙的蒙娜丽莎，这是莱奥纳多·达·芬奇丢失的一幅画，他找了他的聪颖学徒梅尔立来当模特，要不就是那勤奋的助手沙莱，谁也不知道，无所谓，反正这是幅黑色石头上的著名绘画，有力而迷人，也十分精致，图像效果就像是一张现代照片，几乎就是一次成像的那种，而现在那年轻的女人就在她身旁了。好的，玛丽听见了，她就把安全带

---

1   蒙娜·瓦娜，20世纪初在巴黎歌剧院上演的著名抒情剧目名，也是女主角的名字。

扣上，她觉得在这架飞机里遇上露胸的圣母简直不可置信，您该到香提邑的孔德博物馆去看一下您的肖像画，那女孩大笑起来，为什么您对我说这个呢，而玛丽说，我向您担保，您应该去看一下那画，而这又一位无虑的妇人微笑着应允，可您还是得把安全带扣上，好的，您瞧，我把它扣上了。我在降落之前把自己扣上。

在玛丽后面，一个小姑娘轻声哭着。那空姐问她母亲是否一切都好，她是不是想要糖吃，她大概是耳朵疼了，可是不，那母亲说她只是想把一个女乘客借给她看的杂志带走，她应该把它还掉的，到机场我再给她买，可是那小姑娘坚持着，她说她母亲是买不到它的，这是最近一个月的美国版《ELLE》杂志，还不知道是不是能找到它呢，空姐正想为小姑娘辩解，可那和蔼可亲的女乘客已经把杂志送给她了，喏，别再哭了，它现在是你的了，为什么要为了几张光面纸哭鼻子呢，这有那么重要吗？这很重要的，这封面上是莱妮·冯斯塔德，而且里面也有很多她的照片。

玛丽转过身去，问小姑娘想不想要一张亲笔签名照。那原本脸上还嘀嘀嗒嗒、看了让人心碎的小姑娘忽然就转而成了宗教画里的快乐小天使。那心满意足的神情真叫人嫉妒。她拭去了眼泪。玛丽则从包里拿出一张莱妮的照片。她总是随身带着好几张，还是三语的，有各种不同的留言，这取决于你要把照片给谁，你可得注意点，莱妮已经这么提醒过，你总得选择一下把照片给谁吧，这很重要的。你真诚的，友好的，附上我全部的友谊，给你大大的吻，致以崇高的敬意[1]，附上我友好的致意，顺表爱意，爱你的[2]，或者干脆就是爱，那些都是适合各种人的，一切都已经被设想好了，附赠的亲吻，书写的感情，亲笔签名的

1　原文为德文。
2　原文中后两个短句为英文，并附法文翻译。

爱意。对一个德国小姑娘来说，那就该是一些亲吻，玛丽选了写有大大的吻的那张。"你叫什么名字?"，玛丽问道，我叫莱妮，您明白的，那母亲说，她就是为了这个才这么确定，她想当模特，您能给一个这么美丽的年轻姑娘当代理人真是走运。您使她成了一个真正的明星，我仰慕您，小姐。我长大以后也想和莱妮一样，我想跟她相似，我做什么都想像她，那小姑娘说。她真人的样子也很美吗? 她人好吗? 玛丽看着小姑娘的眼睛，迟疑了片刻，那是双幼兽般的眼睛。

"是的，她很美丽，她人也很好。"

玛丽出了飞机。她这便打电话给莱妮:

"莱妮，是我。听着……我才到维也纳。现在是四点。你那边是……早上十点。你在吗……不在? 好吧……那你也快醒了。我有很多事要对你说……事实上……我不知道从哪儿说起。啊! 对了……在飞机上，有个超级可爱的小姑娘，可讨人喜欢了，她很崇拜你，想学你的样，还有……真不可置信……她的名字也跟你一样。这让我想到我们两个的事。实际上，要是……我知道我要跟你说什么了……我觉得自己被抛弃了，我不知道我们怎么会到了这个地步……我肯定我们会找到一个解决办法的。请你打电话给我，我或许说了或者做了些让你不高兴的事，那我请求你原谅，我肯定一切都能安排妥当的……一切都会安排妥当的……听着……我这就去你母亲那儿，我到那儿再打电话给你。热烈地吻你。也吻达蒙。"

玛丽站在行李传送带旁边。在那硕大的黑色橡胶带旁边，不可动摇而坚定前移的橡胶带被截成一节节的，跳着它们那晃荡疯癫的莎尔莎舞，她在等行李包时也看着机场的电视机，它们被悬在空中，就像是生动鲜活的神谕和启示在飞舞，像是被拴在空中一般，像是要飞回那里去。

她看到莱妮出现了，她的莱妮，她的小姑娘，以及她的生平史，关于某个过去的一些图像，那肯定不只有一个过去，过去可是太长了，没法编成一个故事，那个只是生活场景，一些片断，一段埋藏在阴影里的故事，一些时间碎片，离现在那么近的时间，人们在二十八岁时就能有历史了？

两岁的莱妮，人们看到她的婴儿照，一段录像现出她在石堆上绊了一下，石头让她失去平衡并跌倒了，可是不，她又重新站起来，她差不多十五岁了，她和一些朋友在海滩上手舞足蹈，哦不，她是在跳舞，是这样的，她跳着舞，鬈曲而被海水润湿的头发耷拉在她那还稚弱的双肩上，可无论如何她是在说笑的，她很幸福，而看到她这模样几乎让人感到羞耻，那么生气勃勃，她这个形象，然后好了，她到了二十岁，公主一样的如花年龄，充满诱惑力的征服的年龄。先是征服巴黎，能从别人的眼神里看到他们的理想形象，再就很快了，这出格的影片突然加速，能看到莱妮在众多秀台上，看到她穿新娘装，这个回顾片算是什么呢，莱妮进了格雷万蜡像馆了吗？她现在又和一只海豚在一起，紧贴着那动物游在水里，她好像是在和它说话，可这是则广告，是的，玛丽认出它来了，接着，是莱妮一张被逗乐的脸，她正坐在那个被征服的节目主持人跟前，他和她一起看着那卷杂志封面，上面依次展现出她的荣耀，画面过得越来越快，也实在是太多了。

那急速的漩流忽然止住，晶莹透蓝的天空被机翼的画面所取代。那是一架小飞机摔得粉碎的机翼，飞机坠落在长岛，在小城基克拉泽斯附近，康奈狄克州，美国。在那儿。很遥远。太遥远。

一架小飞机。

摔得粉碎。

然后是莱妮和达蒙的照片，它们被可怖地并排贴在一起，充满了整个屏幕，而玛丽整个儿被一种惊恐感攫住，所有这些图像得赶紧消失，不复存在，她是不是就只看到些图像而已，她似乎是看到莱妮穿得像仙女一样，那是她吗？还是打扮成公主的样子了？应该要多加注意，那些图像，是可以从中做假的，玛丽她是知道这个的，随人去做假、修改、糟蹋、贩卖、买下、盗走。像撒饲料一样抛出去。尤其是那些公主或仙女一样的照片。以使这些形象不复存在。还有什么比看到一个神的坠落更为刺激的呢？

然后玛丽就再也分辨不出什么了，也听不见什么了，那絮状的精神冲击让她感到窒息，把她隔绝在一个没有莱妮的世界里，她瘫倒在地上，那粉碎了一切的地面——欢笑、苦楚，错误和美丽事物，梦想、希望。

生命。

玛丽看到莱妮向她伸出手，她穿着那条白色小围裙，漂亮的裙结连到那黑色漆皮裙上，就像是花冠的形状……那么，这不是美人鱼吗？

玛丽向她伸出手……

……不，那是一朵花……如此美丽，玛丽本不该去将其采

285

摘……一些花的确是像这样，它们生来是被人看的，却从不能被触碰、仰慕，也从不能被占有。如果把它们留在土壤中，它们或许是能够重生的。

致谢

小说中摘引了部分文学作品段落，其作者分别为田纳西·威廉姆斯（第47页），莫里哀（第113页），阿尔弗莱·德·缪塞（第157 页），查尔斯·波德莱尔（第209页和259页），布莱士·帕斯卡（第232页）以及让·德·拉封丹（第262页）。

感谢弗朗索瓦·拉诺使我能够优雅从容地完成这部作品。

（京权）图字：01-2010-4652

图书在版编目（CIP）数据

如此美丽／（法）苏利埃著；董智弘，陈雪丹译．-北京：
作家出版社，2010.7
　ISBN 978-7-5063-5493-6

　Ⅰ.①如…　Ⅱ.①苏…②董…③陈…　Ⅲ.①长篇小说-法国-现代
Ⅳ.①I565.45

中国版本图书馆CIP数据核字（2010）第145453号

Aline Souliers: Tellement belles
Copyright: © Editions Calmann-lévy, 2007

H **Chasse Litté**　策划：猎文文化发展有限公司

如此美丽

作者：（法）阿利娜·苏利埃
译者：董智弘　陈雪丹
责任编辑：王炘　翟婧婧　周茹
装帧设计：视觉共振设计工作室
出版发行：作家出版社
社址：北京农展馆南里10号　　　邮码：100125
电话传真：86-10-65930756（出版发行部）
　　　　　86-10-65004079（总编室）
　　　　　86-10-65015116（邮购部）
E-mail: zuojia@zuojia.net.cn
http://www.zuojia.net.cn
印刷：紫恒印装有限公司
成品尺寸：140×205
字数：180千
印张：9.5
版次：2010年7月第1版
印次：2010年7月第1次印刷
ISBN 978-7-5063-5493-6
定价：25.00元

作家版图书，版权所有，侵权必究。
作家版图书，印装错误可随时退换。